新　潮　文　庫

精　霊　探　偵

梶　尾　真　治　著

精霊探偵

1

人は二度死ぬと言われる。

肉体が死んだときと、人々の記憶から失われてしまったときと。そう考えれば、私は、三度死ぬことになるのだろうか。

事故で、妻の那由美《なゆみ》を亡《な》くしたとき、私の内部で、最初の死を迎えている。

働く気力も、湧《わ》いてはこない。自発的に何かをやろうという気もしない。日がな一日世間とも接触せずに、ぼおっと過ごす。

昼前に眼を醒《さ》ます。

それから、しばらくぼんやりとしてから、部屋を出て、マンション一階にある喫茶店「そめちめ」のカウンターで、朝食兼昼食をとる。面倒だが、昼食をとらないと、「そめちめ」のマスターの奥さんであるママが、部屋に呼びに来るのだ。

洗面所で顔を洗い、自分の顔を鏡で見た。

ひどい。

無精髭《ぶしょうひげ》は伸び、眼は窪《くぼ》み、とても三十代前半の顔ではない。形相そのものが変ったのだと思う。食欲もあまり湧かないから、体重もかなり落ちている。

髭をあたる気力もなかった。眼をこらしたが、私の背後には、何も見えない。鏡を見るときのクセになってしまった行為だ。

ジャージを着て部屋を出ると、エレベーターで一階まで降りた。

私の部屋番号の郵便受けから何日分もの新聞が溢《あふ》れ出しているが、取り出す気もしない。新聞販売所に連絡をとって断ればいいのかもしれないが、その気力も湧いてこない。

一度、表に出て、「そめちめ」のドアから入らなければならない。

眩《まぶ》しい。眼を細めた。太陽の下に出るのが後ろめたい。

「おはようございます」

「そめちめ」に入ると、初老のマスターとママが、「おはよう」と笑顔で迎えてくれる。カウンターの隅に座ると、マスターがコップを置く。注文は聞かない。

「ときどきは、部屋の掃除はやってるかい？」

代わりに、そう尋ねてきた。首を横に振ると「そうだろうな。郵便受けが溢れているくらいだから。代わりに、ママを掃除にやろうか?」そう言った。けっこうです。そのうちにやりますからと答えた。

仕方ないな、という表情でマスターは口を尖《とが》らせながらもうなずいた。

ママがトーストとコーヒーを持ってくる。それに半熟のゆでタマゴとサラダとソーセージ。

「少しは、運動した方がいいよ。顔色が蒼白《あおじろ》くなっている」

心底、心配してくれているのがわかるので、口先だけでも、わかりましたと答える。

あの事故の記憶は、ない。

欠落してしまった。入院していたのだろうか。事故の前の那由美との幸福な生活の記憶はある。その後は混濁《こんだく》した断片的な情景だけだ。那由美の運転する車に乗った。私は泥酔《でいすい》状態だった。何故《なぜ》か事故が発生した。

そして放心状態の生活をしている自分に気付く。気付いたときは、この「そめちめ」で食事をとる習慣ができていた。この数週間の記憶なら、はっきりしているのだが、それ以前となると、もやもやとしており、自信はない。

マスター夫婦は、このマンションのオーナーでもある。私に対して親同然の気配りをしてくれる理由は、それだけではない。

眼をこらすと、それが何故かということがわかる。

マスター夫婦の背後霊は、死んだ私の両親なのだ。

事故に遭う前は、そんなものは見えなかった。これは能力というのだろうか。今は、眼を細め、こらすと、人の背後に、もう一つ顔が浮かんでいるのが見える。

初めは、何かの原因で眼がかすんでいるのかと思っていた。二重に見えているのだろうかと。だが日を追うにつれ、鮮明さを増し始めた。今では、3Dのステレオグラム画を見るように、少し焦点の位置をずらすだけで、背後霊を見ることができる。

マスターの背後には、私の母親が、そしてママの背後には私の父親が浮かんで見えるのだ。

背後霊が口を動かす。すると、憑《つ》かれた（？）者も同様に口を動かす。背後霊だけが話すこともある。不思議な光景だ。背後霊とはあとで思いついた発想だ。最初は、そうは思わなかった。

生物学的に、別の生物に寄生する寄生生物と寄生される宿主とがあるが、人間が宿主で、背後霊は寄生生物というようにしか見られなかった。

だから、マスターの寄生生物が何かということに最初はぴんときていなかった。ママの寄生生物と比較して、これは両親なのだということがわかった。

両親が憑いた宿主なのだ。私の世話をやきたがらないわけがない。特に母親が背後にいるマスターは、男性のくせに小さな部分まで気をまわす。

黙って食事をする。食べ終えたら、すぐ、部屋に戻るはずだった。

両親は、私が二十歳を過ぎた頃に相次いで他界した。だから血縁として残っているのは双生児の弟の尚道《なおみち》だけだ。実家の福岡にいるはずだが、画家をやっているせいで、取材に出る機会が多いのだろう。なかなか連絡がとれない。だから、ほとんど天涯孤独の生活に近い。なのに、両親を背後霊としているマスター夫婦の世話になるのは奇妙な偶然だと思う。

マスター夫婦に両親が憑いたのは、昔からだろうか。最近のことだろうか。

よくわからない。

マスターが、声をかけてきた。

「先日、時計を失《な》くしたって言ってた吉田さん。さっき見えて、新海《しんかい》さんにお礼を言ってくださいって言ってた。新海さんの言うとおり、洗濯機の後ろに落ちていたって」

「ああ、そうですか」

そう答えた。吉田という中年の女は、ママの友人らしい。私が、朝食兼昼食を食べているときに、愛用の時計を失くしてしまったと悔やんでいた。死んだ夫に買ってもらったおもいでの品らしかった。

私が眼をこらすと、吉田という女の背後にも霊が見えた。霊は、どうも彼女の夫だった男らしい。しきりに何かを伝えたがっているが、彼女は気付くはずもない。

何と言っているのか、私は耳を澄ませた。かすかに伝わってきた。男性の霊は叫ぶ。

――洗濯機の上に置いたろう。後ろに滑り落ちたんだ。

私は、食べるのを止《や》めて彼女に伝えた。

「洗濯機の後ろを見てください」と。

吉田という女は、奇妙そうな顔をした。

「何でそんなことが、あんたにわかるのよ」

私は黙った。それ以上、何も言う必要は感じない。見なければ、見なくてもいい。

ただ、私は霊が伝えたかったことを伝えてやっただけのことだ。

「新海さんは、少し不思議なのよ。ときどきわからないことまで当てちゃったりするの」

ママが、潤滑油《じゅんかつゆ》になってくれた。それが、数日前のことだ。

霊が見えるなど、口が裂けても言いたくはない。頭がおかしいと思われるのがオチだ。ただ、知り得た情報をそのまま、ほったらかしにはできないと思っただけのことだ。

世の中のたいていの人には、背後霊が憑いている。皆、それに気がついてはいないだけのことと思う。

私は事故に遭う前は、そんな霊の存在なぞまったく信じない無神論者だった。そのような奴《やつ》は、霊の話を耳にしただけで、まったく受けつけないと、私自身が、よくわかっている。

この喫茶店「そめちめ」ではできるだけ、カウンターの正面を向いて食事をとることに決めている。他人の背後霊に気をとられることはないし、カウンター内の壁は、鏡づくりになっている。

鏡には、背後霊は映らないからだ。

私には、自分の背後霊は見えない。ひょっとして、今の私には、死んだ妻の那由美が背後霊として憑いていてくれるのではないかと思ってしまうことがある。吉田という女に、死んだ夫の霊が憑いていてくれるように。

だが、ブラインド・ポーカーと同じなのだ。自分の背後霊は、自分ではわからない。

しかし、いつかは、鏡の中でも背後霊が見えるようになるのではないか。そんな願いにも似た思いがある。

　だから、無意識のうちに、私は鏡に映った自分の背後に眼をこらすクセがついてしまっているというわけだ。

　そのとき、瞬間だが、自分の煩悩《ぼんのう》を感じてしまう。もう一度、那由美に会いたいと。

「新海さんは、何故、そんなことがわかるのかねえ」

　不思議そうにマスターが言う。私には、答える言葉は決まっている。

「さあ、何故なんでしょう。何となく、わかるんですよ」

　マスターは、うなずいてひとりごとのように言う。

「けっこう、ショック状態を体験して神がかりになった人は多いようだから、新海さんもその口かもしれないねえ」

　私は、食欲も湧かず味覚もない身体《からだ》に鞭《むち》打つように食事を呑《の》みこむしかない。

2

　私の仕事はデザイナーだ。イラストだろうが、レイアウトだろうが何でもこなす。

　地方都市では、仕事を選んでいる余裕はない。

だが、事故の後……いや、意識を取り戻した後というべきか、仕事はまったく回ってこない。それは、それでかまわない。仕事が回ってきたにしても、まったく意欲が湧いてこないから、相手に結果的に迷惑をかけてしまうことになる。

この数週間以前の記憶は曖昧《あいまい》だ。事故のときの衝撃によるものかどうか。すべてが落ち着いた後まで、ぼんやりした記憶が、断片的にふわふわとあるだけだ。

自分自身のことを誰に訊《たず》ねても知るはずはない。

情景として確実なことは、いくつかある。炎上する自動車。葬儀場へ入ろうとしている自分。そして、記憶が途絶え、部屋の中で呆然《ぼうぜん》としている自分がいる。

自分の身体を見て、よくあれだけの炎上事故で火傷《やけど》を負わなかったものだと感心する。着ている服類も燃えたはずだ。財布もいつの間にか新しいものに変っているほどだから。

電話が鳴った。ゆるゆると立ち、受話器をとる。

「新海さんですか？　『そめちめ』ですけど」

ママの声だった。

「はい」。ひどく億劫《おっくう》だがこらえて答える。

「実は、会って話を聞いて欲しい方が、店に見えているんですが」

私は、わかりましたと答える。家賃は口座引落しになっている。いつ迄《まで》、払われているかもわからない。銀行へ行くこともしない引きこもりが続いている。ひょっとしたら家賃を溜《た》めた状態になっているのではないか。そんな後ろめたさもある。それから、食費。先月は、言われる金額を払ったが、異様に安かった。両親が背後霊でマスター夫婦に憑いていてくれるためかもしれないが、いつまでも甘えていてはいけないという思いも少しはある。

マスター夫婦の役に立つことがあれば、少しでも身体を動かすことを惜しんではいけない。そう言いきかせて、服を着替えた。ジャージ姿というわけにもいかないだろう。

服を探す。昔は、那由美が外出時は服を用意してくれていたから、探す必要もなかった。やっと白いワイシャツと紺のズボンを探し出して、身につけた。とりあえず、壁にかけてあるチェックのジャケットをはおると、初対面の人にも失礼にはならないだろうと思えた。

「そめちめ」には、他に客はいなかった。カウンターの一人を除いては。

「新海さん。仕事してたの？」

マスターが言った。

「いいえ」と答える。

「こちらの方よ」

ママが、カウンターの男を掌《て》で示した。カウンターの男が立ち上る。私の方を向いて深々と礼をした。男は、私と同い年くらいか。上下ともグレイのスーツを着ている。痩《や》せ型で、やや神経質そうな印象を受けた。緊張しているのかもしれない。頬のこけた眼の細い顔だ。

私も礼をした。

「山野辺《やまのべ》さんって仰《おっ》しゃるの。こちらの奥さんは、那由美さんとお友だちだったって」

結婚して、私は那由美の外出時の行動をチェックしていたわけではない。朝食と夕食を一緒にとり、彼女はその日、営業まわりして起ったできごとを、話してくれることもあったし、機嫌の悪いときは、仕事の話には一切触れなかった。友人関係についても、話はあまり出なかったような……。

那由美のことで知っているのは、私の前で生活していた姿だけだ。

「そうですか……」

そう私は言った。他にかける言葉はない。そのことだけのために、ママは私を呼び出したのだろうか。

「このたびのことは、残念でした」

山野辺は、再び深々と礼をした。それから名刺を出した。

受け取ると、山野辺哲《さとし》とあった。栄和商事、総務課長補佐とあった。裏には取り扱い商品が無数にある。共通しているのは農業資材だ。JA等に卸しをする商社的イメージの会社のようだ。

「ときどき、こちらの『そめちめ』さんに、うちの家内がうかがっていたみたいで。そんな話聞いていたものですから」

私には、よく話が見えなかった。

「で、こちらの奥さんに」ママを見た。ママがうなずいた。「新海さんに、頼んだらと言われたんです」

私は、山野辺哲の背後に眼をこらした。

何も見えなかった。

すべての人に背後霊が見えるわけではない。数えてみたわけではないが、十人中見えるのは、八人か九人だ。十人中一人か二人には、まったく見えない人がいる。山野辺は、そんな少数派のようだった。何故、そんな人がいるのかは、わからない。私のまわりのマスター夫婦には両親が憑いていてくれるが、ひょっとすると、私にも背後霊は、誰も憑いていないかもしれない。

マスターが言った。

「奥さんが、数ヵ月前から行方不明なんだそうな。時間を作って捜してまわっておられるそうだが、まったく手がかりがないということだ」

「私が、新海さんのことを話したの。ほら、この間も、吉田さんの時計を見付けたし、その前も、いくつか、わからないようなことを当てたし。不思議な能力があるから、頼んでみたらって」

ママも口を揃《そろ》える。

その前にも不思議な能力というやつを見せたことがあったのだろうか。数週間前のことか。あまり思い出せない。

「警察には、届けられたんですか?」

少々うんざりしながら、山野辺に訊ねた。

「ええ。一ヵ月前に捜索願を出しました。でも、あまり真剣に捜査して頂いているとは思えないのですよ。何も連絡はないし。逆に男と逃げたんじゃないかという言われかたをして。香代《かよ》は少なくとも、そんな人間じゃない。三歳と一歳の子供を残して男と逃げるなんてことは考えられない。それは、私がよくわかっています。……でも、ひょっとしたらとも思います。まったくわからないままなんです。

そのうち、ひょっこり帰ってくることがありますよ、とも警察では言われたんですが。銀行口座の金にも手をつけてないし。捜す方法も手詰まりになってしまって」

最後は、山野辺は涙声になってしまっていた。

「新海さん。今、マンションの部屋で日がな一日引きこもってるんだろう。捜してやんなさいよ。山野辺さんも子供二人養いながら時間がとれないんだから。新海さんの力だったら、他の人にはわからないことも、きっと閃《ひらめ》くことがあるはずだと思うわよ。ねぇ、新海さん」

ママは、そう言いきった。世話になりっぱなしの私の返答の道は、一つしかなかった。

「はぁ。力になれるかどうかわかりませんが」

他に、仕事をする気にはなれない。こうやって半ば強制的にマスター夫婦が話を仕向けた理由もわかる気がする。彼らは、私の社会復帰のための機会を作ろうとしたにちがいないのだ。

私の返事に山野辺の眼が、輝いたように見えた。

「本当に期待しないでください。やれるだけはやってみますが……。私のできる範囲のことで」

自分の声がかすれかけているのがわかった。最近、見ず知らずの人と会話を交わしていない。そのせいだろうか。

「お願いできますか！」

山野辺は、懐《ふところ》に手を入れていた。私は藁《わら》だ。溺《おぼ》れる山野辺は、藁をつかもうとしている。

彼は、懐から二つの封筒を取り出していた。白い封筒を差し出した。

「これに、香代の写真、それから経歴、特徴などを書いたものが入っています」

封筒を開くと、まず写真が二枚あった。一枚は、外で写されたらしい全身像。眼が大きな丸顔。中肉中背。よそ行きの服だろうか。ピンクのツーピースを着ている。もう一枚は胸から上で、テーブルに肱《ひじ》をついた写真だ。三十代前半の、スーパーなどで擦れちがってもわからないだろうという平凡な主婦の印象だ。この写真ではTシャツを着ていた。

「連絡は、頂いた名刺の電話でいいんですか？」

「いえ、私の連絡先は、携帯を書いておきました。封筒の中の紙に一緒に書いてありますので」

封筒の紙は、一人になってからゆっくり検討しようと思っていた。

「わかりました」と言って、私は、封筒をジャケットの内側のポケットにおさめた。

「あの、それから、これは……」

山野辺は恐る恐るといった様子で、今度は茶封筒を私に差し出す。

「調査されるとき、色々と経費がかかると思います。また、不足するようでしたら、言ってください」

ママがカウンターの中から「いただいときなさい。調査してても、気合の入れかたがちがってくるから」と私に言う。

これは、なりゆきで引き受けてしまったことではない。ママは計算ずくで、私をはめたにちがいないのだと確信した。

これでは、まるで私立探偵業ではないか。茶封筒の厚みに戸惑いながら、そう考えていた。

3

部屋に帰ってから、その戸惑いは膨脹することになった。

茶封筒の中には、三十枚の一万円札が入っていた。山野辺が言っていた「一時の経費」の額としては多すぎる気がしてならなかった。これでは、気が向かないから放っておく……というわけにはいかない。

山野辺は、それほどに経済的に余裕があったのだろうか。二人の子供を抱えた総務課長補佐が準備するにしては不釣合いな金額ではないのか。

だが、もし、那由美だったらどうだろうと考えてみる。もし、那由美が行方不明というのであれば、どこの馬の骨かわからない相手に渡す金をいくらまで工面するだろうかと。

金銭ではないだろう。五十万円と言われれば五十万円。百万円と言われれば百万円。ためらわずに走り回って作ったはずだ。

そう考えれば、少しは気が楽になった。山野辺香代が失踪《しっそう》したとき預金通帳も残していたと言った。その残額の一部かもしれないと思う。

そのうちから十万円を抜き、輪ゴムで巻いた。それは「そめちめ」に食費として渡すつもりだった。残りは、すべて財布の中へ入れた。

便箋《びんせん》を広げた。

山野辺哲の字からも、その几帳面《きちょうめん》さがわかる。楷書《かいしょ》のきれいな文字が、まるで印刷所から打ち出されたもののように並んでいた。

山野辺香代（旧姓　棚田香代）　三十二歳
熊本市米屋町二丁目十六―七―三〇一
熊本県上益城《かみましき》郡矢部町に生まれる。
矢部北小学校、矢部町中学校を経て、九州女学院高校、九州女学院短大を卒業。
安井通産勤務、安井通産退職　栄和商事入社。
結婚のため退職。勤務期間二年。
昨年より、スーパー・フォント田迎《たむかえ》店にてパート従業員として勤務。
家族構成
夫　山野辺哲　栄和商事総務部　三十三歳
長男山野辺寿《ひさし》　さくら保育園　三歳
長女山野辺みる　さくら保育園　一歳
特徴・性格　外向的で、友人関係は多い。責任感が強く、物事は、最後までやりとげないと気がすまない。家族の将来設計を作り、プログラムどおりに進めていくことに意欲的だった。パートに出ることを言いだしたのも自分からで、将来の子供たちの教育資金にまわすためと、目的を決め、パートの給与は、そっくり貯金にまわしていた。

特技は、料理と刺繡《ししゅう》。

身長　一五八センチ。

体重　五三キロ前後。

血液型　O型　天秤座《てんびんざ》。

失踪時の服装は、ニットシャツにスラックスを着ていたという話がある。

失踪日時　四月十二日。スーパーのパートを終え、退社した時点で消息を絶っている。普段であれば、二本木のさくら保育園で、子供たちを引きとり、帰宅するはずだったが、保育園に姿を現していない。

使用していた軽自動車は、自宅マンションの駐車場に駐《と》められたままになっていた。キーは、見つかっていない。

山野辺哲が書いたものに何度も眼を走らせた。書かれているものを読む限り、香代という女性に家出しなければならない理由は何もなさそうだった。借金という線もないだろう。そのような原因が臭《にお》ったら、真っ先に夫が気がつくはずではないか。

何か事件に巻きこまれているのではないだろうか。

それが、私が持った最初の印象だ。交通事故に遭い、山野辺香代はそのまま車に乗せられて処分された……。

一つの可能性としては、ありえるかもしれない。

性格の欄に戻る。

この印象は、非の打ちどころのない主婦の顔だ。つまり、夫、山野辺哲にとって山野辺香代は理想的な妻だったということになる。それが、山野辺香代のすべてだったのだろうか。少なくとも、山野辺哲から見た山野辺香代の一面ではあっただろう。他の人たちには、山野辺香代は、どのように映っていたのだろうか。

夫の見る山野辺香代像とは同一であるとは限らない。山野辺哲は、どの程度まで調べてまわったのだろう。

しかし、夫に対する話と第三者に対する話では、ちがいがあって当然だろう。失踪した者の夫に対する無意識の配慮があるのではないか。同情といえばいいか。

本音かどうかは、背後霊を見て判断すればいい。

私は便箋を置いた。

少し、自分が変った気がした。封筒を開き、山野辺香代の資料を検討している間。ほんの少しの時間だが、那由美のことを忘れている自分がいることに気がついたからだ。

その間だけは、自分の生が取り戻せた。

そう実感できた。

それから、ママが言っていたことを思い出していた。

「こちらの奥さんは、那由美さんとお友だちだったって」

山野辺香代の性格が、外向的だとは記されていた。だが、どのような接点が那由美と山野辺香代の間にあったのかはわからないままだ。そのことについては、便箋の中では触れられてはいなかった。

私は、立ち上った。ジャージを着ると、その足で「そめちめ」へ行った。

マスター夫婦は、驚きの顔を私に向けた。

「どうしたんですか?」

あわててママは首を振り、私に作り笑顔を向けた。

「いや。ちょっと驚いたよ。……新海さんの眼が……変ったから。ねぇ」

「あ、ああ。そうだ。私もそう思ったところだ。眼に、光が戻ったみたいに見える」

マスターも口を揃えるように、そう評した。そう言われて厭《いや》な気はしない。私は、うなずいて、輪ゴムで巻いた十万円をママの前のカウンターに置いた。

「これ、食費です。また、足りなくなったら言ってください」

ママは、うなずいて受け取った。一言「十分すぎるよ」とだけ言った。ママの背後の父親が、泣き笑いしそうな顔でうなずいているのが、瞬間、見えた。

「そうか。山野辺さんのことを調べてみようという気になれたんだね」

「ええ。明日から本格的に動いてみようと思っています」

マスターに私は、そう答えた。二人は、心底よかったというようにうなずいていた。私は両親の生前にあまり親孝行をしたおもいではない。マスター夫婦の背後の両親を見て、これは親孝行かと照れ臭い思いが一瞬走る。

「一つ知っておきたいことがあるんですが。失踪した奥さんは、よくこの店に来ていたんですか?」

二人は顔を見合わせた。

「あまり、来ていなかったね。二回だけだ。もう何ヵ月前かな。那由美さんと二人で窓際《ぎわ》のそこの席で話していたなぁ。世間話をしている感じ。昔の同級生同士で話している感じだった。御主人とは一昨日、初めて会ったんだよ」

「写真見せてもらって、初めてあのとき那由美さんと一緒の人だったってわかったんだ。御主人は、家にあったマッチを見て、この店を訪ねてこられたらしい。そういえば、あの奥さん、タバコを吸っていた。ライターのガスが切れたからって、うちのマッチを持っていったんだ。それを見つけて御主人訪ねてみえたんだな」

それで、那由美のことをママが友だちと思ったのだろう。那由美とどのような関係だったか、これだけでは、わからない。那由美は何か知っていたのかもしれないが。

「そこで、私の話が出たんですね？」

「ああ。ママが捜しもののうまい人がいるってね。那由美さんつながりで話が出て」

それで山野辺に「このたびのことは……」というお悔みの言葉がでてきたにちがいない。

やはり、明日から調べていくしか方法はないかという結論になった。

「よかったなぁ。新海さん、今だけで一週間分くらい喋《しゃべ》ったんじゃないか。人間らしくなってきたよ」

マスターは、心底よかったというように、うなずいた。それほど迄《まで》に私は何も話していなかったというのだろうか？

人間離れしていたというのだろうか？

「はぁ」

そう思うと、忘れていた欲求が蘇《よみがえ》るのを感じていた。こんなときは、以前だったら……。

「ビール、一杯頂けますか」

マスターは、眼を丸くして喜んだ。

「ああ、まったく人間らしいよ。一杯と言わず飲んだらいい。今日で、引きこもりも卒業だな」

うまくいけば、人間らしい生きかたを取り戻せるか。一息にビールをあおる。

私は、ビールに味を感じなかった。

4

頭に整髪料をつける。職業がら、室内にこもることが多かったから、あまり身なりに気をつかうこともなかった。いつの頃以来だろうか。

今日から調査に入る。顔も知らない人々に話を聞かなくてはならないわけだし、最低限の身だしなみは整えておかなければなるまい。礼を失しては話もしてもらえないだろう。伸び放題に伸びた髪に櫛《くし》を通し、無理矢理オールバックに整えた。髭《ひげ》を、剃《そ》ることはためらった。ここまで立派にはえ揃ったのだ。那由美のドレッサーの引き出しの中から小さなハサミを探し出し、自分なりの美学で、髭をととのえた。すると、ホームレス寸前に見えていた私の外観は、何とか、失業中程度までには修整されたようだった。

それから、パソコンで、名刺を作った。偽《にせ》の名刺だ。人に質問するのに、身分を明かす必要があると考えたからだ。

染地目相互興信所
所長　染地目　藍

そして電話番号は「そめちめ」のナンバーを記した。これなら、私が不在のときも、電話を「そめちめ」で受けてくれる。マスターもママも「『そめちめ』です」と言ってくれるはずだから。藍《あい》は、昔読んだハードボイルド小説の私立探偵、プライベート・アイからとった。洒落《しやれ》のつもりなのだが、少々、後ろめたくもあった。そんなに、沢山名刺をばらまくつもりは毛頭ない。二十枚ほどを、とりあえずプリンターで刷った。それを白ワイシャツの胸ポケットに入れる。

とりあえず、今日は、スーパー・フォント田迎店へ行って、話を聞いてみようと思っていた。

例の紺のズボンとチェックのジャケットを身につけ、「そめちめ」のマスター夫婦に名刺を一枚渡して状況を説明した後、マンションを出た。マスター夫婦は、不安そうな表情を浮かべたが、この件のきっかけを作った行きがかり上、納得してくれたようだ。私がこの名刺を使うのも今回限りだと、念を押しておいた。

足は、マスターの自転車を借りた。地方都市の行動範囲なら、十分にこと足りる。ましてや、私はこの数ヵ月、まったく身体《からだ》を動かしていない。運動不足の解消にも役立つことになるはずだった。ママの買物も頼まれたことだし。

太陽が出ていた。眩《まぶ》しかった。昼間の外出を避けていたからだろうか。白昼に棺《ひつぎ》の中から引きずり出された吸血鬼には、すべてがこのように見えるのだろうか。風景が白く、ぎらついている。

離人症という神経症があると聞いたことがある。自転車のペダルを漕《こ》ぎながら思う。苦しくはないが、自分の肉体が自分の肉体でないように思えてならないのだ。汗は出ている。しかし、別の感覚があるように感じる。やはり、久々に身体を動かすことの影響かとも思う。離人症とは、こんな症状をいうのではないのだろうか。わからない。

練兵町の私のマンションから、市電の通りへ出て、代継橋《よつぎ》へむかった。南熊本駅から、浜線《はません》バイパスへ出るつもりでいた。

白山通りと南熊本駅への道路が交叉《こうさ》する信号で、停止した。暑さを感じないにもかかわらず、汗が首筋を伝って落ちていく。

親子連れが信号待ちしていた。三十歳ぐらいの主婦と四歳ほどのその娘らしい。

無意識に眼をこらしてしまっていた。

二人には、背後霊が憑《つ》いていた。

娘の方には、温和な顔の老婆《ろうば》がいる。老婆は、自転車に乗った私の視線に気がつき、笑顔を向けてきた。〝宿主〟の娘が可愛《かわい》くてならない。私が守ってやっているんですよ。そう言いたげな笑顔だった。

母親に憑いているのは、髷《まげ》を結った男だった。侍ではなく、商人でもやっていそうな町人の感じだ。先祖の霊なのだろうか。その男は、私の方にちらと視線を向けただけで、再び信号に視線を戻した。

私は、背後霊と一言でいってしまったが、見ていて、いろんなタイプの霊がいるような気がする。本人を守っている守護霊は、この老婆の霊のような存在だろう。マスター夫婦についている両親の霊は、私にとっての守護霊なのかもしれない。他に、ただ、単に宿主に乗っかっているだけの霊もあれば、宿主を導こうとしている高貴な光の伴った霊もある。また、わけのわからないものを視《み》ることもあるので、できるだけ眼をこらさないように、努力しているのだが、今のように無意識に眼をこらして〝視て〟しまうこともあるのだ。

私は、笑いかけてきた老婆の霊に会釈《えしやく》だけを返した。気がつくと、娘も私を見ていた。

信号が変った。母親も私の会釈に気がついたらしく、気色悪そうに娘の手を引くと足早に交叉点を渡っていった。

浜線バイパスに入った。私は歩道をゆっくりと自転車で進んだ。三百メートルほどで、スーパー・フォントの田迎店に到着できるはずだった。下にJRの豊肥《ほうひ》本線を見ながら、陸橋を越えた。

次の信号の先の和菓子屋の駐車場の隅に、ひしゃげたバイクが転がされている。バイクといってもスポーツタイプで六〇〇ccクラスだろうか。フロントカウルは粉々に砕け、マフラーも脱落していた。

近くの道で事故にあって、ここに放置されたらしい。何かが見えた気がした。

自転車を止めた。

霊だ。若者のようだった。ヘルメットをかぶった若者が、激しく雄叫びをあげながら、バイクの上で跳ねまわっていた。上半身だけで。その上半身も半ば透明なので霊とわかるのだ。ただ、その霊の行動は、まともな者のとる行動とはとても思えなかった。猿か、獣に近い跳びまわりかただ。

壊れたバイクから、ひとときも離れようとはしない。

霊は、人に憑くものだとばかり思っていた。この霊の前世が何であったかはわからないが、事故を起したバイクに憑依《ひょうい》していたのではないか。少なくともバイクを運転していて事故に遭った人の霊ではないのではないかと思った。漂っていた霊が、このバイクをよほど気にいったのかもしれない。運転者に暴走を強いていた可能性もある。少なくとも、この霊は、かつて人間であったという片鱗《へんりん》さえ失われようとしている。

跳びはね続けている霊を尻目《しりめ》に私は先を急いだ。

スーパー・フォント田迎店の営業は午前十時からとなっていることは、前もって調べておいた。午前中なら、客が比較的少ないのではないかと思ってのことだった。

すでに、営業は始まっている。

自転車を駐輪場の端に止めた。事務所みたいなものがあるのだろうか。まず売場に行って訊《たず》ねればいいのか。

「パート・アルバイト募集」の貼紙《はりがみ》がある。

五十前後のホームレスらしい男が、私の横を通り過ぎた。入口横にならべられた自動販売機のおつりの受け口に次々と指をさし入れて歩く。すべての自販機で収穫はなかったようで、次に右手に持っていた針金で、自販機下部の隙間《すきま》をのぞきこんで、かいだそうとする。

そのホームレスはきれいに髭は剃っているが、頭髪が貧しく、陽灼《や》けしていた。薄汚れた真っ赤なポロシャツに、黒ズボンで草履をはいていた。自販機の下に落ちているかもしれない硬貨を探しているようだった。

私の視線に気がついたのか、ホームレスはしゃがみこんだ姿勢のまま私の顔を見て、ニヤッと笑った。いかにも親しげに。

私は、あわてて視線をそらした。眼をこらすまいと必死だった。眼をこらしたら、とんでもないものをホームレスの背後に見てしまいそうな気がしたからだ。

何故《なぜ》、あんなに私に親しげな表情を見せるのだ。そんな疑問が湧《わ》いた。小銭を拾おうとする行為が照れ臭かったのか？

いや、そうではない。はっと気がついた。

あのホームレスは、私の姿かっこうから、同類……仲間だと思ったのだ。長髪に近い伸び放題の髪。はさみを使ったといってもむさ苦しいにちがいない髭。そうにちがいない。

そう考えると、恥かしさでたまらなくなり、あわてて店内に飛びこんだ。

まだ、店内には、客がほとんどいない。

眼の前にレジが四列あった。うち三つには、人はいない。チェーンがかけられている。中央のレジに、前掛けをつけたアルバイト学生らしい茶髪の若者が立っていた。開店して、まだ時間が経《た》っていないため、手持ちぶさたらしい。

私は、その若者に近付いて訊ねた。

「こちらに勤めていた、山野辺香代さんのことで、ちょっとうかがいたいんですが」

若者は「エフェ」といったわけのわからない言葉を吐き、「すみません。最近入ったバイトなんで、そんなことわからないんですよ。事務所の方で訊《き》いてもらえませんか」

若者は、そう言って、奥の肉売場の方角を指で示した。

5

「どうも」と私はその若者に礼を言い、売場を歩いていった。精肉売場では、白衣に白いゴム長靴をはいた中年の女がパックされた肉を棚にならべていた。

「事務所は、どちらですか？」

中年の女は、マスクをはずし、私の頭から足許《もと》まで眺めて、うさん臭そうに言った。

「あんた、誰ね？」

「ちょっと色々と調べたいことがあってきたんですが」

納得できない表情で、中年女は、陳列棚の陰の目立たない場所にあるドアを示した。貼紙があって「関係者以外は立入らないで下さい」と書かれていた。

「どうも」と私は頭を下げた。もののついでだ。

「あのう、山野辺さんのことで来たんですが……」

中年女は眉《まゆ》をひそめたまま言った。「そうだと思ったよ。山野辺さんがいなくなってから旦那《だんな》が、皆一人一人に聞いてまわってたからね。

私ゃ、知らないよ。あまり話したこともない。うちは、ここで店を出させてもらっているんだ。部外者だからね」

それからマスクをつけるとくるりと再び背を向け、肉類を棚にならべ始めた。とりつくしまもない。

事務所に入る。そこは驚くほど狭い部屋だった。三畳くらいのスペースに、机が二つ、そしてその上にパソコンが二台。壁には、いくつものグラフと、「お客さまに奉仕と感謝」とか「笑顔に税金はつかない」といった意味が確定できない言葉がいくつも貼られていた。グラフは店全体の売上目標と実績らしい。力強く月末まで記入された赤線のはるか下にブルーで棒グラフがある。ブルーが実績らしく、目標をかなり下回っているようだ。

パソコンに向かっていたブルーのブルゾンを着た眼鏡の男が、はっとした顔で私を見た。

「お邪魔します。営業で回ってくる出入り業者とは、私は明らかに異質な存在だったのだろう。

「店長さんか、責任者の方とお話ししたいのですが」

「私が、店長ですが……何か」

眼鏡の男は三十代後半くらいだった。立ち上って私の前に立つ。童顔のわりに見上げるほど背は高かった。私は、例の名刺を差し出して言った。

「どうもお仕事中申し訳ありません。今、失踪《しっそう》された山野辺香代さんについて調査の依頼を受けて調べています。お話を聞かせて頂けませんか？」

店長の名札には福田とあった。「ああ、わかりました。でも、大した話はできませんよ。御主人の方にも話したとおりなものですから」

「かまいません。話がだぶりましても。御主人にされた話と同じでけっこうです。疑問点は異なるかもしれませんから」

福田は、私には名刺をくれなかった。並んだ机の二つの椅子《いす》にそれぞれ座り、もううんざりだというように眼鏡のつるを何度か押えた。いい加減にしてくれよという態度だ。

眼をこらした。福田の背後に、もう一人の男が浮かんだ。福田と同じ顔をしている。

「あの日、山野辺さんは、いつもと同じに五時で退社してるんです。タイムレコーダーもそれでちゃんと押されています。この間、御主人にも、それはお見せしましたが」

嘘《うそ》を言っている様子ではない。それは、福田の背後霊の口もとの動きと、福田の口の動きがシンクロしていることでもわかる。そんな宿主と霊の関係もあるのかと驚いた。福田の場合、霊の行動イコール福田の行動なのだ。

「翌日の勤務ローテーションも山野辺さんは早出出勤になっていたんだ。突然無断欠勤ですからね。あわてましたよ。仕方ないから、十一時半まで私が一人でレジに立つはめになった。失踪してるなんて思いもよらないから、真剣にやめさせようと思いましたね。レジ打ちながら」

福田は、机の上に視線をやったままそう毒づくように言った。背後霊の方も、机の上に同じように視線をやっている。

「どんな性格の方だったんです？　それまで、突然に欠勤するとかはなかったんですか？」

「あまり、話はしませんからねぇ。仕事こなしてくれりゃいいから。それまでに突然休むなんてことあれば、そのときにやめさせてますよ。うち、そういうの厳しいから」

少なくとも、勤務状態は、それまでは正常だったということだ。

「このスーパーで、香代さんと一番、親しかったのはどなたですか？　その方にも話を聞かせて頂きたいのですが」

福田は、明らかに厭《いや》がっているように眉をひそめた。

「いなかったね。……うん。いなかった。それぞれ勤務時間ばらばらだし、それに、やめたり、新しく入ってきたり、うち激しいから。親しくなる間はないよ」

そう私は答えるしかなかった。どうもこの福田という店長が持っている情報は、この程度のことらしい。

「私が知ってることは、全部話したつもりですが」

福田は、そこで私の質問を打ち切りたがっていた。

「わかりました。一つだけお願いがあります。これから足どりをたどるためのヒントとしてどうしても必要になるんです。山野辺香代さんの、失踪前のタイムレコーダー用のカードをコピーして頂けませんか？」

「あれは、社外秘だから」

即座に、そう福田は答えた。即座に私も茶封筒を出す。中には千円札が一枚入っている。

「これでお願いします。本体を頂きたいんじゃなく、コピーでけっこうですから」

福田は茶封筒と私の顔を交互に見た。それから立ち上り、キャビネットを開いて輪ゴムで留められたタイムレコーダー用カードの束から一枚引き抜くと、コピーして私に渡してくれた。

「そうですか」

私は礼を述べて事務所を出た。

今頃、福田は茶封筒を開いて中を見ているはずだ。あの額では二度と福田から情報を引き出すことはできないだろう。しかし、彼があれ以上の情報を持っているとも思えない。

売場を歩くと、人が増えていた。買物客たちだ。眼をこらしたわけではないのに、買物客たちについた霊たちまでも見えてしまう。店長の背後を観察していたときのモードから切り替っていないのだろうか。

何人かの買物客とすれちがい、霊たちまで見てしまう。眼よ元に戻れと自分で言いきかせるが、回復しない。買物客たちの霊は、宿主の顔とだぶるようにあったり、頭上にもう一つ半透明な顔が乗っていたり、背中におぶさるように肩の上から顔を出していたりと様々だった。買物客が別々に買物している。その背中の霊たち同士が会話をしている場面は不思議な光景だった。離れていても、霊たちの声がかすかに聞こえてくる気がする。何と言っているかまでは聞きとれないが。

とにかく、すぐに売場を出ていきたかった。

だが、「そめちめ」のママに頼まれた買物だけは、すませておかなければならない。私は、ほとんどスーパーなどに、これまで足を向けたことがない。どこで何を売っているのかわからず、探しまわった挙句、やっと指定のいくつかの調味料を確保することができた。

私は、それから、うつむいた姿勢のままで真《ま》っ直《す》ぐレジにむかった。

レジは、さっきの茶髪の若者だった。

「ありがとうございます。フォント・カードはお持ちでしょうか？」

「いや、持ってない」

茶髪の若者の肩に、赤ん坊の顔が二つ乗っていた。その赤ん坊たちが若者の何になるのかはわからない。赤ん坊たちは口をへの字にして悔しそうに顔をしかめ、私を見ている。

バーコードを読みとらせながら、茶髪の若者は、何度か、赤ん坊の乗っている方の肩を上げていた。袋につめた後言った。

「七百二十三円になります」

私は千円札を出して言った。

「右肩がこるだろう」

茶髪の若者は、きょとんとした。

「ええ」

「赤ん坊が……二人乗っている」

茶髪の若者は、私に釣銭を渡した後、怪訝《けげん》そうな表情を浮かべた。
数秒後、絶叫しそうなほど口を開き、眼玉をむいていた。何かに思いあたったらしい。
その赤ん坊たちと若者の関係については、私にはわからない。
そのまま、私は、レジを離れ、急ぎ足で、店の外へ出た。

6

スーパー・フォントの店外に出ると、自販機横のベンチに腰を下ろした。それから、店長の福田にコピーしてもらった山野辺香代のタイム・カードを広げた。日付に○印がついているのが日曜日らしい。そして日曜日の欄は、隔週で空白になっている。週に五日の勤務をやっていたらしい。十時出勤の勤務の日と十一時半からの勤務の日がある。退社時間は、常に五時だった。

同じサイクルの日で空欄があることに気がついた。日曜日は隔週で休みをとっているが木曜日は全週、休みだった。そして、日曜日に休みをとらない週は、火曜だったり、土曜だったりとばらばらだ。しかし、週二回の休みのバランスは保たれている。

木曜日は、山野辺香代にとって特別な日だったのだろうか？ 習いごとでもやっていたのか。夫の山野辺哲の休日はどのようになっていたのだろうか？

帰ったら山野辺哲に、そのあたりの確認をとっておく必要があると考えていた。想像だけでは、調査の進めようがない。このスーパーでは、交遊関係さえわからなかった。調査のやりかたとか手順とかまちがっているのだろうか。訊《たず》ねかたがうまければ、もっと情報を引き出せたのだろうか。やはり、自分は探偵として素人《しろうと》ということか。

自問自答を繰り返した。横で声がした。

「何か貰《もら》えたかい？」

顔をあげた。ベンチの私の隣に誰か座っている。見知らぬ男だった。何だかすえたような臭いを放っている。眼の焦点が合っていないようだ。やけに色が黒い。陽灼《や》けなのか垢《あか》なのかわからない。

真っ赤だが薄汚れているポロシャツを見て、思い出した。さっき自販機の下の硬貨を探していたホームレスだ。

「何かもらえたかい」とは、私もホームレスだと信じているらしい。どう反応していいか迷った。相手はどう受け取ったかわからない。

「貰えなかったんだろ？ 時間がちがうんだ。ここはな、俺の縄張りなんだぞ。普通、縄張りに新顔が来ると、皆、追いはらってるみたいだけどな。俺はちがうぞ。ここは、廃棄分が多いからな。一人じゃ喰いきれねえ。あんたの分もあると思うぞ」

私の身なりは、そんなにちぐはぐなのだろうか。やや、自己嫌悪《けんお》に陥った。だが、彼は私に善意を向けてくれたようだった。少なくとも敵意を持っている様子はなかった。

「だがな、このベンチに座っていたらだめだ。スーパーの営業妨害になってしまう。俺たちがここにいるだけでだ。こっちに来といた方がいい。店長がすぐ警備会社呼ぶからな」

私はちがうと言いかけたが、すでにホームレスは、私のジャケットを引っ張りすたすたと歩きはじめていた。

スーパーの建物の裏に、商品搬入口と書かれた、従業員用ドアがあった。位置関係からすると、商品搬入口と事務所、従業員室とならんでいるようだった。いずれにしても、空地は建物の陰になってしまう。二トン車程度の車が出入りできるほどの広さだ。表の駐車場からは見えない位置になる。

「ここならいい」

ホームレスの男は、プラスチックのビールの空瓶入れのケースを二つ引っくり返して一つを私にすすめた。

　男は、薄汚れてはいるが邪気のない顔をしていた。ホームレスであることの引けめは、まったくないという様子だった。

「あんた、まだ、この道に入って日が経《た》ってないだろ」

　哀れむような口調だった。男の肩を見て驚いた。霊が代わり番こに姿を見せる。最初の霊は、下がり眉《まゆ》で痩《や》せて恨みがましい眼をしている。次の霊は眠そうな瞼《まぶた》を持った、ぶくぶくにむくんだような霊だった。三番目に現れた霊は、顔を出した途端に最初の恨みがましい霊に押えこまれた。三つの霊は周期的に顔を見せた。恨みがましい霊と眠そうな霊は、私のことを明らかにうっとうしがっていた。私が持っている買物袋に興味を持っているのか、視線はそちらに向けたままだ。

　三人目の霊だけが、私に話しかけてきた。

《何とかしてください。こいつ等がやってきて彼は運に見離されたんですよ。こいつ等は、もう本当に何もかも駄目にしてしまう》

　そうはっきり聞こえた。しかしすぐに押しこめられて見えなくなってしまった。

「あの、何か、勘ちがいしてませんか？　私は食事の心配は無用なのですが」

「あんた……ホームレスじゃないのか」

「ええ」

「じゃなんで、こんな時間に大の男がスーパーをうろうろしているんだ」

「調査です」

「お前、保健所じゃないよなぁ。保健所ならもっときれいなかっこうしているものなぁ」

「ちがいます。あなたは、いつも、この界隈《かいわい》をうろうろ……いや、巡回しているんですか?」

「いや、もっと、俺の縄張りは広範囲だ。ここは、割と午前中には顔を出すがなぁ」

声のトーンが低くなった。自分の仲間と思っていたら、あてがはずれたからだろう。

私は訊《たず》ねてみる価値はあると思った。

「ちょっと協力してもらえませんか?」

「何だよ」

私は、ホームレスに写真を見せた。山野辺香代の上半身が写っているものだ。

「知りませんか?」

ホームレスは、すぐに答えた。

「知ってるよ。山野辺さんだ」

すぐに名前が出てきたのは意外だった。

「首からさげているプレートにそう書いてあったから。最近そういえば見ないなぁ。休んでるのかなぁ。俺に、前日の弁当の廃棄分をまわしてくれるのは中島さんか山野辺さんのどっちかだからな。売れ残ったのをまわしてくれる」

「え！」

得意そうにホームレスは言った。「で、山野辺さんの何を調べているんだ」

「山野辺さん、今、行方不明なんですよ。で、調べてまわってるんです。さっき、店長に聞いたけど何の手がかりもなかった」

「行方不明？」心底驚いていた。「お前、探偵か」

「いや……。頼まれて捜してるだけですが」

ホームレスは、ふうーんとうなずき、何で、こんなホームレスみたいなのに調査を頼むんだというようなことをぶつぶつ言った。だから山野辺さん最近見なかったのかと。

「中島さんに訊ねたらいい。あの人は、山野辺さんと仲が良かったみたいだから」

「その人は、中にいるんですか？」

「十二時過ぎに、余った弁当を、ここに持ってきてくれる。しばらく待っていたら会えるよ」

「ありがとう」私は、財布から二千円出してホームレスに渡した。「情報料です」

ホームレスは、驚いたように私の顔を見た。

「そんなつもりで教えたんじゃないが。でも頂いとくよ。サンキュー」

〝中島さん〟に会うためには、しばらくこの場で待つしかなさそうだった。ホームレスの男も廃棄弁当を手に入れるまで、待つつもりらしい。二千円は、それほど上機嫌にさせる効果があったのか、饒舌《じょうぜつ》に私に話しかけてきた。

「あんた名前、なんてんだ。何で、山野辺さんの行方を追ってるんだ」

ホームレスは、私の身許《みもと》調査でも始めるつもりなのか、興味深そうに私の顔をのぞきこむ。

「新海っていいます。本職は別にあるけれど、最近はまったくやっていないからなあ。探偵の真似《まね》ごとと言われても仕方ありませんが、知り合いの知り合いに頼まれてやっているんです」

ふうんというふうにホームレスは顎《あご》を掻《か》いた。

「俺は、荒戸《あらと》和芳《かずよし》っていうんだ。前には、寿司《すし》屋とかやっていたんだ。結婚もしてね、子供も二人いたんだけどねぇ。道楽が過ぎたみたいだ。女房も逃げて、家もとられた。

それから、何やっても駄目なんだ。まともに仕事しようと考えた時期もあるんだが、邪魔する組織がある。だいたいわかっているけどな」

それから、某宗教団体と、某民族組織の名を出した。このホームレスの就職活動を邪魔して、二つの組織に何の得があるというのか。陰謀史観による被害妄想なのだろうか。この二つの組織は、荒戸が職を求めに行く先に、常に先回りして妨害すると憤慨した。それが荒戸の職を得られない妄想上の理由らしかった。

「道楽がすぎたって……。女ですか？　博打《ばくち》？」

荒戸は大きく首を振った。

「信じないだろうがな。俺は滅茶苦茶《めちゃくちゃ》、歌がうまいんだ。橋幸夫《ゆきお》なんか問題にならないくらいいな。そのとき、寿司屋やってたんだが、客から歌手になれっておだてられてな。……NHKののど自慢に出て鐘を連打させたんだぞ。……それで俺もその気になってレコード出したんだよ。貯金を全部はたいて、借金までしてさ。俺が作詞作曲した『板場旅情』ってのと『城下町悲恋』ってのとな。それでやめときゃよかったのに、店を休んで、九州一周キャンペーンやって回って。三千枚作ったのに、売れたのは、百二十三枚だ。帰ったら女房は子供連れて静岡の実家に逃げ帰ってた。それから後は、借金地獄で……何やってもうまくいかなくてなぁ。

今は、気楽だよ。働こうなんて思わない。何の心配もいらない。寿命が来ていつ野垂れ死にしたっていい」

それから、二千円を私に見せて言った。「俺は長六橋の下に小屋を作ってる。今夜、焼酎《しょうちゅう》を買ってくるから、歌を聞かせてやろうか。レコードもいっぱいあるから、新海の兄さんにも一枚やるよ」

レコードをかけるプレイヤーを持っていないからと丁重に断り、言葉を濁した。そのとき、気がついた。交互に姿を現す荒戸の三人の背後霊のうち、二人が、私がママに頼まれて買った調味料の袋を忌《いま》わしそうに凝視している。

三人目の霊が、再び私に話しかけてきた。

《その袋の中に、塩があるでしょう》

ああ、たしかに、ママに頼まれた品の中には天日干しの粗塩があったはずだ。

「ああ」と私は、うなずいた。荒戸は、何をひとりごと言っているという不思議そうな顔をした。

《邪《よこしま》な霊は、塩を嫌うんですよ。この人の運を下げたのは、こいつ等が取り憑《つ》いたからです。私一人じゃ多勢に無勢で》

そこで、まともな穏やかな顔をした霊は、引きずりこまれるように見えなくなり、代わりに貧相な顔と怠惰そうな顔の霊が二人現れた。

スーパーの袋から、粗塩を取り出してみた。二人の霊の表情が劇的に変った。それまで、きょときょとと落ち着きのない眼でスーパーの袋を見ていたのが、口を大きく開き、恐怖の表情に変ったのだ。私は立ち上って、粗塩の袋を開いた。

7

それまで話していた荒戸も、私が立ち上って粗塩の袋を開いたのに驚いたようだ。

「何。どうしたの新海さん。そんな顔して」

右手で塩をひと摑《つか》み握った。「荒戸さん。動かないで。ちょっと失礼します」

荒戸の頭上に、大相撲の浄《きよ》め塩を撒《ま》くような要領で撒き散らした。

「わ。何すんだ。馬鹿《ばか》野郎」

荒戸は、私の行動が信じられないようだった。あまりにも突然だったからか。断ってからの方が良かったかもしれない。

だが、効果はあった。

荒戸の背後から、もがき苦しみながら二体の霊が浮かび上った。貧相な霊と怠惰な霊だ。思わず私は言った。

「抜けた！」

「え、何のことだよ。何が抜けたっていうんだよ」

わけがわからないという様子の荒戸にかまわず、もうひと摑み塩を握った。

二体の霊の全身が見えた。貧相な霊は、顔は人間だが、身体《からだ》は、毛細血管の集まりのように見えた。怠惰な霊の方は身体は、ぶよぶよした球状のものだ。機会があらば、荒戸の身体に再び寄生しようとうかがっている様子だった。荒戸の身体がよほど住みごこちが良かったとみえる。未練を残しているのだろう。

二体の霊は私を睨《にら》んだ。と同時に私は、もう一度、宙空の霊に向けて粗塩を投げつけた。粗塩はうまい具合に、霊の上で四散した。

初めて、その二体の霊の声を聞いた。

フィォーフッ！　というふうに聞こえた。悲鳴だったのかもしれない。それから、二体の霊は空中高く舞い上がり、見えなくなった。

「荒戸さん、すみません。変な奴《やつ》と思ったでしょう」

私は、再度、荒戸に言った。荒戸は黙したまま、ゆっくりと首を横に二回振った。

「いや……。俺は……どうしたんだろう」

自分の身に何が起ったのかわからない様子だ。荒戸は私を見ていた。何かがちがう。最初の彼の表情とは。さっきまでは眼の焦点が合っていなかった。しかし、今、私を見ている眼は一本芯《しん》が通った眼だ。

「何だか、世の中が、一枚、膜がはがれたように見える。新海さん、あんた、いったい、さっき何をやったんだ」

詳しい説明をするべきだろうかと迷った。

「……お祓《はら》いしたんです。荒戸さんに運が向くように」

「お祓い？　俺に何をかけたんだ」

「塩」

汚れた赤ポロシャツの袖《そで》にかかった塩粒をなめて、荒戸は「本当に塩だ」と呟いた。

その荒戸の背後にいるのは三人目の霊だった。先刻とちがうのは、霊が笑顔になっていたことだ。その霊は、私に両掌《りょうて》を合わせていた。解放されたということなのだろうか。両掌を合わせ、何度も何度も頭を下げていた。霊に拝まれるというのも、何だか、変な気分だ。私は、それを無視した。また荒戸に変に思われる。

荒戸は、ビール瓶の箱の上で、何度か深呼吸を繰り返した。

「どうしたんですか？」

「いや。空気が、うまいんだな。すがすがしくって」という答えが返ってきた。

従業員用出入口のドアが開いた。

小肥りの四十代の女が出てきた。両手に、弁当箱を三つ持っている。細い眼の丸顔で人がよさそうだということは、すぐにわかる。私たちの方に歩いてくる。

「今日は、巻き寿司と幕の内と、とんかつ弁当だけど」女は言った。私の顔を見て、オヤッという顔をした。「お仲間? これじゃ足りなかったかね」

その女が、中島であることは、胸の名札ですぐにわかった。

「いや、ちがいます」

私が言うと、荒戸が私を紹介した。

「この人、山野辺さんのこと調べてるそうだよ。中島さんなら、山野辺さんのこと知ってると思ってね。話を訊《き》きたいんだってさ」

中島は、少し驚いたような表情を浮かべた。それは私に向けた驚きではなく、荒戸に対してのものだった。

「なんか、あなた、いつもとちがうわ」

荒戸は、そう言われてうなずいた。

「そうか。……自分でも、何だかちがうような気はしてる」

二人がうなずきあっている。それから中島は私に向きなおった。

「失踪《しっそう》したってね、山野辺さん。びっくりだったね。あなた、刑事さん？」

「いえ」同じ説明を繰り返すと、やはり「探偵さん？」ということになった。

「少々、時間を頂けませんか？」そう頼んだ。

「今、四十分休憩に入ったばかりだけれど。食事しなくちゃならないから、十分くらいでいいかねぇ」

「ええ、それでけっこうです。じゃ早速に。失踪されたという日、中島さん、何か気がつかれたことありませんでしたか？」

中島は首を横に振った。

「いつもと変りなかったわ」

「仕事以外で山野辺さんとおつきあいは、ありませんでしたか？」

「さぁ。なかった。ここの仕事終ったら、家の仕事をするんで精いっぱいだからねぇ」

やはり、店長の福田が言っていたとおりらしい。プライベートな時間では、従業員同士の関係は稀薄だったのだろうか。

「どんな方だったんですか？　中島さんが知っておられる山野辺さんというのは」

「いい人だったよ。明るい人だった。この人に弁当渡しはじめたのも、山野辺さんからだったね。店長は、そんなの渡すな、廃棄分を使うなって、うるさいんだけど、人のためだからねぇ。

ときどき昼御飯が一緒になったからねぇ。話は、家族がどんな失敗をしたとか、他愛《たわい》のないことが多かったけれど。山野辺さんのこと皆、男と逃げたんだみたいなこと言ってたけれど、そんな人じゃなかったと思うよ」

「借金とかは、なかったんですよね」

「そんな人は、すぐわかる。眼に落ち着きがない。前に一人勤めてたけど、電話がじゃんじゃんかかってきたり、変な人が来たりして、すぐやめていった。山野辺さんは、ちがう」

金でもない。異性問題でもないようだった。質問する内容もだんだん限られてくる。

「そうね。世間話でいつも終ってたけれど、一度、あー何とか幸福になりたいねー。何の心配もなく。そう、私が言ったときに、大丈夫、誰でも幸福になれるって自信を持って私に言ったことがあったよね。あのときは、ちょっと、びっくりした。何で、そんなに自信もって言えるのかってね」

それは、単に山野辺香代の生きかたが前向きだったということなのか？　それとも、失踪が計画されていて、それによって幸福が摑めると確信していたということなのだろうか。

「山野辺さんに、どこからか連絡が入っているということはありませんでしたか？　家族以外の外部の人から」

私は、次の質問に移ると、中島はしばらく頭をひねった。

「ここでは、……見かけなかったねぇ。職場は、原則として携帯電話持ちこみ禁止だからねぇ。全部、ロッカーに置いておくからねぇ。……うーん、最近は、メールとかあるんでしょう。私はケータイは音痴だからよく知らないけれど、娘とか家でよくやってるのを見るよ。あれだったら、ちょっとの間でも眼をとおせるんじゃない」

とすれば、外部からの連絡があっても、周囲に悟られない可能性もあるわけだ。

「ロッカーというと、更衣室かなんかですか」

「そうよ」

「山野辺さんのロッカーにあった私物は、どうなったんですか？」

「御主人が、ここに来られたとき、店長から全部受け取って持ち帰られたはずよ」

「そうですか」

そこで、私は眼をこらした。

中島という女とそっくりの年齢も変らない女が、中島の頭上にあった。口は開かないが穏やかでにこやかに微笑《ほほえ》んでいた。彼女は中島の母親なのだろうか。中島と一緒に過ごしている、まさに守護霊という感じだった。平凡な生活だろうが、今の中島という女に不幸の影はまったくなさそうに見えた。

「最後に一つだけ、教えて頂きたいのですが、勤務の日程は、どうやって決めるんですか。自分の都合で組めるんですか？」

中島は、ああ、そんなことかとうなずいた。

「とりあえず、自分の用事があって、休みたい日だけは、先に店長に出しておくの。この店、年中無休だからね。それで、休みがかちあったときは、調整になるね。山野辺さんは日曜日は隔週休んでいたはずよね」

「そうですね」

私は礼を言った。中島は、お役に立てたかねと言って従業員用出入口のドアへ去っていった。

8

ずいぶん疲れていた。今まであまり、外に出なかったこともあるだろう。加えて、見知らぬ人々と何人も顔をあわせたこともある。人々だけではない。見知らぬ人々の背後霊たちとも会ったことで、疲れもいや増していた。

人酔い、あるいは霊酔いという奴か。

自分の部屋に、その午後、帰りつき、ソファの上に横になると、あっという間に眠りに落ちてしまった。

夢を見た。

夢の中に、那由美が来てくれた。

初めて会った二年半前の彼女の姿だった。ウエストをしぼった白い小さな水玉の紺のワンピース姿で、私に何かを話しかけてきた。

何を言っているのか、よく聞きとれない。

私は私で、勝手に彼女に恨みごとを言っている。何故《なぜ》、ぼくだけ残して逝《い》ってしまったんだ。何故、一緒に連れていってくれなかったんだと。

久しぶりに会えた那由美に、素直なよろこびを伝えられずに愚痴ばかり言っている自分が厭《いや》で仕方がないこともわかっている。

レストランは、初めて二人で食事をとった場所。どこだったのかわからない。那由美の運転でドライブした。海が見える場所。

楽しかった場所。幸福だった場所。

那由美は、私の声が聞こえないのか、嬉《うれ》しそうに笑い転げるばかりだ。まるで、私と那由美の間に、透明な膜があり、感情までも隔てられているように。

眼を醒《さ》ましたとき、あたりは、暗くなっていた。随分と寝汗をかいたようだった。

洗面所で、顔を洗い、鏡の中に眼をこらす。鏡を見るときの無意識の習性だ。うらぶれた貧相な私の顔があるだけだ。鏡の中の背後には、誰の霊も浮かんではいない。

那由美がこの世を去ってから、どのような霊になっているのだろうかと、よく考える。もし、人が死んで霊となり、生きている人に宿るのであれば、那由美は誰の背中に宿ったのだろうかと。宿るとすれば、あれほど愛していた私の背で守護霊となってくれるはずではないか。そして私を守ろうとするはずではないか。

他人の背にいる霊は、あれほど見ることができるのに、私の背にいるはずの霊が何者か知ることもできないなんて。

宿りたい肉体を霊は選択できるのだろうか？

わからない。

もし、選択できないとしたら……。

だとすれば、いつか、誰かの背中にいる那由美と再会できる可能性はある。誰の背中でもいい。那由美と会いたい。

そういう気持で、鏡の中を凝視するのだ。

今日は、特に眼をこらさなくても、次々と霊を視《み》ることがあった気がする。能力が高まる波があるのだろうか。もし、能力が高まっているとすれば、このようなときは、鏡の中にも霊は映りこんでいてはくれないのだろうか。

そんな希望は、かなえられなかった。

部屋に戻り、テーブルにメモ用紙を出し、私は、山野辺哲に電話をいれた。

発信音を聞きながら時計に眼をやると、七時をまわったところだった。もう帰ってきているだろうか。

「はい、山野辺です」年輩の女性の声だった。

「新海と申します。哲さんをお願いします」

「しばらくお待ちになってください。哲！　新海さんという方」

耳が遠いのだろうか。本人自身も大きな声で喋《しゃべ》っているという自覚がないようだ。

電話の先では、子供が走り回って叫んでいる声と、泣き声が聞こえる。

「はい、山野辺です」哲の声だ。

「新海です。今の時間、電話よかったでしょうか？」

「あ、かまいません。夕方から母に来てもらっているんです。私ひとりでは、何ともできないものですから。保育園に迎えに行ってもらって、この時間まで子守りしてもらってるんですよ。家が近所なんで、その点は甘えさせてもらっています」

状況からして、山野辺の家庭は今、大変な状態だろうなと推察する。二人の幼児の面倒を見るということの苦労は私の想像範囲からはずれている。

「そうですか。お電話したのは、今日の調査の結果をお話ししておかなくてはいけないと思ったことと、いくつか、確認しておきたいことがあったものですから」

「はい。どういうことでしょう」

「今日は、香代さんが勤めておられたスーパー・フォント田迎《たむかえ》店に行ってきました。店長の福田さんと、香代さんと仲が良かったと思われる中島さんという方の話をうかがってきました。

あまり……役に立ちそうな情報はありません、残念ですが。誰も香代さんが失踪される原因は思いあたらないそうです。嘘《うそ》は言ってない感じですね」

「そうですか……」落胆していることが、わかる。

「うかがいたいことの一つは、香代さんのロッカーから御主人は私物を引きとられたのでしょう」

「ええ、香代がいなくなって、スーパーを訪ねたときに、ロッカー内の私物はすべて持ってきました」

「どんなものがありましたか？」

「ええ。えーと、折り畳み傘と、封の切ってないタバコ。「そめちめ」のマッチ。サングラス。朱肉がいらないタイプの三文判。タオル。ティッシュが三つほど……そのくらいでしたかね……」

ゆっくりと、記憶をたどるように山野辺哲は言った。そこで、例の「そめちめ」のマッチを見つけて私につながることになったのだろう。

「変ったものはなかったのですね」

「ええ」

「それから、もう一つうかがいたいのですが、スーパー・フォントの店長に、奥さまのタイム・カードをコピーしてもらいました。それを見ていたのですが、日曜日は隔週で休みをとっておられます」

「ええ、日曜日勤務のときは、十一時半出勤の五時までだったと思います」

その通りだった。

「あとはばらばらに休みをとっておられたのですが、毎週木曜日だけは、必ず休みをとっておられます。木曜日は何か習いごととか、予定とかあったのでしょうか？」

しばらく受話器の向こうで間があった。考えているのか。やっと答があった。

「タイム・カードですか？　そこには、私は気がつかなかった。今、思い出しているところですが……。隔週の日曜休みだけはわかっていたのですが、あとの休みは、ばらばらだとばかり思っていたんです。

気がつきませんでした。毎週木曜日に必ず休んでいるんですか？

習いごとをしているという話は聞いたことがありません。思いあたりません。

……ちょっと待ってください。木曜日は、いつも出勤だと言ってたような気がします。休みの前日の夜は、明日は休みだからと必ず言っていました。水曜日の夜は、それを聞いた記憶がないんですよ」

多分間違いないと思います。もう一度よく思い出してみます。そう山野辺は言った。

「確認したかったのはそれだけです。ただ……」

「何でしょう」

「他に、手がかりというか、調べに行く場所が、まったく思いつかないのです。山野辺さんの中で、何となく引っかかっていることとかはありませんか？」

それが正直な私の気持だった。

「ありません。思いつきません」

「思いついたときでよろしいです。『そめちめ』の方にでも伝言しておいてもらえればけっこうです」

「わかりました」

「それでは失礼します」

受話器を置いた。やはり、何の進展もみられない。それから、調査の残りの金を返してしまおうかとも思った。だが、うち十万円はマスター夫婦にすでに渡してしまっている。その分だけは調査をやるべきではないかという強迫観念もある。

もうしばらく続けてみる。そう自分に言いきかせた。

再び、ソファに座り、考え始めた。山野辺には背後霊はついていなかった。だから山野辺哲自身以外の情報は知ることができない。香代は、まだ生きているということだろうか。哲の背後に香代の霊が宿っていないということは。

木曜日に必ず休みを入れていた理由は何だろうか。夫も、その日に休みをとっているとは知らなかったようだ。

低俗な週刊誌で、主婦売春といった記事が躍っているのを連想する。だが、昼間会った中島という女性の話からは、そんなことは考えられない。それから、香代が中島に言ったという「大丈夫、誰でも幸福になれる」。

誰でも望めば……ということなのか？　何でそのような自信に満ちた言葉を吐くことができるというのだろうか。宗教的なイメージもある。その言葉に、何か裏付けがあったのだろうか。

思考は堂々巡りを繰り返すばかりだった。

9

ヒントは、あるとき、突然に降ってくる。翌朝、ぼんやりとテレビを見ていて、ふと、その考えが浮かんだ。

テレビは、幼児番組だった。子供たちが、楽しそうに野原を着ぐるみのキャラクターたちと走り回るシーンだった。

テレビに映る人物は、背後霊を持たない。というより、霊は電波に乗らないようだ。だから、鏡と同様に、私は、テレビに映る人々については、何の心配もなく見ることができる。現実では、本人が言うことと、霊の言うことの真偽を両方はからなくてはならないが、テレビの中では、登場する人物の言葉だけを鵜呑《うの》みにしていればいい。その分、気が楽だ。

その幼児番組を見ながら考えていた。

登場しているこの幼児たちの一人一人にもテレビの画面以外で会っていたら、霊の存在がわかったはずだろうなと。

それがヒントになった。

早朝だったが、私は再び、山野辺哲に電話を入れた。彼が、まだ出社していないことを祈った。

山野辺哲が、電話に出た。

「早朝すみません。実は、御協力願いたいことがありまして」

私が言うと、山野辺は感激したようだった。自分の方からも連絡をとろうと思っていたと告げた。

「やはり、木曜日は、香代がいつも勤務していたと思っていたようです。新海さんから電話を頂いた後、色々と思い出してみたんです。手帖《てちょう》をくってみたりとか。で、やはり、香代は、私にその日が休みだということは伝えていない。あえて言う必要がないと彼女が考えて、私に言わなかったのか。それとも、意識的に、隠していたのかはわかりません。本当に、その日は、スーパー・フォントの方には勤務していなかったのでしょうか？」

痩《や》せ型の神経質そうな山野辺哲が、不安気に眉《まゆ》をひそめている様子がありありと、私には想像できた。

「私の手許《もと》にあるタイム・カードのコピーでは、そのようになっています」

そうとしか、答えようがない。

「ただ、それが、奥さんの失踪《しっそう》原因と関係があるかどうかということは、今のところ、わかりませんが」

山野辺の精神状態が不安定にならないことを祈って、そう付け加えた。

「そうですよね」と山野辺哲は力なく溜息《ためいき》まじりに答えた。

「お願いというのは、二人、お子様がおられましたよね。えーと、ひさし君でよろしいですか？　寿君と、みるちゃん。お子様たちに、私が会うことは可能でしょうか？」

「はぁ。子供たちにですか？　それは、可能ですが、寿の方は、まだ片言で喋るくらいですよ。みるの方は、やっと摑《つか》まり立ちをしたくらいで、話したってあまり、役に立たないと思いますが」

不思議そうだった。常識的に考えて、三歳児や一歳児に質問してその答が有効とは、考えにくいはずだ。だが、私が会いたいのは、子供たちよりも、子供たちに宿る霊たちの方だ。もし、霊が憑《つ》いているとすれば、山野辺哲以上の情報を持っているはずだと考えていた。

「いえ、かまいません。何か、感じることができればと思います。試せることは、すべて試しておきたいものですから」

「わかりました。そういえば、『そめちめ』の奥さんが、新海さんには不思議な力があるからと言っておられましたから。そのことを今、思い出したところですよ。会ってみてください」

「どのような形でお会いできますか？　これからでも、うかがいますが」

「申し訳ありませんが、私、これから出社するんです。途中、子供たちを二本木のさくら保育園に預けていきます。

そうですね。朝、預けるとき、保育園で、新海さんのことを話しておきましょう。だったら、新海さんの都合のいいときに、子供たちに会うことができる。

「それでは、いかがでしょうか」

その方がいいかと思う。これからあわてて会うにしても時間はとりづらいだろう。

「ええ、そうできれば」

「寿は、こばと組で松尾めぐむ先生。みるはすみれ組で野中真利先生です。どちらかを呼んで頂ければ、わかるようにしておきますから」

それから、さくら保育園の場所を説明してくれた。歩いても二十分ほどで行ける距離のようだと見当がついた。

掃除をしたのは、いつ以来だろう。電話を切ると、猛烈な勢いで発作的に私は部屋を片付け始めた。掃除機をかけ、ゴミをまとめ、雑巾《ぞうきん》がけまでやった。その気になると、徹底的にやりおえないと気がすまない。二時間近く、その作業に集中していたことになる。

「そめちめ」に顔を出し、食事をとった。

「だんだん、生気が取り戻せているみたいだね」とマスターは評した。

「おかげで」と答えて、食事をとったが、味覚まで戻ったとは言いがたかった。

歩きで出かけたのは十一時過ぎのことだ。ゆっくりと散歩をする気持で、市電の通りを呉服町から、熊本駅の方へ歩いた。

場所はすぐにわかった。白川から近い住宅街の中にお寺があり、その保育園はお寺の敷地と隣接するようにあった。

鉄筋の二階建の建物で、それほど広くはない庭がある。洋服を着た二羽のウサギが立ち上って囲んでいる文字が「さくら保育園」とある看板が目に入った。

このような場所も縁はなかったなと思いながら、鉄の門を開こうとする。門は幼児の力では簡単に出入りできない構造になっていた。

中から、髪の白い老人があわてて飛んできた。

「何か、御用ですか？」

どうも、不審者と思われたようだ。髭面《ひげづら》の陰気そうな風体に見えたからだろう。異常者が園に侵入しようとしているととられても仕方がない。

私は、山野辺哲の名前を出し、許可をとってある旨《むね》を告げた。それから、松尾めぐむ先生と野中真利先生の名前をあげた。

「ちょっと、ここで待っていてくれませんか？」

確認をとりに、老人は建物の中に入っていった。待たされた。十分ほども、その鉄門の前でぽつねんと。

しばらくして、老人とほっぺたの真っ赤な童顔の前掛けをつけた女がやってきた。頭にはバンダナを巻いている。

「新海さんですか？　松尾といいます。寿君のお世話をしております。今朝、寿君のお父さんから話をうかがってますから、どうぞ」

老人の方は、まだ私のことが不安でたまらないように見えた。

「今、みな食事しているんですよ」

松尾めぐむ先生は、話しかたも、跳ねるような歩きかたも、まるで女子高生のようにしか見えない。その背中には一人の中年女がいる。

《ああ、寿君のお母さんのことでお見えになったんでしょう。寿君も淋《さび》しいでしょうねぇ》

中年女の霊は唇も動かさずに、そう語りかけてきた。私はそうだというふうに、うなずいてみせた。

二階に上がり、そこでも、檻《おり》状の鉄の門を通る。ずっと鉄柵《さく》が張りめぐらされている。ピンクや黄色といった色で部屋が塗りわけられていなければ、収容所といった印象だった。鉄条網こそないものの。

いる。

「この部屋に寿君がいるんです」

もっと騒々しい状態を想像していた。幼児たちは、口の字形に並べられた机を囲むように、うどんを食べていた。皆が正座して、黙々とフォークや箸《はし》をつかって食べている。

《寿君は、お利口さんですよね。どうして、お母さんはいなくなったんでしょうね》

「わかりません」思わず霊にそう答えていた。松尾めぐむ先生の霊は、同情するように、首を横に振った。

「何かおっしゃいましたか?」

松尾先生は振り返って私に言った。

「いえ、ちょっとひとりごとです」

松尾先生は、うなずいた。「寿くーん。お客さまだよー」

丸刈りにして青いシャツ青いズボンの子が立ち上がり、のろのろと歩いてきた。元気がなさそうな様子だ。

「お母さんがいなくなってから、ずっとこんな状態なんですよ」

寿君が私の前まで来たとき、私はしゃがみこんだ。少なくとも眼の高さは揃《そろ》えてやらないといけないと思ったからだ。

寿君は、ぺこりと頭を下げ「こんにちは。山野辺寿です」と言った。私も「こんにちは。パパの友だちの新海です」と言った。

それから、眼をこらした。

もじもじと身をくねらせる寿君の背後に霊の姿は、見えなかった。

それが驚きだった。この子にも霊の気配がまったくない。父親の山野辺哲と同じように。

そんな霊が近付かない家系のようなものがあるのだろうか。

「元気で遊んでいますか？」

そう私は寿君に訊《たず》ねた。この子に母親の話題は出すべきではないと思ったからだ。

寿君は口を尖《とが》らせ、何の返事も返してはくれなかった。

私は寿君を席に戻し、次に長女のいるすみれ組のある一階に下りた。

結果は同じだった。

長女にも霊は憑いてはいなかった。

10

またしても、手がかりは得られなかった。空振りばかりが続く。やはり、自分には調査という仕事は向いていないのだろうか。そう自問自答する。

背後霊がついていない家族。非常に特殊な気がするが、現実は現実として受けとめなくてはならない。それが、山野辺香代の失踪に関係あるのだろうか？　わからない。

ニュースカイホテル前の白川沿いの道を歩いていたときだった。

「新海さーん」

呼ぶ声が聞こえる。立ち止まってあたりを見回した。

右前方、白川に架かった泰平橋の上に、手を振っている男の姿がある。その距離は三十メートルほどもあって、遠くからよくわかったなという気がする。

顔は、わからないが、雰囲気でひょっとしてと思った。彼は泰平橋の隣の長六橋の下に住んでいると思ったが……。

眼をこらすと、その人物の背後が光を放つように明るくなっていた。

彼は、橋の上から駈《か》けてきた。

間違いなかった。

ホームレスの荒戸和芳《かずよし》だった。

「やぁ、新海さん。捜したぞ」

荒戸は、そう言った。声のトーンが昨日よりも高くなっている気がした。声そのものに張りがでてきたようだった。

荒戸とは、前日、スーパー・フォント田迎店で別れたままだ。焼酎《しょうちゅう》で一緒に一杯やろうという申し出を固辞したまま。

「何ごとですか」

私は言った。どうも荒戸はずっと私のことを真剣に捜しまわっていたらしい。

「あんたに昨日会ってから、何かが変っちまったみたいだ。お礼言わなくっちゃと思ってな」

何か様子がちがう。赤のポロシャツは薄汚れていない。いや、これは新品だ。ズボンも黒からベージュのやはり新品のコットンパンツに変っていた。

「お礼って、何を……」

「昨日、新海さんから二千円頂いたろう。あれが運のつきはじめだ。あれで焼酎を買った。それと酒の肴《さかな》と。すると、六百円お釣りができた。それでクジを買ったんだ。

三枚。ほら、削ると当りかハズレかわかるやつ」

「おめでとう。当ったんですね」

「ま、聞いてくれ。そしたら、三千円当った」

三千円か。それでも、荒戸にしては、大幸運にちがいないのだろう。

「三千円は、その場ですぐに払い戻してくれた。それで、またスクラッチ・クジを十五枚買った。そのうちの一枚が、百万円だった」

何ということだろう。耳を疑った。荒戸は無一文から百万円を手にしたというのか。眼をこらした。

例の貧相な霊と怠惰そうな霊の姿はなかった。見えたのは、私に救いを求めていた三番目の霊だけだった。顔は同じだった。だが、昨日とは変化している。頬がふくよかになっている。それから笑顔が溢《あふ》れている。さっき、橋の上で荒戸から光が放射されているように感じた理由がわかった。

荒戸の霊が内部から、光を放って輝いているのだ。

「換金に、その足で銀行に行ったんだ。それが傑作だった。俺の姿を見て窓口の女の子が引いちゃってね。それから、部屋に通された。担当らしい男の行員が二人でてきてね。印鑑はお持ちですかとか、住所氏名をとかね。住所は、長六橋下。そう書いた。

それじゃ、ちょっとというから、住所不定と書きなおしたら、しばらくお待ちくださいって待たされた。お茶を持ってきた姉ちゃんに、晩飯おごろうかって誘ったら、ハハハ、凍りついちまってた。それで賞金持ち帰るって言ったら、現金持ち歩くと危険だから、定期預金にしておきましょうと、これが、また、しつこいんだなぁ。百万円であれだけしつこいんだから、三億円当ったら、どんなことになるんだろうな。で、俺は百万円持ち帰るって言い張った。三十分ねばってやっと、解放してくれたよ。

で、銀行を出たら、銀行の横でも宝クジを売っていた。そこで、お礼のつもりで、また十枚、スクラッチ・クジを買った。そのうちの一枚が、また百万円当った。その足で、また銀行に入った。

そのときが大変。完全に怪しんでいたな、俺のこと。売場に確認とったり、まるで事情聴取でも受けてるみたいだったぞ」

合計二百万円ということなのか。私は、一瞬、くらくらするような酩酊感《めいていかん》を味わっていた。

とんだ、わらしべ長者ではないか。

「それから、服を買い替えた。着替えてから昨夜はビジネスホテルに泊った。風呂《ふろ》に入ったのは何年ぶりだろう。ビジネスホテルの石けんは小さいだろう? お代わりを貰《もら》った。最初入った湯は、真っ黒になった。湯を流すと浴槽の底に泥と砂がたまっていた。二度目に入って石けんでこすると、湯の表面に垢《あか》の層ができた。今朝までに五回入った。何だか体が、軽くなった気がするよ。軽くなったのは、ほとんど垢だったということなのかな。

真っ白いシーツのベッドに横になって買っといた焼酎を飲みながらテレビのポルノを見た。

ああ、俺は、人間だったんだって実感したよ。朝、ホテルを出てから、ずっと新海さんを捜してたよ。そんなに遠い住まいじゃないと思っていたし、調査で歩きまわっているなら必ず会えるはずだってね。そう信じて捜していたんだ。新海さんに運をもらった気がしてならない。礼を言わずにおれなかった」

荒戸は饒舌《じょうぜつ》だった。色々と私に話したいことを一気に喋《しゃべ》りまくっているという感じだった。

「そこまで感謝されると恐縮します」

とだけ答えた。

荒戸に憑《つ》いている霊は、守護霊なのか。というより、福の神なのか。私が浄《きよ》め塩で追いはらったのは、福の神の力さえ減殺させてしまう疫病神《やくびょうがみ》……貧乏神の類だったということなのか。疫病神が去った荒戸に残った福の神が、今、十分にその能力を発揮しはじめたということだろうか。

「あなたは、福の神？　ですか」

にこやかに微笑《ほほえ》んでいる荒戸の背後の霊に私は思わず問いかけていた。

《わかりません。でも、この人は、本来、幸福になる素質を持った人です。今まで、邪《よこしま》なものに取り憑かれていたから、私も抑えられていたんですよ》

笑みを絶やさずに、その霊は言った。同時に、自分に言われたと思ったらしい荒戸は、嬉《うれ》しそうに歯茎をむき出して笑った。

「俺が、福の神だって？　誰かに聞いてみようか？　皆、こんな金のなさそうな福の神は、いないって大笑いするよ。

それより、新海さん、あんたの方だ。新海さんに会ってから、気分が全然ちがうし、運まわりも逆転しはじめてる気がする。あんたには、何かあると思うよ」

私は、肩をすくめてみせた。疫病神を追いはらったからだなどと言う必要もない。

「あれから、山野辺さんの手がかりとか、何か摑《つか》めたかい？」

「いいや。かんばしくありませんね。自分でこんな調査の仕事は向いていないんじゃないかと考えながら、歩いていたところです」

それからも、調査の状況とかを荒戸はしつこく聞いてきた。仕方なく話してやると、彼は胸を叩《たた》いてみせた。いかにも、活力溢れるというふうに。

「どうせ、俺も一日ぶらぶらしているんだ。俺は俺なりに、山野辺さんの行方を心がけておくよ」

「それは、どうも」

あまり、あてにはならないというのが本音だった。だが、荒戸は善意で言ってくれている。それを断るのは、あんまりだという気もする。

「何かわかったら、どこに連絡すればいい」

仕方なく、パソコンで作った名刺を渡した。その名刺を見て、荒戸は頭をひねった。

「何だよ。染地日藍《あい》って。新海さんの名じゃないのか」

「うーん。この仕事はあまり長く続けるつもりはありませんからね。だから、その期間だけのペンネーム……じゃない、芸名でもない源氏名……まぁ、そんなものです。でも、電話は、そこに。新海でとおりますから」

わかったと言って荒戸は名刺を尻《しり》のポケットに入れた。

「一つ、つきあってよ。新海さん。俺の気持だけ、お礼したいんだ、今夜。渡したいものもあるし。橋の下じゃない。今日は、どこか店に行って食事をとろうと思っている。一人で行くのは心細いんだ。長いこと行ってないから。そうすれば新海さんにも御馳走《ごちそう》できる。頼むよ」

それは、私には断れない気がした。あまり贅沢《ぜいたく》なものは、と私が言うと、荒戸は嬉しそうに、もちろんだ!! と答えた。

別れ際《ぎわ》に、荒戸は、これからスーパー・フォント田迎店に行ってみると言った。もう一つ新海さんに頼みたいことがあると熨斗袋《のしぶくろ》を出した。そして筆ペン。

「俺、字がダメなんだ。お札、荒戸和芳って書いてくれないかな。中島さんに渡したいんだ」

私は歩道にしゃがみこみ、言われたとおりに、あまりうまくない字で書いた。

荒戸和芳は、私の目の前で札束から五万円を抜き取り、袋の中へ入れた。

11

夕刻、待ち合わせの時間に銀座通りの紀伊國屋《きのくにや》書店前へ行くと、すでに、荒戸和芳は、待っていて私に手を振っていた。

何と野暮なデートかと滅入《めい》りそうになった。それまで他の霊を見たくないためできるだけ下を向いて歩いていた。今、どちらがホームレスに見えるか投票をすれば、確実に雰囲気の暗い私に軍配があがるだろう。

近付くにつれ、手を振る荒戸は、まるで後光がさすように輝きを増しているように見える。

「ねぇ、新海さん、何食べる？」

何を食べても同じだ。味覚喪失はなおっていないようだ。満腹感も空腹感もない。ある種の感覚失調だろうか。

「何でもいいですよ。あまり食べものには、うるさくないんで」

よし、決めたと荒戸は叫んだ。

「焼き鳥食べよう。焼き鳥」

案外コストの安い食べものにするものだと思う。昔、寿司《すし》屋をやっていたと言っていたから、寿司なぞに行こうと言いだすかと思ったがちがう。

「焼き鳥でかまいません。荒戸さんは焼き鳥が好きなんですか？」

大きく首を横に振り荒戸は言った。

「そんなわけじゃあ、ない。でもね、新海さん。俺、こんなになる前、レコード出したって言ったろう。それで九州中をキャンペーンやって回ってた」

「聞きました」

「そのときのキャンペーンって、レコード入れたバッグとギターと持ってなぁ、ずっと盛り場を回ったんだ。で、店の中に入って、レコードのキャンペーン中なんです。一曲唄《うた》わせてくださいって言ってね。それが、何故《なぜ》か、焼き鳥屋が多かった。焼いてる匂《にお》いがいいしね、皆うまそうに喰ってるしねぇ。俺ァ、もちろん食べないよ。唄い終ったら、一枚レコードいかがですか、そう言っても、みーんな知らんぷり。いたたまれなくなって、次の店へ行くんだ。そこも、焼き鳥屋」

その頃から、三人の霊が荒戸の背後で押しあいへしあいしていたのだろうか。

近くの焼き鳥屋のカウンターで、荒戸は「うまいなぁ、これ、うまいなぁ」を繰り返した。荒戸の背に残った一人だけの霊が、感無量といった様子で何度もうなずいているのが印象的だった。

荒戸は、生ビールの大ジョッキの後、焼酎のロックを二杯飲んだ。三杯目を作ろうとして「忘れるところだった」と、スーパー・フォントの紙袋を私に差し出した。

「これ。俺の気持ばかりのプレゼント。黙っておさめてください」

金かと思って中を見るとちがっていた。レコードが三枚入っていた。いやな予感がして取り出すと、予感は当っていた。

荒戸かずよし「板場旅情」「城下町悲恋」とあった。三枚とも同じレコードだ。ジャケットに荒戸がラメ入りの和服で見得をきったアップ写真がついていた。毛もふさふさしている。今より十歳以上は若い頃の写真だ。ドーランまで塗っていて旅役者のようにも見える。演歌か。一番、苦手なタイプだ。

私が貰《もら》っても、レコードをかけるステレオさえないのに。正直、困ったなと思ってしまうが、はっきり言えば、荒戸を傷つけてしまうことになる。

「おおっ。二枚目ではありませんか。目線が渋いじゃありませんか。これ、かつらですか」

せいいっぱい、そうコメントした。荒戸は嬉しそうに笑み崩れた。

「いいだろう。いいでしょう。このとき、写真何枚も撮ったんだから。この頃は髪の毛は自前だよ。ちゃんと生え揃《そろ》っていたんだから」

あと百枚くらいはレコードを保管していると得意そうに言う。二千数百枚は廃棄したという計算になるが。

付けあわせのキャベツをお代わりして、焼きおにぎりを注文した。そして鳥茶漬。

茶漬をたいらげた後も、荒戸は焼酎《しょうちゅう》をロックで水を飲むように三杯飲んだ。

宿主が酒を飲むと、その霊も影響を受けるのだろうか。荒戸の背後の彼は、楽しそうに大口を開けて笑っていた。

「もう一軒行こう。もう一軒だけ。新海さんお願い」

私も、少々、気分が昂揚《こうよう》していた。そういうことならと、袖を引かれるまま、次の店を探した。銀座通りから珖琳寺《こうりんじ》通りへ。

「ここがいいよ。ここ」

一軒のスナックを選んだ。地下に下りていった。「パブなかはら」と看板が出ていた。

「来たことあるんですか?」

「あるわけないよ。カンだ。俺のカンで選んだ」

カウンターとボックス席が三つほど。眼の大きい太眉《ふとまゆ》の西郷さん似のマスターが、「いらっしゃいませ」と挨拶《あいさつ》に来て、ボックス席に案内してくれた。客の入りは八分というところか。けっこうはやっている店らしい。奥の方に小さなステージがあって、ピアノが置かれている。ステージの上では、サラリーマンらしい中年男が河島英五の「時代おくれ」を唄っていた。カラオケの店でもあるらしい。

荒戸は、ウィスキーのボトル・キープを頼んだ。私は水割りをもらい、荒戸はストレートと水をくいくいと交互に飲んだ。

「いいなぁ。いい店だなぁ」

荒戸は、御機嫌そうに、唄うサラリーマンに拍手をおくった。それから、女の子に、

「ここは、ギターはないのかね」と訊《たず》ねた。

「あ、ありますよ。でも、ほとんどの曲、カラオケで揃ってますけど」

女の子が、答えた。

「いや、カラオケにはない曲なんだ。自分で伴奏つけて唄うよ」

「ええっ。カッコいいー」女の子は席を離れる。ギターを探しにいったようだ。その間にもウィスキーをくいくいと飲む。猩々《しょうじょう》なみの飲酒量だ。

「新海さん、まだレコード聞いてないから、ナマの俺の歌を聞いてよ」

これが、荒戸の目的だったらしい。だからこのような店まで引っ張ってきたのだろう。女の子が持ってきたギターに耳を近付け、念入りに調弦していた。店内にカラオケが響きわたっているため、よく、あれで調弦できるなと感心したのだが。

「十数年前に作った曲で古いけどね。お嬢さん、次、唄わせてもらっていいかい」

ちょうどカラオケのリクエストが途絶えたところだった。

ギターを持って荒戸がステージに立つと、店内で、オオッという声がして鎮《しず》まった。このような形で、唄うタイプが珍らしいということなのだろうか。どこかで「あ、あの人、道で見たことある。ひょっとしたら、いつも歩いてるホームレスの人じゃない？」と小声で聞こえた。だが、ギターを持ってステージに立つ荒戸は、堂々としていた。マイクに近付いて言った。

「自分で作った曲なんで……聞いてください。『板場旅情』」

荒戸は、右足でリズムをとり、演奏に入った。演歌かと思っていたら、それだけの要素ではないようだ。前奏が終って唄いはじめた。不思議なメロディはこぶしの部分は確かに演歌なのだが、こぶしにたどり着くまでが、「こんなのありか」といったエスニック音楽的な流れになっている。十数年前の演歌では、これは、超前衛だったのではないか。まてよ、演歌なるジャンルに前衛なんて存在するのだろうか。これを、焼き鳥屋で唄ったら、皆、仰天したのではなかろうか。だが、残念なことに演歌の良し悪《あ》しは私にはわからない。

だが声は……凄《すご》い。透明感のある……荒戸の外見からは似ても似つかない……。

荒戸は、一気に三番まで唄った。曲間に拍手が入るのが普通だが、誰も拍手をしない。唄い終って、荒戸は深々と礼をした。数秒の間があいた。それから、信じられないことにスナック中、拍手の嵐《あらし》になった。拍手は鳴りやまない。誰もが、しばらく拍手をすることさえ忘れていたということか。

私たちの席についていた女の子が、気がつくと嗚咽《おえつ》をもらして泣いていた。

「どうしたの」と私が訊ねると喉《のど》をひくつかせて言った。

「今の……曲聞いてたら……泣けちゃって……。こんなこと初めて……」

アンコール、アンコールとスナック中が騒ぎだした。そのままステージに立っていた荒戸は、頭を撫《な》でながら再びマイクに近付いた。

「じゃあ……好評なんで……もう一曲。『城下町悲恋』」

再び唄いはじめる。今度はスローバラードふう演歌だ。フォークふうのイメージもある。ださいのは、曲名だけだ。初めて聞いたのに、二番のときは、歌詞さえわかれば、一緒に唄えそうな気さえする。

またしても大拍手が湧《わ》く。私も惜しみなく手を叩く。

荒戸は、席へ戻ってきてギターを女の子にかえすと、ウィスキーをストレートでまた一杯飲んだ。キープのボトルはほとんど空になった。

「今夜は、人生、最高の夜だ。あんなに、皆が俺の歌に感動してくれるなんてなぁ」

私は黙っていた。下手な批評なぞしては、嘘《うそ》っぽくなる。言葉にそれほど力はないと、思ったからだ。

「失礼します」ボックスの横に誰かが立った。中年の真面目《まじめ》そうなスーツ姿の男だった。

荒戸と私に名刺をくれた。肥之国《ひのくに》放送、ディレクターとあった。

「歌を聞かせて頂き、感動しました。連れも感動して泣いちまいましたよ。私、凄い場所に立会ったなって思っているんですよ。いつも唄われるんですか？」

荒戸は、どう答えたものか戸惑っているようだった。私は、あわてて紙袋から一枚レコードを出して男に渡した。

「興味あったらどうぞ。荒戸さんのレコードです」

男は、オオッと声にならない声をあげた。

「インディーズですね。凄い。連絡先の名刺とかお持ちですか？」

荒戸は照れたように笑って言った。

「ないですよ。私……ホームレスなんで。だいたい長六橋の下にいるんで」

御冗談を……と言いながら男は私の顔を見た。私がうなずくと、頭を振りながら男は席へ戻っていった。

荒戸のお祭は終った。別れ際《ぎわ》に、荒戸は、

「おっと、忘れるところだった」と言って、私に銀色の一枚のカードを渡した。

「何ですか、これ」

「スーパー・フォントの中島さんにお礼持っていったろう。びっくりしていた。そのとき、くれたんだよ。思い出したってな。山野辺さんから貰ったって。幸せになりたいって言った後に、彼女が大丈夫って言って持ってきてくれたものだそうだ。

何か、手がかりになるかい?」

12

荒戸から手渡されたのは、名刺大のカードだった。プラスチックのラミネート加工がしてある。免許証入れや財布の中でも簡単におさまりそうに見えた。ちらと見た限りでは、ただの銀色のカードという印象だが……。

自分の部屋に戻り、そのカードを観察した。

奇妙な模様が二つ描かれていた。三角形を無数に組合わせたものと、梵語《ぼんご》に似た模様が銀色の上に黒く印刷されていた。

印刷されているのは、それだけだ。

どこやらで販売されているものか、それとも会員証の一種なのか何の表示もない。時間はすでに午前一時をまわっていた。これから山野辺に電話をするのは、あまりにも非常識な時間だ。連絡をひかえた。

翌日、眼が醒《さ》めたのは、高く陽が昇ってからのことだ。姿を見せない私を案じて「そめちめ」のママが、起床の電話を寄越したのだ。

例のカードは、消え去ることもなく、テーブルにあった。全身に怠《だ》るさを感じてはいたが、それほどひどい宿酔《ふつかよい》にはなっていなかったことを感謝して身支度を整えた。

ほとんど収穫らしいものはなかった。

再び、スーパー・フォント田迎店に出向き、中島という女性に会ったが、彼女は、山野辺香代から貰ったというカードの由来については、何も知らなかった。どのような具体的な御利益《ごりやく》があるのかということも聞かされず、「持っているといいことあるって」とだけ言われたという。「何か、パワーが封入されているんだろうな」と軽い気持でもらったという。

それだけだった。

だから、このカードが彼女の失踪《しっそう》に関係あるのかどうかも特定できない。

夕方に、「そめちめ」で山野辺哲と会った。報告と確認したいことがあると電話をすると、では「そめちめ」で、と山野辺の方から指定してきたのだ。

マスター夫婦は、口には出さないものの、私の〝調査〟の進展に興味津々《しんしん》のようだった。私が、山野辺さんとここで会いますと伝えると安心したように微笑《ほほえ》んでいた。

「いやぁ、新海さん、どんどん社会復帰しているね。元気になっていくと安心するよ」

マスターが、コーヒーにドリップ用の湯を注ぎながら目を細めて、そう評した。

ここでは、あえて背後霊を見ないようにコントロールする必要は感じていない。母親もにこにこと私を見ている。こうやって親が喜んでくれているのであれば、調査を続けていることが、親孝行につながるのではないかと思う。両親が生きている間は、ちっとも息子らしい孝行をしたことがなかった。孝行をしたいときに親はなしというが、死んだ親にこのような形でも喜んでもらえれば、よしと考えるべきなのだろう。

私は、思い出して、マスター夫婦に、例のカードを見せた。

「ねぇ、マスター。ちょっと見てもらいたいものがあるんですが。このカード、何に使うのか知りませんか？」

マスターは、カードを受け取り、しげしげと両面を見た。それから、ちょっと見せてと言うママにそのカードを渡した。

ママもカードを見て小首を傾《かし》げてみせた。

二人とも見覚えがないという様子だった。

「何だろう。初めて見たよ。このカードは、……いやお札《ふだ》かな。どうしたの」

マスターがカードを私に返す。

「山野辺さんの奥さんが、このカードを持っていたらしいんです。で、このカードを持っていると幸福になれると言ってたみたいで」

マスターは、うなずいたが、ママは「そうかなあ」と言った。

「あんまり、いい感じのお札じゃないよねぇ。なんとなく」

そう評した。この二人にはカードは縁がないといった様子だった。二人の背後にいる両親も首をひねっている。

そのとき、「遅くなりました」と声がした。山野辺哲が、「そめちめ」に入ってきた。会社の帰りらしく、スーツ姿だった。

山野辺は、カウンターの私の横に座った。それから、深々と頭を下げた。

「何か、進展はありましたでしょうか?」

「いえ、残念ながら」

私は、保育園での山野辺の子供たちと会った印象を報告し、手がかりにはなりえないことを伝え、次に、香代が持っていたという例のカードを見せた。

山野辺も、そのカードは初めて見るものらしい。私の手から受け取ると、何かの情報が得られないかと、熱心に観察していた。

「いったい、何に使うカードでしょうか」と私に訊ねた。

「まったく心あたりがありませんか？」

「ありません」

「奥さんからこのカードを貰った人は、幸福になれると言われて受け取っています。何か、宗教に関係するような気もするのですが、そちらの話とか、してはおられませんでしたか？」

「このカードを確かに香代が渡したんですね。その人に、そんな宗教の話をしたんですか？」

「いや、単に幸福になれるとだけ言って渡しています。その人にもうかがったのですが、他は一切宗教の話とかは、しておられないようですね」

「そうですか。わが家でも、宗教に関しての話とか、一切した記憶がない」

「どうしましょう、このカード。山野辺さんの奥さんがお持ちだったものだ。山野辺さんが持っておかれますか？」

「いえ、私が持っていても仕方ありません。新海さんが調査で使用して頂いた方がいいのではないでしょうか」

だが、私が持っていても、訊《たず》ねる範囲はたかが知れている。何の目的で使用しているカードか、どんな御利益があるカードなのか、持っていればわかるのだろうか。

マスターが口をはさんだ。

「じゃあ、そのカード、ここに貼《は》っときましょうか？　お客さんが出入りしてて、そのうちに、このカードの由来を知っている人が現れるかもしれない。調査に必要なとき、新海さんが持っていってもかまわないし」

マスターの言うのも理屈だと思った。その方が、より多くの人の眼にカードはふれることになる。確率的に考えれば、そちらの方が早くカードの正体を知ることができるのではないか。

私が、山野辺を見ると、それでかまわないというように大きくうなずいていた。

「じゃあ、そうしてください」

私がそう言うと、マスターは、テープでカードの上部をとめ、コーヒーカップを収納する棚のガラスにぺたりと貼った。

「これで、誰にでもすぐにわかる」

そう言った。ママだけが、「あまりいいもんじゃないと思うわ」と呟《つぶや》くように言う。

「新海さんが必要になるといけないから、明日にでも、コンビニでカードのコピーを一枚とっておいてあげるよ」

そうマスターは言ってくれた。それでカードの話題は打ち切りになった。

今度は、山野辺がマスターに質問した。

「あのう、うちの香代が『そめちめ』さんにうかがっていたという話ですが、何曜日だったか覚えておられますか？」

そうだった。その質問は、当然先に、私からマスターにしておくべきことだったのだ。

マスターとママは、顔を見合わせた。

「ああ、那由美さんと何度か向こうの席でお茶していたのは……午前中か……午後か……。曜日ねぇ……う……ん」

二人とも記憶にないようだ。

ママが、「火曜日か木曜日かだわ」と言った。

「どうしてだ」とマスターが逆に訊ねた。

「一度、二人が見えていたとき、おしぼりの業者が交換にきたことがあるから。火曜と木曜が交換日だから、どちらかよ。どちらかはわからないけれど」

火曜日の可能性はあるが、謎《なぞ》の木曜休日と重なる可能性も出てきてしまったわけだ。

那由美と一緒だったという可能性もある。

だが、私はそのことは口にしなかった。

山野辺は肩を落して私に言った。

「一緒に暮らしているときは、何でも、これが当たり前、おたがい夫婦のことはすべてわかっていると思いながら過ごしている。ところが、いなくなって初めてわかったんです。こんな休日のこと一つにしても、何も知りはしない。おたがい顔を合わせてないときは、夫婦だって、他人と同じなんだなあって。何か、淋《さび》しいものですよねえ」

私は、どう答えてやればいいのか、わからなかった。私にしてもそうだ。この「そめちめ」で那由美が山野辺香代と会っていたことなぞ、知りはしなかった。この世のすべての夫婦なんて、そんなものなのかもしれないが。

「何かわかったら、また連絡してください」

立ち去る山野辺の肩が、背後霊も乗っていないのに、重そうに見えた。

一刻も早く手がかりを摑《つか》んでやることが、彼に対する救いになるのだと、私は自分に言いきかせた。

だが、その手がかりのあてはどこにあるというのか。

13

翌日は、土曜日だった。

目醒めは早かったものの、山野辺香代に関しての調査は、「次の一手」が見出《みいだ》せない状態のままだ。

手がかりは、木曜日の休日に、香代が何をしていたかということと、銀色のカードだけだが、何処《どこ》にどう問い合わせたらいいものか見当もつかない。

昨夜は、あれから那由美の遺品を、色々とチェックしてみたのだった。ひょっとすれば、同じカードのようなものが見つかるのではないかと思ったからだ。と同時に、カードの正体を知ることができるようなものも、出てきてくれはしないかということ。

何も、出てこなかった。

それは、それで私は安堵《あんど》した。

那由美が、わけのわからないカードに関わりあっていてもらいたくないという願望は、満たされたわけだ。

「あるはずないよな。那由美」

私は、自分の背中にむかって、ひとりごとのように、そう呼びかけた。

しかし、那由美のスーツや、アクセサリィ、下着類。そんなものを手にとって調べているうちに那由美とともに過ごしたおもいでが膨れあがり、何ともやりきれない気持になってしまった。

背後霊は、どのような条件下で憑《つ》く相手が決まるのだろうか？

そんなことを考えていた。

いろんな人物の背後霊に会っていけば、そのうち那由美の霊にも会える可能性がある。そう願っている私がいる。

と同時に、自分が背後霊だったら、誰に憑くだろうかを考えると、那由美が元気だったら、私が一番守りたい、那由美を選ぶだろうと思えるのだ。とすると、那由美が守ろうとしているのは私ということになるはずだと勝手に思ってしまう。

とすれば、一生、私は那由美に会えないままか。

どんな条件で、背後霊が決定されるのだろう。

魂が飛ばされた位置？

体質もあるのかもしれない。背後霊の憑きにくい血筋とか。山野辺哲の家族のように。

那由美に会いたいという想《おも》いがつのりすぎ、チェックを終えた遺品は早々に片付けた。

このような想いは、せんないことだとはわかる。遠くない将来、那由美の遺品を処分しなければならないなと考えている自分もいる。

早い時間に眼を醒《さ》ましたものの、調査に出かけるあてもなく、私は、「そめちめ」のカウンターに足を運んでいた。

私は、実は、そんな早朝の時間帯をあまり知らなかった。日常の私が知っている「そめちめ」の様子では、なかった。近くの会社の営業マンたちが、ルートセールス前のミーティングなのだろうか、数チームでテーブルを占領して出陣のあわただしさに、ごったがえしていることもあるのだろう。そちらにマスター夫婦は気をとられているらしい。マスターは、モーニングサービスにつける目玉焼をこしらえるのに忙しく、ママは、とりあえずのコーヒーを運んでいた。

カウンターに腰を下ろして、私は、しばらくぼんやりと喧噪《けんそう》を眺めていた。誰にも干渉されない時間はありがたい。

そう思いながら、うっかり眼を細めた。それが眼の焦点の位置を変えてしまったらしい。

営業マンの群れの光景に何かが二重映しになった気がした。営業マンの人数×2のシルエットが見えたのだ。

あわてて眼をそらした。それぞれの営業マンが背後霊を抱えているのが見えた。中には武士のように髷《まげ》を結っている男の姿や、僧侶《そうりょ》の姿、様々だ。

私は営業マンたちから顔をそむけ、テレビのニュース画面に目をやった。テレビはいい。現実の人々の背後霊を通じて感じる裏表を、テレビでは、まったく窺《うかが》い知ることはできないからだ。善人そうな顔の人間の印象は、善人そうなままだけで受け取ることができるではないか。

政治家は頼もしそうに見え、歌手やタレントは魅力的に見えるだけのことだ。裏を考える必要は、まったくない。鏡に映る人々の姿と同じだ。

マンションへ通じている入口が開いた。そのことに注意を向けた人間は私以外、誰もいない。

入ってきたのは、女の子だった。

年齢は十歳くらいか。胸あてのついたジーンズをはいたおカッパ頭だ。

一人らしい。

口を極端にへの字に曲げている。今にも泣きだしそうなのを必死で自制しているという様子だ。

コーヒーを客の席に置いたママが、ドアのところから入ろうとしない女の子にやっと気がついて声をかけた。

「あっ、さゆめちゃん、どうしたの。そんなところで。一人なの」

それが契機になったようだ。さゆめという女の子は、火が付いたような勢いで泣き出したのだから。

一番近くにいたのが、私だった。だから、店内の全員、営業マンたちも含めてすべての視線が、私と女の子に集中しているのがわかった。おまけに女の子は、泣きながら前進し、ちょうど私の横で立ち止まっていた。傍目《はため》には悪さをした私が泣かせたように映ったかもしれない。

私は、子供の扱いかたがよくわからない。声をかけてやろうにも、どう声をかけてやったものか、ただ、傍観するしかない。

ママが小走りで駆《か》け寄ってきた。

「どうしたっていうの。母さんは？　一人残されたの？　部屋に入れないの？」

さゆめという女の子は、首を横に振ってしゃくりあげるばかりで、少しも要領を得ない。

「どうしたんですか？　どちらの子供さん」

「四階に住んでる久永《ひさなが》さんの娘さんよ。こんなこと初めて。ときどきね、母親と二人でランチを食べに来てくれるのだけれど、こんなふうに一人で来て泣き出すことはなかった」

ママは、困ったように首をひねった。

「何か悪いことして、叱《しか》られたの？」

女の子は、首を横に振る。

「じゃ、電話してあげようか。母さんに迎えに来てもらおうか」

ママが、そう言ったとき、さゆめという女の子は、初めて口を開いた。

「おうちに……帰りたくない。行きたくない」

ママは困ったように腕組みした。「何か、あったんだ……」

私は、さゆめという女の子に眼をこらした。さゆめの上に、男の顔が浮かんだ。眼と鼻の感じが、女の子にそっくりだ。

父親だろうか。眉《まゆ》をひそめ、心配そうに、階上の方向を見上げている。

「お父さん？　さゆめちゃんの」

私が、そう訊ねた。

さゆめという少女の頭の上にいる男は、私を見てうなずいた。

ママが言った。

「さゆめちゃんのお父さんは、三年前に、急性肝炎で亡《な》くなっちゃってるよ。だから、母親が一人で育ててる。親一人子一人なんだ。なのに、何でこうなんだろうねぇ」

さゆめちゃんの頭の上にいるのは、父親に間違いないようだ。うなずいてはくれるものの、一切、口を開いて私には答えてくれようとはしなかった。

泣き声が鎮《しず》まり、視線が私たちから離れたのがわかった。

とりあえず、女の子を私の横のカウンターに座らせた。

「ジュースでも飲むか？」

そう言うと、鼻水を手の甲で拭《ふ》きながら、こくりと、うなずいた。

さゆめちゃんは、やっと落ち着きを取り戻したらしい。胸あてのポケットからハンカチを取り出す余裕が出た。そのハンカチの刺繡《ししゅう》で女の子の名前が久永小夢と書くことがわかった。

ストローでジュースを飲む小夢ちゃんの頭の上の男に言った。

「どうしたか説明してもらえませんか?」

哀しそうに首を横に振る。

「小夢ちゃんが、何かやらかしたんですか?」

再び父親は首を横に振る。

「じゃ、お母さんに問題があるんですか?」

父親が首を、そうだというふうに縦に振った。そして心底、悲しそうな表情を浮かべていた。そして、上を見る。私を見る。また上を見る。

「それは、私に、久永さん宅に行けということなのですか?」

父親はうなずく。

「だから『そめちめ』に小夢ちゃんを連れてきたんですね」

父親は、またうなずく。

私の声は、小夢には聞こえていないというのだろうか。小夢はストローでジュースをひたすら飲み続けていた。

「小夢ちゃん」

私は、呼びかけた。

「小夢ちゃん。おじさんと一緒に、家へ帰ってみようか」

少女は、ゆっくりといやいやをする。私自身も、これ以上関わりたくはない。だが……。

「お父さんが……一緒について行って欲しいって言ってる」

女の子は、少し不思議そうな顔をした。それからコクンとうなずいた。仕方なさそうに。

14

ママに事情を説明してから「小夢ちゃんを部屋に送り届けます」と伝えた。

「悪いねぇ。本当は、私がもうしばらくしてから連れていってやろうと思っていたんだけれどねぇ」

ママに、かまいません、行きがかりですからと答え、私は小夢ちゃんの手を引いて、「そめちめ」を出た。

小夢ちゃんの左手に、四センチほどの水ぶくれの跡があるのに気がついたのは、そのときだ。火傷《やけど》なのだろうか。

「どうしたの？　これは」

小夢ちゃんは、黙ったまま、答えてはくれなかった。いやな予感がする。

エレベーターで四階へ上った。

「どの部屋だろう。小夢ちゃんの部屋」

小夢ちゃんは、奥の方を指で示した。私はそのドアに向かって歩きはじめた。

ドアの寸前で、小夢ちゃんが立ち止まった。

「どうしたの」私が訊《たず》ねると、小夢ちゃんは私が握った手を振りはらおうとする。よほど家へ帰りたくないらしい。

「心配ないよ。おじさんが一緒にいるからね」

そう言うと、やっと、小夢ちゃんは納得してくれたようだった。

ドアの前には、何の表示もない。

この部屋で、間違いないのだろうか。

呼び出しのボタンを押した。

しばらくの間があり、「どなたですか」とインターフォンが言った。

「久永さんでしょうか。小夢ちゃんを、お連れしました」

「はーい」

また、しばらくの間。

ガチャリと解錠される音がしてドアが開いた。三十前後の女性が、現れた。ピンクのTシャツに白の短パンをはいている。やや小肥りの体型だった。

「小夢、どこ行ってたの？」

ニコニコと笑いながら、母親らしく小夢ちゃんに言った。

「すみません。小夢が、何か御迷惑をかけたんでしょうか」

「いえ、そうじゃなくて、たまたま下の喫茶店にいたのですが、ちょっと……心配でお連れしたんです」

「あ、それは、ありがとうございます」

部屋の中を、ちらと覗《のぞ》き見た。何やら、室内は散乱していた。ゴミなのだろうか。玄関口にも箱やらビニール袋やらが積まれていた。

私も、整理整頓《せいとん》が得意な方ではないが、この部屋は、また、ワンランクちがう。室内がゴミ置き場のような状態なのだ。

「さ、小夢、中へ入んなさい」

小夢ちゃんは、後ずさりして、私の横から走り出した。

「いやだ。帰らない」

小夢ちゃんは、今度は、はっきり自分の口で、そう言った。ニコニコと私に愛想笑いしていた母親は、小夢のその言葉で表情を豹変《ひょうへん》させた。

「そんなことというと。母ちゃん、ひどいよ」

私が「待ってください」と言うと、三白眼を向けて母親は私を睨《にら》んだ。

「何ですか。他人は関係ないだろ」

「ちょっと待ってください。何があったんですか？」

「あの子のしつけは、私が一人でやってるんだ。他人からどうこういわれる筋合いはないよ」

その剣幕には、私もたじろいだ。このドアの前に来るまでに、様々な可能性を考えていた。母親と二人で住んでいるという前提で、母親の男関係に起因するものがあるのだろうかという予測もあった。それは幸いなことにはずれたようだ。

だが、小夢ちゃんにとって、いずれにしても、精神的な安定状況とは、ほど遠いようだった。

追いかけようとする母親に、私は言った。

「警察に行きます」

母親は立ち止まって振り返り、凄《すさ》まじい形相のままでいた。

「なんだって？」

「小夢ちゃんの腕です。児童虐待《ぎゃくたい》の跡があります」

「あれは、小夢が勝手に火遊びしたときについた火傷だ。あんたに、どうこう言われる筋合いのものではないだろう」

「それは、警察の人に言ってください。私を相手にされるより、ちゃんと話が進むと思いますから」

私の一言が効いたのか、母親は、真顔に戻っていた。

「勘弁してください。親一人子一人で暮らしてて、大変なんです。ときどき、自分でもわからないくらいイライラしてしまうことがあるんです」

母親は態度をがらりと軟化させた。

「折檻《せっかん》がすぎたんですね」

こくんと、母親はうなずいた。

私は、目をこらした。母親の肩に乗っているものが見えた。

猫がいた。

黒猫が口を開き、威嚇《いかく》するように唸《うな》り母親の肩に乗って私を睨んでいる。

うつむいていた母親が、顔をあげると、母親の眼付きが、その黒猫の眼付きと同じようにシンクロしている。

母親は、猫の行動になっているのだ。動物霊に憑《つ》かれているというのか。だから、人間として自分自身のコントロールがとれない状態で母親は操られているのかもしれない。

「今度は、小夢が逃げたりしないように、ちゃんと接しますから」

そう母親は言ったが、信用するわけにはいかなかった。その証拠に、肩の黒猫は敵意を持って私を威嚇し続けていた。

このような動物霊に憑依《ひょうい》された人に、どう接したらいいのか、私の経験の中に適切な事例はない。

「わかりました。警察に今回の件は、言いません」

母親は、ほっとしたように見えた。黒猫は唸るのはやめたが、まだ敵意を持って私の様子を観察していた。

「私は、ここの五階に住んでいる新海と言います。失礼なことを言いましたが、お許し下さい。どうしても小夢ちゃんのことが気にかかったものですから」

母親は、感情の消えた顔でうなずいた。

「猫とか、飼っておられましたか?」

「いえ、このマンションはペットを飼うことは禁止されていますから」

「黒い猫とか」

母親は、ハッとしたような顔をした。

「数ヵ月前までは、野良《のら》で黒猫がいましたけど。ときどきベランダに来ていたんで、御飯の残りとかやったんですが。

今はいません。来ません。というより、その黒猫、クルマにひかれちゃったんですよ」

「可愛《かわい》がってたんですね」

「だいたい私は、子供の頃から、猫好きなんですよ。たしかになついていましたね」

肩の黒猫は、やっと落ち着いてきたのか目を細めて欠伸《あくび》をしていた。

「小夢ちゃんは、猫はどうなんですか？」

「さぁ。ペチャが家に来たときは、気持悪がっていたし、ペチャは小夢が近付くと唸ってたから相性よくなかったかもしれませんね」

母親の状態も黒猫の霊とリンクしているように落ち着いてきたのがわかった。ペチャというのが、母親が黒猫につけていた名前らしい。

「ペチャは、私と小夢が遊んでいるときには、機嫌悪くて長居しませんでしたね」

ひょっとして……と思った。取り憑いた黒猫は、母親を独占したがったのではないか。だから、小夢ちゃんにかまわせないように、母親の行動を制御する。ペチャは、今は、肩の上で眼を細めたゆたっている。そんなときの母親は、まったく普通の人にしか見えない。

「何か、それが、どうしたんでしょう」

「いや、変な話ですが、小夢ちゃんは猫があまり好きでないような気がしていたものですから、お訊ねしただけです」

母親は、納得してはいないが不思議そうに首を振った。

「小夢の猫嫌いと、部屋に帰りたがらないことと何か関係があるのでしょうか?」

「さぁ、わかりません」

「小夢は、また下に行ったのかしら」

小夢ちゃんの姿は、すでに再びそのフロアから消えていた。よほど、黒猫と小夢ちゃんの相性は悪かったのだろう。

「そのようです」

「『そめちめ』ね。私が、連れに行きます」

私は、それを制した。まだ、すぐはまずいような気がしたからだ。

「いえ、関わりあった私に、もう一回連れてこさせて下さい」

何かいい方法があるはずだ。それまでの時間稼ぎになるが……。

母親は、仕方ないといったふうにうなずき、自分の部屋のドアの前の散らかりように眉《まゆ》をひそめた。

「まぁ、私のとこ。知らないうちに、こんなに汚くしてしまって。掃除しなくっちゃ」

黒猫は眠っている。小夢ちゃんの母親は、ほうきを取り出し、清掃にかかりながら

「じゃ、小夢はよろしくお願いします」と頭を下げた。

普通の母親だ。肩の黒猫が眠っているときは。

15

「そめちめ」には、静かな空間が戻っていた。カウンターでは、ママが出してくれたらしいプリンを小夢ちゃんは食べていた。私が入っていくと、小夢ちゃんは食べるのをやめ、立ちあがって「どうもすみません」と礼儀正しいお辞儀をした。

小夢ちゃんの興奮も鎮《しず》まったらしい。

ママが心配そうに問いかけてきた。

「どうだったの。久永さんとこ。何があったの？　やはり、DVってやつ？　家庭内暴力というか、あれ？」

私は、カウンターに座り、うなずいた。

「そのようです。でも、久永さんの奥さんは、本質的には、悪い人じゃなさそうなんです。ちょっと信じてもらえないかもしれないことがあるんです。その影響があると思います」

「そう。新海さんが、そう言うのなら、そうだろうね。小夢ちゃん、お母さんは、小夢ちゃんに、どんなことやるの？」

しばらく黙って、やっと小夢ちゃんは、やや言いづらそうに口を開く。

「二ヵ月くらい前から。私が口答えしたときとか、引っ掻《か》いたり、ライターの火を近付けたりするの。この頃、少し母さん、変なんです」

さすがに母親に黒猫が取り憑いているとは言えない。だが、現実はそうなのだ。黒猫が影響を及ぼしているとき、母親は小夢ちゃんを虐待するという行動に出るらしい。

「その前は、ちゃんと部屋の掃除もしたり、私と遊んでくれたりもしてたけれど、最近は急に、イライラしたり、ずっと部屋の中でうずくまったりと変になったんです」

小夢ちゃんは、本来、頭の回転がいい子のように思えた。母親の変化をちゃんと観察していたらしい。

「普通のお母さんだよね、美津子さんは。外で会うと、ちゃんと挨拶《あいさつ》なさるし、にこにこしておられるし。

何かいい方法はないのかね」

私は、うなずいた。方法は一つしかない。問題は、あの黒猫の霊だ。

だが、私は除霊の方法を知っているわけではない。一度はホームレスの荒戸に憑いていた霊を、塩で退散させることができたが、あのときも、すべての霊に有効だったわけではない。幸いなことに、荒戸の守護霊らしき存在には、塩は効かなかった。

だが、一つだけ、思いついたことがあった。試してみる価値はあるはずだ。

「ママ。小夢ちゃんにお守りを作ってやろうかと思うんですが。ひょっとしたら、効果があるかもしれない。ここいらに薬局はありましたよね」

「ええ、電車通りにあるよ」

「じゃ、ちょっとお守りに入れるものを買ってきます」

「何を買うの。私が買ってきてあげる。他にも洗剤やら、もろもろ揃《そろ》えなきゃならないから」

言葉に甘えて、私がメモに書いてママに渡すと、プッと笑って、「あ、店にあるよ。

マスターがときどきお酒に漬けたりした残りが。いったい、どんな効果があるんだろうね」

ママは、それを出してくれた。十分な量が袋に入っている。

「小分けして、詰めたいんですが、布でできた小袋ありますか」

そうねぇ、とママは考えて奥に引っこみ、木箱を持って出てきた。

「匂《にお》い袋がいくつかあるから、これに詰めなおしてあげるよ」

ママは、二つの袋を取り出し、中身を入れ替える。それから、糸を針に通し、こぼれないように袋を閉じる。それぞれに、安全ピンを通した。

私は、その一つを、小夢ちゃんの胸あてにつけた。

「あ、いい匂い」

小夢ちゃんが嬉《うれ》しそうに言った。小夢ちゃんの父親らしい姿がちらと見えた。父親も嬉しそうに眼を輝かせていた。

もう一つの匂い袋は、私のポケットに入れる。

「そのお守りで、効果があるの？　何だか嘘《うそ》みたいな気がするけれど。

でも、新海さんのやることだったら、どんなおかしなことでも信用しなきゃっという気になるのが不思議なところだね」

マスターも、半信半疑の様子だ。

「さぁ、小夢ちゃん、お家《うち》に行ってみようか」

小夢ちゃんは、すでにプリンを食べ終っていた。でも、やはり不安そうで、その瞬間、口がへの字に変わる。

「大丈夫。このお守りが効果がないと思ったら、すぐにおじさんが、また連れて下りてあげる。約束するよ」

小夢ちゃんは、しばらく食べ終えた皿を睨《にら》み、覚悟を決めたらしい。「わかったわ」と力強く宣言してカウンターの椅子《いす》を下りた。

エレベーターに乗るとき驚いたのは、今度は小夢ちゃんの方から私の手を握ってきたことだった。

それだけ、この子からの信頼を感じたのと同時に、その期待に応《こた》えることができればいいのだがと責任を感じる。私は単純でわかりやすい性格だと自覚している。

今度、インターフォンのボタンを押したときは、ドアの前ですでに私は眼をこらしていた。

「新海です。小夢ちゃんをお連れしました」

ドアが開いた。

母親が……美津子と「そめちめ」のママは言っていた気がする……姿を現した。

母親の肩に乗った黒猫は目を醒《さ》ましていた。

黒猫は、小夢ちゃんの姿を見ると敵意をむき出しにして口を大きく開き、全身の毛を逆立てた。

母親の眼もそうだ。三白眼が大きくなっていた。顔の表情も引き攣《つ》ったように見えた。

「あ、お世話になりました。小夢、さ、入んなさい」

このままではいけない。小夢ちゃんは本能的に身の危険を感じたらしく、私の手を振りほどこうともがく。だが、小夢ちゃんがこのまま階下へ逃げ去れば、さっきと事態は何も変化しないことになる。

私はポケットから匂い袋を取り出した。

「あ、それから」と私は言った。

母親は、何よといった様子で眉をひそめる。その表情は肩の黒猫がたゆたっていたときと全然ちがう。

「さっき、よくイライラしてしまうと仰《おっ》しゃいましたね。実は、イライラに効くお守りをお持ちしたんですよ」

その匂い袋を、母親の肩あたり、黒猫の霊の鼻先でちらつかせた。黒猫は、初め仰天して唸るように大口を開いた。それも瞬間のこと。劇的に黒猫は変化した。大口をゆっくりと閉じ、顎《あご》を出すように首を振る。それから、瞳《ひとみ》をとろんとさせた。

効果があった。

霊である猫も、またたびの匂いには眼がないらしい。

母親の瞳に急速に黒い部分が戻っていた。

「効果があると思いませんか？　このお守り。身につけておいてください。私からのプレゼントです」

母親の表情が柔かくなっていた。私から、その匂い袋を受け取る。そして不思議そうに匂いを嗅《か》いだ。

「嘘みたいに……イライラが消えたような気がします。とてもいい匂い」

ママが匂い袋として使っていたときの匂いが残っているのだろうかと思う。これほど劇的なものかと、自分でも驚いていた。

「どちらかの神社のものですか？」

「ま、そんなところです。小夢ちゃんにも、このお守りをあげました。つけておいて頂いていいですか？」

　母親は、微笑してうなずいた。

　私の手を引く小夢ちゃんの力が消えた。小夢ちゃんを見ると、もう逃げようという意志はないようだ。私に小声で言った。

「母さん、元に戻った……」

　自分の母親の様子については、子供が一番、変化がわかるものらしい。

「私、……どうかしていたのかしら。……小夢……」

　小夢ちゃんがうなずいた。「母さん、治った」

「さぁ、お帰り」

　小夢ちゃんがうなずき、部屋に入る。母親が、胸に、匂い袋をアクセサリィのように飾るのを見届けた。肩の黒猫は、まだ喉《のど》を鳴らすような仕草を続けていた。

「母さん、部屋を掃除しないと」

　小夢ちゃんの声が聞こえる。小夢ちゃんの父親の霊も穏やかな笑顔になっていた。

「ああ、そうね。小夢も手伝って……」

「では、私は失礼します」

　私は、頭を下げて、その場をあとにした。

エレベーターを待つ私の背に、声があった。

「おじさん」

小夢ちゃんが、ドアのところから手を振っていた。

私が、手を振りかえすと、小夢ちゃんは「ありがとう」と叫んだ。

そのようなとき、どんな反応を返すべきなのか、己の無器用さに辟易《へきえき》する。肩をすくめてエレベーターに乗り込む。

16

「そめちめ」のカウンターに戻ると、マスターが一人でいた。

「うまくいったの？」

コップを拭《ふ》きながら、そう訊《たず》ねてきた。

「おかげさまで。とりあえずハッピーエンドのようです」

マスターは、首をひねりながら、腑《ふ》におちないというように、うなずいた。

「またたびが、子供の悩みを解決するなんてどういう発想で出てくるんだろうね。新海さんの不思議なところだよねぇ。私なんか、身体《からだ》の疲れにいいからって、またたび酒作るくらいしか思いつかないんだが」

私は、くわしく話すのもはばかられ、黙ってにこにこと愛想笑いするしかない。

顔をあげたときに気がついた。

思わず言った。

「あのカード」

そうだ。たしかにマスターは、コーヒーカップを収納する棚にテープで貼《は》っていたはずだ。そのカードが消えていた。

現在の、唯一《ゆいいつ》の手がかりのはずなのに。

「なくなってる。どうしたんですか？」

「ああ、あれ」

マスターは、こともなげに言った。

「今までのところ、お客さんの反応は、まったくなし。ま、客の入りも少ないから、仕方がないか」

そう言いつつコップを拭き続ける。

「で、どうしたんですか？　どこにあるんですか？」

「うん。うちのが、買物に行くついでに、持って出た。貼っとかなくていいのかって言ったんだが、何か、ちょっと使いたいからって持ってった」

ママが買物に、あのカードを持って出たというのだろうか。何のために？　お守りにするために？　しかし、このカードを見たときに、唯一、「あんまり、いい感じのお札じゃないよねぇ。なんとなく」と評したのは、ママだけだったのではないのか。

「もうすぐ、帰ってくると思うけれどね。洗剤とか、ちょっとしたものを買いにいっただけだから、時間は、あまりかからないと思うけれど」

私が、カードがないことを気にしていると思ったらしいマスターが、そう付け加えた。

「テレビでもつけようか」

気を遣ってくれたのだろう。

画面では、ニュースらしい映像が映っていた。国会の様子。近畿の食中毒事件のニュース。遥《はる》かな海外のテロ事件のニュースなどが続いた。

そういえば、今日だけでニュースを見るのは二回目だ。朝は、小夢ちゃんのできごとで、ニュースを見るのも中断してしまったが。

落ち着いて画面を見ると、私自身があれから新聞もよく読まず、テレビもほとんど見ていない、世間に取り残された状態だったことがよくわかる。与党の幹事長の顔も、私の記憶にある人物とは異なっていたし、野党第一党の代表も、代っているようだった。

民族紛争に関してのテロのニュースがやたらと多い。いきさつは、断片的なニュースの中では、なかなか推察することは難しいが、世界中の人々の心が病んでいる気がしてならなかった。地域紛争の兵士や住民たちが画面に映る。彼らの一人一人にも、霊が宿っているのだろう。どんな霊がその背中にいるのかは、画面には映らない。いったい、どのような霊たちがいて、人々にどのように影響を与えているのだろうか。

南米の日照りのニュースや、中国の大洪水のニュースも短時間だが流れた。数十秒の映像だが、私が世間に興味を失っている間に、地球のすべてが、おかしくなっている気がする。いや……いつも、こうだったのだろうか？　たまたま私が、ニュースを見たりするから、そのようなことを敏感に感じたりするのだろうか？

全国版のニュースが終わり、地元のニュースが続いた。

地元ニュースは、全国版よりは刺激が少なくほっとする。嘉島町《かしままち》での民家火災のニュース、そして、健軍《けんぐん》のシネコン建設予定地で発見された縄文時代の遺跡群から出土した祭祀《さいし》用に使用されていた密閉式の土器が、まだ見つからないと。

いったい何のことだ。ローカルニュースになって、私は視線をいったんテレビからはずしていた。何が、まだ見つからないというのか。あわてて、視線をテレビに戻した。

掘られた土。発掘作業にあたっている人々の姿。穴の中は、何かの幾何学模様のように整地されている。

そして土器が映る。壺《つぼ》状のものだ。

熊本市の博物館に一時保管され、市の文化財資料室へ移されようとした矢先に、盗難にあったらしい。

その壺は、すでに開封され、中には祭祀用と思われる勾玉《まがたま》状の金属が納められていたという。

その勾玉状の金属の写真は画面には出てこなかった。だが、獅子《しし》か猿を思わせる動物の絵が描かれていたという。

盗難から半年が過ぎたが、貴重な発掘品の所在はいまだにわからないとアナウンサーは伝えていた。

獅子か猿かわからない動物って、いったい何なのだろうか……。変なニュースがあるものだな。

そう思った。何か引っかかる。

「ただいま」

声がした。ママが帰ってきた。

「あら、新海さん来てたの？ ちょうどよかった」

ママは、手に買物をしてきたらしいビニール袋を下げている。

「え？ 何が？」

私が問い返すと、ママは財布から、例のカードを取り出し、コーヒーカップの棚に貼り付けて、言った。

「これよ」

「どうしたんですか？ ママ。そのカードに心あたりがある人とか現れたんですか？」

ママは大きく首を横に振って否定した。

「ちがう、ちがう。そんなんじゃない。

カードが一枚しかないでしょう。ここに貼っておくのは、かまわないけれど、それじゃ、新海さんが調べまわって、ここぞと思うときに、カードの正体の確認がとれないと考えたの。

だから、新海さん用のコピーをとろうと思って、交通センター近くのコンビニに寄ってきた」

そういうことだったのだ。ママの行動力に私は感謝すべきところなのだ。私としたら、「そめちめ」のカウンターで、ぐでぐでと迷ってばかりだというのに。犬も歩けば棒にあたるというし、動き出さないことには、手がかりも摑《つか》めないだろう。

「それで、新海さんに知らせなきゃって思ったのは、コピーが変なのよ」

「変？」

私は、ママが言っている意味が摑めずにいた。

ママは、一度貼り付けていたカードをはがして、カウンターの私の前に置いた。それから、買物袋から、数枚のＢ５サイズの紙を置いた。

「これが……カードのコピーですか？」

私はＢ５の紙とカードを見較《くら》べた。

三角形を組み合せたものと、梵語《ぼんご》に似た模様。それは、そのまま写っている。しかし、それだけではない。三角形の中に、奇妙な文字が書かれているのだ。

梵語に似た模様は、その一字だけではなかった。その左右にいくつかの文字がならんでいて、強調されたようにその一文字だけが浮かんで見える。

「どうしてカードにない文字が、コピーに写っちゃうんだろう」

ママが、不思議そうに言った。

「いや、最近、そんなのがあるんだよ。ほら車検証とか、コピーすると、COPYって文字が浮き出てくるものとかね。新しく発行される紙幣とかもそうだって聞いた気がするけれどね。それと同じで、カードには見えないけど、ちゃんと印刷だけは、されていたんじゃないかなぁ」

マスターも、覗《のぞ》きこむように言って、そう評した。

だが、新たに浮かびあがった文字を見ても、カードの持つ意味は、私にとっては不明のままだ。ただ、梵語ではないことが、浮かびあがった文字群を見てわかった。

少なくとも、私がこれまでの人生の中で出会ったことのない文字群だった。

「新海さん、何だかわかる？」

「全然わかりません」

私は正直に、そう答えた。

「それだけじゃないのよ」

ママは言った。

「え？」

「カードの裏には、何も描かれていなかったでしょう。で、表だけコピーをとったら
それで帰ってくるつもりだったの。そしたら、こんなふうに変化したから。

だから、気になって。裏面もコピーをとってみたの。そしたら……」

ママは、B5の紙の下の方から一枚を取り出して私の前に置いた。

今度は絵だ。

「何ですか、これは」

「これが、カードの裏のコピー」とママ。

何やら初めてみる獣のようだった。唐獅子とも麒麟《きりん》ともちがう。四足獣の絵だが見たこともない。

「新海さん、何の絵だと思う？　獅子とも犬とも猿ともわからない絵よねぇ」

その表現には聞き覚えがあった。聞いて、そう時間は経《た》っていない。獅子とも猿とも……。

17

少しでも可能性があると思えたら、行ってみるしかないと考えた。

常識的に考えれば、あまりにも唐突な連想だ。縄文時代の遺跡から発掘された土器の話は、たまたまニュースで聞いただけなのだ。そのニュースの中で、紛失したか盗難にあったかという土器の中には勾玉状の金属が入っていたという。

そして、決定的なことは、勾玉状の金属に「獅子とも猿ともつかない」絵が描かれていたらしい。

山野辺香代が持っていたカードの隠し絵にも、「獅子とも犬とも猿ともつかない」ものが描かれていた。

関連があるのだろうか。

勾玉状の金属は紛失されていて絵を見ることはできない。とすれば、その土器を取り扱った人々に話を聞こうと思っていた。

その絵ではない。全然、無関係だと言われれば、それでいい。だが、確認せざるをえない。私の心に芽生えたある種の強迫観念だ。しかも、ニュースを見たことと、ママからコピーしたカードの絵を見せられたこと。何かの共時性が働いている気がしてならない。

その日、歩いて練兵町のマンションを出た。

熊本城の北西に位置する熊本博物館に行こうと思っていた。

まず、熊本市役所に電話をすると、教育委員会にまわされ、それから遺跡文化財担当から、熊本市の博物館のことを聞いた。

盗難は、そこで発生したらしい。

中央郵便局から、国立病院の裏手へ通じる道に抜けた。その一帯も、かつては、熊本城内であったため、石垣がやたらと多い。

法華坂《ほっけざか》を登り、熊本城公園二の丸広場に入った。最近、来たことがなかったなと思い、足を伸ばしてみたくなったのだ。

芝生が青く広がり、樹々の上に天守閣がそびえている。このあたりの空気は、一層澄んでいるように感じるのは気のせいだろうか。

日曜祭日であれば、家族連れや若者たちが多いのだが、平日の午前中ということで、閑散としている。ジョギングをする人、夫婦で芝生に腰をおろしている人、幼児を遊ばせている母親。いずれも贅沢《ぜいたく》な空間を占有している。散歩の人々は第二の人生を楽しもうという年輩者が圧倒的に多い。

私も、この緑の中で、しばらくのんびりとした時間を過ごしたいという誘惑にかられたほどだ。

老人が、キャンバスにむかっていた。まだ彩色にまで至っていないが、天守閣の風景画を描こうとしているようだ。

そう、久しくデザインの仕事をしていないと思いあたった。双生児の弟なら、風景画は、得意中の得意だったなと思い出した。尚道《なおみち》は、どうしているだろう。連絡をとろう、とろうと思いながら、いつも先送りになってしまう。電話では、つかまらない確率が高いから手紙を出してみるか。

自然と、足がそちらに向いた。

私が、眼をこらすと、老人と同い年ほどの老婆《ろうば》が、肩に手をあてるようにしてキャンバスを覗きこんでいるのが見えた。

私は老人の横に立った。老人は画材の横にラジオを置き、音楽を聞きながら、木炭をキャンバスに走らせている。

「お上手ですね」

私が言うと、老人は嬉《うれ》しそうにうなずいた。

「ま、こういうことでもやらないと、呆《ぼ》けちまいますからなぁ」

私がうなずくと手を止めて、私を見た。

「あなたも絵を描きなさるんで？」

「どうしてですか？」

「いや、カンですよ。あなたも、そんな雰囲気を持っておられる」

「ええ、まぁ」

「私もね。昔から描いていたわけじゃないんですよ。定年を迎えてから、家内に教わって始めたほどで。六十の手習いですよ。家内が美術の教師だったんでねぇ。最初、色々と手ほどき受けたんですが、急に、あいつ、逝《い》っちまいましてね。だから、それからは、私の我流。お上手ですねって言われると、手が強張ってしまいます。同じ絵を描くという立場で、いかがですか、何か、御助言など」

老人は、澄んだ眼で私を見ていた。その横の老婆の霊は老人の妻なのだろう。やはり、穏やかに私を見ていた。

「そうですね。まだ、彩色の段階じゃないから。構図的には、天守閣を中央から、もう少し右に寄せると、この樹《き》の位置とで、凄《すご》く安定感が出てくると思いますよ」

思わず、私はそう口走っていることに自分でも驚いていた。デザインの方は一見識あると思うが、絵となるとジャンルが異なる気がして、とても思っていても口にはしないのだが。やはり、双生児の弟の尚道と同じ血が流れているのかとも考えてしまう。するると、反射的に右の人差指が動き、キャンバスの上を走っていた。思ってもいないことまで言ってしまう。

「ここに天守閣を持ってくる。樹が、ここですね」

老人は、腕組みをして、しばらくキャンバスを見つめ、大きくうなずきそれから言った。

「なるほど。仰《おっ》しゃるとおりのようだ」

老人の横にいる老婆の霊も、思わず笑顔を浮かべ、私に片眼をつぶってみせた。老婆の手が、老人の手にそえられると、老人の右手が動いた。

「この位置あたりにずらした方がいいということか」

「そうですね」

「いや、ありがとう」

「いえ、口出ししてすみません」

その場を、それで離れようと思ったときだった。何だか、聞き覚えのある曲が、ラジオから流れてきた。

何の曲だろう。

このメロディは……。

演歌のような、そうでないような……。

歌を聞いて、思わず声をあげそうになった。

荒戸和芳《かずよし》の声だ。

間違いない。荒戸の「板場旅情」が、ラジオから流れていた。

そうだ。肥之国放送のディレクターという男に荒戸のレコードを渡したっけ。もう、放送されているのか。

老人はキャンバスにむかって、右足でリズムをとっていた。それからひとりごとのように、

「これ……いい曲だな。そう思いませんか？　何という曲だろう」

「『板場旅情』という曲だったと思います」

「へェー。くわしいんだなぁ、音楽の方も。誰が唄《うた》ってるんですかね。聞いたことがない」

「荒戸かずよしっていう人です」

「ふうん。新盤のＣＤかな。もう出てるのかな」

曲が終ると、パーソナリティのかけあいになった。

――いやぁ、この荒戸かずよしさんの『板場旅情』は、自主制作のレコードなんですが、昨日の、「夕方ごきげん」の時間に初めて御紹介したところ、リスナーからの反響が、ホントびっくりするくらいあったのですね。それで、今日も、そのリクエス

トにお応《こた》えしなくてはって、この「朝からハイ」でも御紹介したわけなのです。

――ヘェ。私も初めて知りました。この歌を唄っておられる荒戸かずよしさんって、熊本の方なんですね。今も熊本にお住まいの方ですよね。

――そうらしいです。くわしいことは、またわかり次第、この「朝からハイ」でも御紹介していくとして、次に、荒戸さんの「城下町悲恋」という曲も聴いて頂こうと思います。

――えっ、「城下町悲恋」。いかにも、熊本発信の曲みたいですね。楽しみーっ。じゃ、謎《なぞ》の郷土歌手、荒戸かずよしさんの続いての曲、聞いてみましょうか!

私は、荒戸のことを思い出していた。本人は、このように自分の歌がラジオで放送されているのを知っているのだろうか?

しかも、今が初めてではなかったようだ。昨日、最初に曲が流され、放送局としては、予想以上の反響に、今も再度、流しているということらしい。

荒戸かずよしの曲は、十数年早すぎたということなのか?

そして、無性に、このことを荒戸本人に知らせてやりたいと思った。

「うん、これも、いい曲だ」

老人が、うなずきながら言う。

老婆の霊も、気にいった様子で、老人の肩をリズムをとりながら叩《たた》いている。

老人には、そのようなことは、わからないはずだ。だが、私の眼に、老人と霊は途方もなく幸福そうに見える。まるで、世界が完結しているように。この二人だけで。

私の背後にも、那由美がいてくれている。この老人と同じように。そう信じよう。

私は、自分に、言いきかせた。何の確信もないままだが、そう信じるしかないではないか。

「それでは、失礼します」

私は、老人に、声をかけた。

老人と老婆の霊が私に振り向き会釈《えしやく》をしてくれた。

「いや、御助言ありがとう」

私は、その場を離れた。

まだ、かすかに、「城下町悲恋」のメロディが漂ってくる。

荒戸は、今頃何をしているのだろう。また、日常に戻って、スーパー・フォント田迎店あたりで、弁当を貰《もら》っているのだろうか?

熊本県立美術館から、陸橋を渡り、藤崎台球場横を通ると、熊本博物館が、木陰の間から見えていた。

18

熊本博物館の正門は、細川刑部邸と隣接していた。だいたいの場所を知っていたが、実際に足を向けるのは初めてのことだ。入口までは、石畳と石垣が続く。

入場受付で三百円の入館料を払って中へ入る。

薄暗い照明だ。

正面に熊本市の立体地図がある。どうしようかと迷った。右手にインフォメーション兼売店があって、そこへ足を向けた。

「あの」

女性が立ちあがって応対してくれた。

「はい。何でしょうか」

「ええっと」どう説明したものか迷った。「古代の土器とかのことを……」

そこまで言うと、女性が答えた。

「はい、考古学関係の展示は、二階右手奥になっておりますが」

私は、礼を言って階段を登る。今のところで盗難にあった土器について聞きたいのですがと訊《たず》ねればよかったのだろうか……。そのようなことを聞くには、不躾《ぶしつけ》すぎるような気もした。

二階に上った。「民俗」と表記されたコーナーだった。昔の農機具や、古箪笥《だんす》、工具類などが展示されていた。そのコーナーを右手に進むと、正面に人の背丈ほどもありそうな壺《つぼ》を二つ合わせたような土器が目に入ってきた。そこが、「考古、遺跡」となっていた。

土器には、弥生後期とあり、甕棺《かめかん》と説明されていた。ということは、この壺のようなものに遺体を入れて埋葬していたということなのだろうか。

中に入っている埋葬されていたという人骨は本物かどうかはわからない。そして、その展示スペースには、石器類、土器類がずらりと展示されていた。

平日の午前中の博物館は静かだ。ほとんど……いや、このスペースにはまったく人がいない。そのような展示物の中に一人いると、何となく不気味さを感じてしまう。

その奥に、ドアがあるのを見つけた。学芸室、一般の方の立入りは御遠慮ください、とあった。

ここで訊ねるしかないなと思った。

ドアを開いて中へ入ると、十ほどの机がある。それぞれの机には書類が積まれ、まわりの壁は書棚になっていた。三人ほどが机にむかって仕事中の様子だった。入室した私に誰も注意を向けない。

静かすぎる。連想したのは、中学時代に職員室へ入るときの雰囲気だ。あのときに似た緊張感が走るのがわかった。

「あのう、すみません」

私が声をかけると、三人がいっせいに私の方を向いた。一番近くにいた二十代後半の眼鏡をかけた痩《や》せた男が立ち上って、私のところへやってきた。

「何か、御用でしょうか」

「私は、こういうものですが」と名刺を渡した。例の染地目相互興信所というでための名刺だ。

若い男は眼鏡のつるを押さえ私の名刺をじっと見た。それからいぶかしそうに、

「はぁ」と言った。

「調査の依頼がありまして、御協力頂きたいのですが。あのう、遺跡から発掘されて盗難にあったという件で、ちょっと知りたいことができまして。申し訳ありません」

「原田さんの件ですか？」

「え？　何ですか、それは」

若い男は、いえ、何でもありませんと口を濁し、背後に向って声をかけた。

「蓑田《みのだ》さん、考古遺跡関係でお客さまです。どうしましょう」

机にむかっていた一人が立ち上った。三十前後の女性だった。

「例の健軍遺跡のことで、調べてるからっていうことなんですが。応対してもらえませんか？」

「はぁい」

用心深そうな表情で、その女性はやってきた。応接用のソファをすすめられて腰を下したが、何となく落ち着かない。

「失礼なことで、お訪ねしたのではないかと心配しております。実は、盗難にあったという土器のことなんですが」

女性学芸員は、私の名刺を見て、明らかに怪訝《けげん》そうだった。名刺はくれなかった。だが首から吊《つる》したプレートで、学芸員、蓑田ということだけはわかった。

一応、背後霊はチェックした。この女性と顔の輪郭と眼が似た老人が、穏やかな表情で背後に控えていた。自分が出て干渉することもないという様子だ。祖父だろうか。

「一応、すべて、警察の方には、お話ししてありますので」

「よろしかったら、お話し頂けませんか？　二度手間になるのは承知の上なのですが」

「私は、直接の担当じゃないんです。担当は原田さんだったのですが、盗難の責任を感じて自殺されてしまいました」

初耳だ。テレビでは、そんなことは言っていなかった。

「いつ、亡《な》くなられたのですか？」

「盗難の二日後ですが……。自宅で首を吊られたということです」

「それは、随分と早い責任のとりかたですね。まだ、これから盗難品が出てくるかもしれなかったのに」

しばらく私と女性の学芸員の間には沈黙があった。彼女の方から口を開いた。

「本当は、熊本市で発掘された埋蔵品は、市の文化財課の管理になるんです。発掘されたら、すぐに、飽田《あきた》の方にある市の収蔵庫……熊本市文化財資料室というところに移されて、水洗い、接合といった作業を受けることになります。数十年前は、こちらの博物館の方でやってたそうですけれど、今はちがいます。博物館は関係ないんです」

「じゃ、どうして、ここに」

「原田学芸員は、縄文土器のマニアだったんです。で、仕事を超えて……当時発掘にあたっていた文化財課の担当が、原田さんの友人で、健軍の遺跡は縄文土器の出土する地層だと漏らしたら、こちらを休んで飛んでいったんですよ。

自分の手で掘り出したんです。壺を。そのまま、この部屋に持ってきました」

蓑田学芸員は手で、その壺のサイズを示した。

「一緒に出土した土器も数点ありましたが、眼もくれずに」

「縄文時代ってどのくらい前の土器ですか？」

「草創期のものですから、一万年から一万三千年くらい前ですね。その時代の土器は、本来、破片でしか見つからないんです。ところが、その土器は、いくつかヒビが入っていたくらいで。しかも、その時代ではあまり例がないのですが蓋《ふた》までついていました」

そうか。壺のままで発掘されるのは当たり前と私は考えていた。しかし、非常に珍しい形で発掘されたらしい。

「その夕、原田さんは、この部屋に発掘現場から、そのまま壺を持ちこんだんです。ちょっと自分で調べたいと言って。職員は皆、仰天しましたよ」

「じゃあ、そのとき、初めて出土した壺をご覧になったんですね」

「ええ、上部に押型の入ったものです。本来その頃使用された壺は、蓋に木板を使ったりしています。そのような蓋は腐敗してしまって見つからない場合が普通です。でも、このときは、蓋も土器。これも割れてません。持ったとき、とても重かった。そして蓋と壺も粘土で目張りされて開かないようになっていました」

私には耳慣れない状況だ。どうも状況がイメージとして浮かんでこない。

「作業場で原田さんが土器を洗っていました。それで、目張りされていた粘土が溶けて、開くようになったようです。皆を呼びにきました。見てくれって。で、私もそのとき行ったんです。壺が何故《なぜ》重かったか、よくわかりました。壺の中は、泥と小石が詰められていました。そして、その中央にアレがあったんです」

「アレって、勾玉《まがたま》状の金属ですか？」

「そう。勾玉というより紡錘《ぼうすい》形《けい》でした。縄文草創期に何故あんな……オーパーツですよね。錆《さび》もまったく浮いていない。コッペパンくらいの大きさ。でも、報道されたときは勾玉状ということになってました。どこでどう表現が変ったかわからないのですが」

「金属って何だったんですか？　銅？」

「いや、初めて見る金属だと思います。光沢が虹色《にじいろ》を放っているんです。銀色と金色の中間というか……表面の色」

「何故、厳重に、そんな詰められかたをしていたんですか」

「原田さんは、宗教的な場所の跡だと思うって言ってました。柱の跡がけっこう大きくて、その中央あたりから出てきたって言ってましたから。奉《たてまつ》るんじゃなくて鎮《しず》めたんだろうって」

私もそんな話は聞いたことがあるような。神社には、御利益《ごりやく》を願うところと、凶々《まがまが》しきものを鎮魂し、厄災が起らぬよう願うところがあると。

「そうですか。では、あなたも、その金属をご覧になったのですね」

「ええ」

「絵が彫られていたそうですが」

「はい。立ちあがった獣の絵です」

「写真とかありませんか」

「写してなかったようです」

私はママからコピーしてもらった紙を出して、学芸員の女性に見せた。

「こんな獣でしたか？」

彼女は、思わず両手を口にあてた。

「そう。同じ絵です。まちがいありません」

何故？　疑問が私の中で増殖していく。

19

原田という学芸員は、独り身だったという。趣味、即、仕事ということでプライベートな時間もない程に考古学の研究に夢中になっていたそうだ。原田均一というフルネームがわかったのは、蓑田学芸員に論文の小冊子を貰《もら》ったからだ。「川戸貝塚における前期縄文土器の展開——轟《とどろき》C・D式、曽畑式を中心として」と記され、彼の名前があった。帰りしな、二の丸公園の木陰に腰をおろし、ぱらぱらと冊子をめくったが、私には縁のなさそうな論文だった。数十点の写真、そして分類解説、年表、考察の順でならんでいた。

盗難の経緯が、今一つはっきりしない。

盗難の報告をしたのは、原田自身で、警察にも自分で届けている。熊本市に返すために自分の自動車に土器を入れておいたものが盗まれたということらしい。二日後の自殺は、出勤してこずに連絡もとれない原田の新町の自宅を博物館の職員が訪ねていって発見したらしい。

精度の高い調査とは言えないなと自分で思う。一連の事件の流れを聞いていて、ももやもやといくつも引っかかるものを感じるのだが、具体的に、ここがおかしいと指摘できない。

一番の驚きは、カードに隠されて印刷されていた奇妙な動物と、縄文草創期の出土品から発見されたらしい金属の表面に描かれていたものが同じ図案だということだ。最初は、私のカンに過ぎなかった。しかし他に何もすがるものがなかったから博物館を訪ねたわけだが。

何故一万年以上も前の未知の金属に描かれた動物が、失踪《しっそう》した山野辺香代が持っていたカードの隠し絵として描かれていたのか。わからない。

蓑田という学芸員は、知っている範囲で、すべてを教えてくれたと思う。嘘《うそ》はなかった。彼女の背後霊ののんびりした状況からいっても。

あの背後霊が、もっと彼女を守ろうとするような行動をとっていたら話は別だが。

最後に、私は、彼女に原田学芸員の住所を訊ねた。

住所は教えてくれたが、何も収穫はなかった。場所は博物館から二百メートルも離れていない一軒家だった。古い家屋で借家だったらしい。すべて鍵《かぎ》がかけられていて、中をあらためることはできなかった。

このあたりが、素人《しろうと》探偵の捜査としては限界だろうか。紛失した土器の行方については推理する材料さえもない。

部屋に帰り、しばらくぼんやりとした時間を過ごす。他に、どのような手段で調査する方法があるだろうか。思いめぐらせる。

カードのコピーから出現した獣の絵を見つめた。いったいどんな動物なのだろうか。タテに見る。最初、その四足獣は後ろ足で跳ねているのかと思っていた。タテに見るとなるほど、後肢で立っている。四足獣ではなく、ちゃんと二足歩行の状態だ。ただ、前肢が人間の手と較《くら》べて短い。

「そめちめ」のママが、あまり、いい感じがしないと言った意味がわかりそうな気もする。正体のわからない獣の目の部分を見ていて、直感的に邪悪さを感じてしまったのだ。

かつて子供だった頃、「世界の謎《なぞ》」という読みものを愛読していた。その中で、過去の遺跡の呪《のろ》い、といった章があったような気がする。遺跡から掘り出したミイラの呪いかどうかはわからないが、発掘した人々が次々に怪死するというのだ。死因はばらばらで、原因不明の熱病であったり、事故に遭ったり、正体不明の者の襲撃に遭ったりという具合。そんな不幸なできごとが連続すると、点が結びついて呪いという線を形成していく。「ミイラの呪い」は私の子供心に十分に恐怖感を植えつけた。

学芸員の自殺。そんなできごとをふまえて絵を見つめたことからくる凶々しさなのだろうか。ママの言葉が頭の隅にこびりついているからだろうか。

はっと、全然ちがう発想が浮かんだ。

こんな特殊なカードを印刷する会社は何処《どこ》なのだろう。そして、こんな特殊なカードを注文するところは少ないはずだから、印刷した会社は注文主を覚えているはずだ。県外だったらお手上げだが、県内だったら、あたってみる価値があるのではないか。

部屋の隅から、電話帳を探し出して、印刷の項目を見た。

多い！

一ページくらいかなと思ったら、職業別電話帳「タウンページ」で「印刷」の項目で六ページもあった。しかも、印刷に加えて但《ただ》し書きがある。（ちらし）（シール）（スクリーン）（パンフレット）（特殊印刷）といった具合に、印刷の中でも、いくつもその印刷の形態によって分類されているのだ。どこへ電話をすればいいのだろう。

とりあえず、但し書きのない「印刷」の項目であ行の朝田印刷というところのナンバーを押した。

「朝田印刷です。ありがとうございます」

女性の若い声だった。

「ちょっとおたずねします」

「なんでございましょうか」

「あの、そちらでは、コピーにかけると、現れるみたいな印刷はやっておられますか？」

「は、どういう意味でしょうか？」

どうも説明のやりかたがまずかったらしい。

「ええっと。普通は見えないんですけれど、たとえば、車検証とかコピーをとると、コピーの方にＣＯＰＹって文字が浮かんできますよね。あんな印刷ですが」

「しばらくお待ちください」

そう女の声がして、保留状態になった。その状態がしばらく続く。電話の向こうで、多分そのような技術について検討がなされているのだろう。

再び、電話に出た女性が言った。

「あいにく、そのような印刷は、うちの方ではできないようですが」

その調子で何軒かの印刷屋にあたったが、どれも似たような反応だった。印刷所の規模が、電話帳ではわからない。方法を変えてみた。広告が載っていて営業内容まで記載されているところだ。加えて、電話が複数回線あって、代表番号のあるところを選んだ。

その頃は、私も、ある程度は学習していた。相手が出る。

「技術に詳しい営業の方をお願いしたいのですが」

しばらく待つと、男性の張りのある声が響いた。

「はい。お待たせしました」

私は複製の技術防止でコピーにかけたときには、複製と表示の出るような印刷はできますかと訊ねる。

「ああ、公文書などで、最近そんな表示の表れる印刷がありますね。残念ながら、当方では、その技術は持っておりません」

明解に答が返ってきた。

「では、熊本で、そんな印刷技術を持っているところは、御存知ありませんか」

営業担当は、沈黙した。電話の向こうで頭をひねっている様子だった。

「多分……それは、特殊技術ですから、熊本では……思いあたりません。中央の方で、特許をとっているところが、やっているんではないでしょうか？」

「熊本で、一番、技術的に最先端の機器類を備えている印刷会社は、どこでしょうか?」

すると、担当者は、三つの会社をあげてくれた。いずれも市内周辺部の工業団地にある会社だった。

受話器を置いて、しばらく方法を検討した。

あとは、この三社にあたってみるしかないだろう。この三社については、直接、会社を訪問してみるつもりだった。

ひとつ気がついたことがある。驚いたことにそれまで電話の問い合わせの作業をしていて、ちっとも疲労感がなかったことである。

相手と直接会わずに話をすることが、まったく疲労を感じないというのは、直接会うと相手の背後の霊の存在が気になってしまうということなのか。そして、霊を観察する行為というのは、必要以上に疲労してしまう要因となっているのだろうか。

夜、山野辺哲に連絡を入れた。

残念ながら、今のところ有益な情報にはたどり着いていないということ。あえて、博物館の土器盗難の事実については、触れなかった。

あまりに、唐突すぎる。香代との関連性が今一つ確実さを欠くような気がしたからだ。

カードの特殊な印刷法が気になるので、そちらの方の調査を進めてみようと思うと言うと、山野辺は、無念そうに、「よろしくお願いします」と答えて電話は切れた。

20

「そめちめ」から、現物のカードを返してもらい、コピーとともに袋に入れて、私は三社の印刷会社をまわることにした。交通手段はバスを使う。

受付では、染地目の名刺を出すことにしていた。

最初のM・K・P㈱では、前日と同じ答が繰り返された。熊本で、この透かし印刷ができる技術はないという答だった。できるとすれば、どこに持ちこめばやってくれるでしょうかと問うたが、東京の印刷協会に聞いた方が早いかもしれませんと返ってきた。

次の翔鶴《しょうかく》印刷でも、同じだった。

最後に、ヌーベル印刷に足を向けた。

ここでは、カードとコピーを本当に好奇心を持って眺めていた。「いったい、何のおまじないなのでしょうなぁ」と職人タイプの技術担当者は、頭をひねった。

三ヵ所の工業団地をまわると、午後四時をまわっていた。三ヵ所とも、熊本市のそれぞれ別方角のはじっこにあるからだ。

私に会ってくれた担当者に付き添っていた霊は、それぞれ平凡で無口な霊ばかりだった。M・K・P㈱の三十代の男には背後霊はいなかったし、翔鶴印刷とヌーベル印刷の担当者の霊は穏やかな顔の老人だった。おかげで、必要以上に疲労感を持つことはなかったのだが。

帰りのバスで揺られながら、乗客の背後霊を見ないように眼を閉じ、考えていた。

やはり、あのカードは熊本で作られたものではないのだろうか？　とすれば、どうやって山野辺香代は、あのカードを手に入れていたのだろうか。そして、遺跡から掘り出された土器の中の金属に描かれていた獣は、本当に、カードの獣と同一だったのだろうか。

わからないことばかりだ。

交通センターでバスを降りた。

信号を渡る。

信号の横で停車していた黒っぽい小型のベンツが、ゆるゆるとした速度で動き出すのが見えた。

そのときは、私には関係ない自動車だ、その程度の軽い気持で考えていた。

私は、電車通りの信号が変るのを待っていた。

ゆっくりと、黒っぽいベンツは、私の横に停止した。リアウィンドウもシールが貼《は》られているのか真っ黒だ。その窓がするすると下りた。

運転していた年齢のわからない男が見えた。頭も眉《まゆ》も剃《そ》っているようで、のぺっとした眼の細い男だ。私に声をかけた。

「そめちめさんだね」

どう答えていいものか、私は迷った。答えずにいることが、私が〝そめちめ〟である証《あか》しと考えたらしい。

後部ドアが開いた。ジャージの上下を着たパンチパーマのでかい男と、ギョロ眼の若い男が二人降りてきた。

「ちょい、つきあってくれや」

二人が、私の両腕を握り、そのままベンツの後部座席に引きずりこんだ。初めて見る連中だ。車の中は、もうもうとタバコの煙がたちこめていて、尋常ではないとは直感した。

「おたおたするなや」

若いギョロ眼がそう言って、私の鳩尾《みぞおち》にパンチを一発入れた。私の喉《のど》が呻《うめ》くのがわかる。息が止まったような気がして腹を抱え海老《えび》のように身体《からだ》を曲げた。あえごうとしても息ができない。殺そうというのか、私を。

「馬鹿《ばか》っ！　まだだよ。何すんだ」

運転席から声がする。たぶん、坊主《ぼうず》頭だ。

「すいません」

ギョロ眼が、あやまる。と同時にベンツは急発進した。痛みで身体を折り曲げている私は、外の様子は、何も見えない。

何処《どこ》へ走っているのか、わからない。凄《すさ》まじく荒っぽい運転だ。ほとんど停止しないから、信号無視で走っているのかもしれない。

「こいつ、震えてますねぇ」

ジャージの大男が、笑いをこらえるように言った。それから、私の腕を突いた。

「怖いだろうが、小便もらすなよ。後で掃除するのは俺たちだからな」

自分では、震えているかどうかの自覚もなかった。とにかく、この三人は、まともな連中ではないらしい。痛みが腹にしこりのように残り、まともに顔があげられないでいた。

坊主頭が「まだだよ」というのはどういう意味なのか。どこかへ着いてから痛めつけよう（殺そう）と思っているということなのだろうか。

「そめちめさんかい」と私を呼んだというのは、名刺を貰《もら》った誰かが、この連中に頼んだということか。頼んだ奴《やつ》が人相まで含めて、私のことを教えている。誰だろう。そう沢山、自家製の名刺をばらまいてはいないはずだ。

自動車は、坂を登り始めていた。あれから西の方角へ走り始めたと思う。信号停止などはなかったが、いくつもの角を曲がりながら進んできたはずだ。

自動車は、小刻みに揺れはじめた。何度も斜面を登りながらバウンドする。未舗装道路を走っているらしい。

ベンツが停止した。

ドアが開き、私は、引きずり出された。

森の中だろうか。何処かは、わからない。

市内中央から、そんなに遠くではないはずだ。周囲は樹々《きぎ》だ。樹々の中央が未舗装の広場のようになっていた。

人の気配はまったくない。ここで、首に縄をかけられ枝っぷりのいいのに吊《つ》るされれば、まったくもって、申し分のない首吊り自殺に見せかけることができるのではないかと思えた。周囲の樹々の間には、不法投棄されたらしい廃車や、冷蔵庫、わけのわからないゴミの山のようなものがのぞいている。それほど人が普通足を向けない場所なのだろう。首吊り自殺者にされたら、発見されるのは早くてミイラ化したとき、遅ければ白骨化したときではないかと思った。

私を三人が取り囲んでいた。

どうすれば逃げられるだろうか？　からからに渇いた喉で声をかすれさせながらやっと言った。

「誰か、人ちがいではありませんか。私は、あなたたちを知らない」

「俺も、あんたに会うのは初めてだよ」

坊主頭が言った。それから私のポケットに手を入れた。財布から、名刺を見つけた。

「人ちがいじゃないね。ほら、染地目って書いてある」歯茎をむき出した醜い笑みだ。

彼らの背後霊が、ひょっとして説得に応じてくれはしないかと眼をこらした。

信じられなかった。

とても、これは説得は無理だ。

坊主頭の上で、何かわけのわからない複眼の巨大昆虫のようなものが躍っていた。

こんな霊もありなのか。

ギョロ眼の若者の背にいるのは、顔中が裂け、絶叫を続ける男だった。大口を開き、声にならない声で唸《うな》り、吠《ほ》え、叫んでいる。眼球をむき出し猛《たけ》っていた。とても正常な人間の霊ではない。

ジャージ姿の大男は、頭の上に頭の倍はありそうな牛が乗っていた。どんよりとした眼で眠たそうに私を見ている。何の感情も持ちあわせていないという表情で。

最悪の組合わせの背後霊たちではないか。その霊たちを見ているだけで、気分が悪くなる。この三人に何故《なぜ》、こんな霊が憑《つ》いているのだろうか。いや、そのような霊が憑いているからこそ、このように三人がつるんでいるということなのか。

ということは、この男たちには世間の常識や理屈は通用すると思わない方がいい。

「殺しはしないよ」

坊主頭が言った。それから、ギョロ眼に顎《あご》で合図した。

ギョロ眼が、私に蹴《け》りを入れた。同じ鳩尾だ。私が、思わず出した顎に連続してアッパーカットが入った。星がまたたいた。眼の前が、何度も真っ白になった。

攻撃が終った。

ギョロ眼が歯茎をむき出し、私を見下して荒い息を吐いていた。その背後で裂け目だらけの男が哄笑《こうしょう》している。残虐極《ざんぎゃく》まりない霊のようだ。

「今日は、警告だけしろと言われている。だから、それは守るつもりだ。もっとも、こいつは、キレてるから、こちらでコントロールしないと、殺しかねない奴だからな。これ以上、変なことは調べるな。いいか」

そう言いつつ、私のポケットを弄《まさぐ》る。

「おいカードはどうした」

どうしたのだろう。たしか、コピーとカードは紙袋に入れておいたはずなのだが。ベンツの中では、すでに持っていなかった気がする。

私は、何も答えなかった。

このならず者たちは、いずれかの印刷会社からのルートで、私を脅すように言い含められているらしい。であれば、合点がいく。どこの印刷会社かはわからないが、私に嘘《うそ》をついていたにちがいない。そして、あの名刺で、私を襲わせた……。

どの印刷会社だったのか……。

「おい、あのカードはどこだ」

私は、顔を横に振った。

「どこかに……落した」

やっと、それだけを言った。三人は顔を見合わせた。

それから地獄が始まった。三人は、私を投げ、蹴り、殴った。私はうなだれ、ずだ袋のような状態で失神した。

気がついたのは、陽が落ちてしまってからだった。

全身が痛むが、這《は》うようにして立ち上った。幸いなことに、狂気じみた三人の暴力団員らしい男たちの姿はベンツとともに消えていた。顔に手をやると、痛みとともにぬるぬるしたものを感じた。出血しているらしい。

ひょっとして私は、何かの事件の核心に近いところに知らずに触れてしまっていたのではないだろうか。

警告は、受けた。

だが山野辺香代を捜す仕事をやめるつもりはない。その調査の一部に、あのカードが出てきただけのことだ。

薄闇《うすやみ》の中を、車中の感覚を頼りに、坂道を足をふらつかせながら帰った。そこが、熊本市の西部にそびえる金峰山《きんぽうざん》のふもと、鎌研坂から入った場所だとわかったのは、数十分後たどり着いた民家で聞いてからのことだ。

21

実は、タクシーを呼んでもらって練兵町の自宅に帰りつく迄《まで》の記憶が完全に欠落している。

とにかくひどい有様だったのだろう。民家にたどり着き、門のブザーを押した。出てきた老婆《ろうば》は、私の姿を見て悲鳴をあげた。

その声を聞きつけて出てきた老人に、自動車の自損事故をやってしまったから、タクシーを呼んでもらいたいと頼んだ。

老人は、救急車を呼びましょうとか、警察には、とか言ってくれたが固く辞退した。見てくれだけで、単なる自動車の自損事故に遭った者というのが大嘘だとわかったはずだ。

老夫婦は、訳ありの怪我《けが》人にそれ以上関わらないのが賢明だと思ってくれたらしく、もよりのタクシーを呼んでくれた。

警察沙汰《ざた》になるのだけは、避けたかった。事情聴取で、無駄で無為な時間をつぶしたくはない。おまけに、私は大の医者嫌いときている。這うような状態になっても、絶対に医者にだけはかかりたくない。

気がついたときは、自分の部屋のベッドの上にいた。夢遊病状態で薬局にも寄ったらしい。ベッドの横には、塗ったり貼ったりした薬品の屑《くず》が散乱しているのが見える。

顔も痛む。背中も痛む。足も痛む。腕も痛む。あまりにも全身が痛みすぎて、まるで、自分の身体ではないような感覚さえあった。寝返りも打てない。ぴくともせず、瞼《まぶた》を閉じているだけだ。時おり眼を開くと、天井が見えるだけだ。どのくらいの時間が経過したのか見当もつかない。

「そめちめ」から電話が一度あった。

どうしたの、姿を見せないで、心配しているわと、ママが言った。ということは、あれから丸一日ほど経過しているのだろうか。

いや、ちょっとトラブルに巻きこまれて、殴られたりしたので、人前に姿を現す状態じゃないんですと答えた。できるだけ快活に。空元気というやつか。今にも様子を見にきたいというふうだったが、固辞した。これ以上、心配をかけたくなかった。

何か、ちゃんと食べてる？　薬とかあったの？　とうっとうしいほどに、心配してくれた。仕方がない。ママには私の父親の霊がついているのだから。

それから、届けものがあると、ママは言った。何ですかと尋ねると、例のカードが入った紙袋だということだった。交通センター近くの路上に落ちていたらしい。拉致《らち》されたときか。奇特な中年婦人が「そめちめ」まで拾って持ってきてくれたらしい。そういえば、紙袋の中には、「そめちめ」の住所入りの私の名刺が入っていたっけ。名刺をたよりに届けてくれたということか。

しばらく、店で封筒は預かっておいて下さいと伝えた。ママは、それからもしきりに心配した。本当に助けが必要なときは、お願いしますと言って、電話を切った。

それから、ぼんやりしていると、また意識が飛んだ。

意識が帰ってくる。何だか、高い場所を飛びまわっていたような夢を見ていた気がする。思考がまとまらない。論理的に考えようという気もおこらないが。そして、意識が遠ざかる。その繰り返しだ。

あるとき、気がつくと、部屋は闇になっていた。カーテンの隙間《すきま》から、窓の外の街の灯がかすかに入ってくるくらいだ。

思考は、あい変らず混濁している。

宙空をぼんやり眺めていると、窓の方から白っぽいものが、ふわふわと漂うように入ってきた。何やら、尾を引いたちっぽけな雲の塊のようなものだ。孫悟空が乗っていた觔斗雲《きんとうん》のミニサイズのようなものだなぁと思う。幻覚を見ているのだろうか。

私は、白っぽいものの漂うさまを眼で追った。しばらく宙空の一ヵ所でゆらゆらとたゆたうようにとどまり、思い出したように、ある瞬間に勢いをつけて移動する。それから、またしばらく静止していたかと思うと、微速で漂うように移動する。

まるで、その白いものは、ムシか何かの生きもののようだ。

私は、そのとき、無意識のうちに眼をこらしていることに気がついた。

ひょっとして、あれは……霊？

眼から力を抜くと、白っぽいものは視界から消えた。やはり、そうなのか。

私は、霊を視る能力を授かってから、様々な人々の背後にとまっている霊を見てきた。だが、最初に霊が、とまる人をどのように選別して、いかに背後に落ち着くことになるのかという過程を見たことはない。荒戸に憑いていた邪悪そうなものは、あれは、また別種のもののような気がするが。

宿主と寄生者という発想でいくと、寄生者である霊が、宿主である人間を選ぶ法則のようなものがあるにちがいないとは思うのだが、推測できるのはボンヤリとしたところまでで、まだ確かなものではない。

ひょっとして。

私は、妻の那由美のことを連想した。

何かの本で読んでいた内容を思い出していたからだ。その本には、人間の死後に関することが書かれていた。人間は死んでも、その魂は、自分が死んだことを自覚できないという。魂は、家族が嘆き悲しむ様子を不思議に思いつつ、わが家の中をうろうろしながら過ごすという。それから、一定の期間が過ぎて魂は、自分の肉体がないこと、つまり死んだことを自覚して、あの世へ旅立つことになるという。それが、仏教でいう四十九日にあたると。

那由美が亡《な》くなってから、もっと、それ以上の時間が経過しているわけだが、その時間が経過しても、彼女は自分が死んだことを、まだ自覚していないとすれば。

こうやって霊の状態で私の部屋へなつかしみ漂ってきていても不思議ではない。

この霊は、那由美ではないだろうか。

部屋の中央で円を描くようにゆっくり回り続けていた白っぽいものが、方向を変えた。

私にむかってくる。

エクトプラズム（霊体）という単語が頭に浮かんだ。

最接近したとき、私とその白っぽいものの距離は、三十センチほどまでになった。

私は、しっかりと眼をこらしていた。

人の顔が、その中に見えた。

それは、那由美ではなかった。

淋《さび》しそうな顔をした中年男の顔が、そこにあった。見たこともない顔だ。誰を頼ることもすがることもできないという情けなそうな表情だ。

私は、失望のあまり、大きく一つ溜息《ためいき》をついた。

白っぽいものは、それからまた方向を変え、流れるようにドアの方向へ消えていった。

そのできごとで、自由に身体《からだ》は動けないというのに、妙に頭だけが冴《さ》えてしまっていた。

今の浮遊霊が、早くどこか宿主を見つけることができればいいのにと願いながら。

すると、連想は妙な方向に広がっていく。

背後霊にも、まともじゃないものもいるということがわかった。私をこんな目にあわせた連中だ。

私でさえ、こらした眼が、信じられないものを見た気がした。リーダー格の坊主頭の上にいたのは巨大なムシのようなものだった。痙攣《けいれん》するようにのべつ踊るムシだった。あとの二人に憑いているのも、まるで妖怪《ようかい》だった。若い方のギョロ眼に憑いているのは、あるいは人間だったものかもしれない。しかし、今は狂っている。残虐性だけの霊となっている。それから巨大な牛の頭にのしかかられるようにされていた男。いかにも男自身、愚鈍そうで、まったく人間性が欠如しているようだった。

ああいった背後霊が存在するということを知った。しかし、あのような化物もどきの霊が憑いたことによって、彼らの人格も化物のような残虐な性格に変化したのだろうか。それとも、もともと異常性格の人間には、あのようなまともではない霊が寄ってくるということなのだろうか。

警告だけだと宣言しておきながら半殺しの目にあわせるなんて。

今一つ、背後霊と宿主の関係が私にはわからないままだ。

しかし、今日の三件の大手印刷会社の一つが、あの危い連中の雇い主だということは、はっきりした。だが、それが何処《どこ》かということは特定できない。そして、その印刷会社こそが、あのカードの秘密に、どの程度の重要性があるかということを白状したことになる。

私をほうっておけば手掛りを与えずにすんだのだ。

これから、どのような調査方法があるだろうか。

例の三件の印刷会社を、包帯だらけの姿で訪問してみるということも考えたが、情報が得られる可能性は低いだろう。その帰りに、ベンツの連中に待ち伏せされていたら、またしても調査の効率を低下させてしまうことになる。

そんな堂々巡りをしていると、頭がまたぼんやりとしてきた。

さっきの霊魂が那由美だったらよかったのに。そんなことを、とりとめもなく考える。

那由美だったら、どうしたろう。那由美に呼びかけただろうか。おおい！　私はここだよ！　と。私と一緒にいてくれないか！　と。

そんなことで、霊はとどまってくれるのだろうか？

白っぽいものが、再びドアの方から現れ部屋の中で一周すると、今度はカーテンの向こうへと消えていった。

22

随分と永く、部屋にこもっていたような気がする。意識が戻り、身体の痛みで起きるのさえ億劫《おっくう》になり、ベッドでゆらゆらとしていると意識が途絶える。

そんな繰り返しだった。

だから、そんな夢とも幻ともつかない時間を過ごしていると、自分の部屋を漂っていた霊のことも、ひょっとすると、あれは夢の一部だったのかもしれないと考えている自分がいる。

その間に、様々なことも思う。この大怪我の状況を尚道にも知らせなければいけないだろうと思う。マスター夫婦に両親がついていてくれるが、やはり他人だ。唯一《ゆいいつ》の血縁は、やはり双生児の弟だけなのだから。

だが、身体が動かない。尚道はどうしているのか。手紙を書こう……。だが、起きられない。

もう起きなければという決断を促《うなが》してくれたのは、チャイムの音だった。

痛みは、和らいでいる。

私は、ドアを開いた。

「わ！」

声がした。

ドアの前に驚いた顔の女の子がいた。

小夢ちゃんだ。彼女の肩の父親も驚いた表情だ。眼をこらさなくても背後霊が見えている事実に自分で驚いた。

「どうしたの？」

私が訊《たず》ねると、小夢ちゃんは泣きそうな顔になった。

「何か、またあったのかな」

小夢ちゃんは、首を横に振った。

「『そめちめ』のおばちゃんに、おじさんのこと聞いたの。それから様子見ておいでって。新海のおじさん、何も食べてないはずだからってサンドイッチ作ってくれた」

小夢ちゃんは、ペットボトルとサンドイッチを乗せた皿を持っていた。それを受け取る。小夢ちゃんが泣きそうになったのは、どうも私の顔が腫《は》れあがって変形していたためらしい。

「ありがとう」

そう言ったが、帰ろうとしない。「どうしたの？」と私が尋ねると小夢ちゃんは「『そめちめ』のおばちゃんに、ちゃんと様子を見てくるように言われているから」と喰いさがってきた。

私の部屋の中に入るつもりらしい。

「男性の部屋に、女性は入るものじゃないんだよ」

そう私が言ったが、小夢ちゃんは「私はいいの。子供なんだから」と一歩も引かない。仕方なく部屋に入れた。

「へぇー。うちと全然ちがう。男の人の部屋ってこうなんだ」

小夢ちゃんは、私の部屋がよほど興味をそそるらしく浴室やトイレまで覗《のぞ》いてまわる。

「わあ、散らかりっぱなし」

そう呆《あき》れた声をあげる。仕方ないだろうと心の中で叫ぶ。半死半生の状態で服を脱いだのだ。薬局で買った傷薬や打ち身の薬のカラ箱が散らばり、血のついた下着が脱ぎすてられていても誰にも咎《とが》められることはないはずだ。だが小夢ちゃんは両手を腰にあてて、しかめ面《つら》をしていた。そして言った科白《せりふ》が「これだから男の人は！」私は眉《まゆ》をひそめることしかできない。

ゴミ屑《くず》類を片付けはじめた。それから、血のついた下着を指でつまんで、「こんなもの、女性に見せるものじゃないでしょ」と言い放ち、屑カゴにぽいと捨てた。女という生きものは、幼い頃からすでに唯我独尊的な行動を身につけているらしい。溜息をつきたくなるのをじっとこらえた。

「おじさんサンドイッチ食べたら。食べ終ったら、『そめちめ』にお皿を持っていくから」

まだ、あまり食欲はない。だが、私が食べ終えないと、小夢ちゃんは、この部屋を引き上げてくれない剣幕だった。

「わかった。できるだけ早く食べよう」

仕方なくテーブルに座った。小夢ちゃんは素早く言った。

「ゆっくり食べていいのよ。おじさん。私、待ってるから」

ペットボトルの紅茶を飲む。サンドイッチをくわえた。口の中を切ったところが、まだ出血しているのかもしれない。クラブサンドなのだが、まったく味を感じない。砂を噛《か》んでいるようだ。

「あまり、食欲ないみたいね」

小夢ちゃんは、掃除が終了したらしく、テーブルの私の前に腰を下ろす。いつも那由美が座っていた場所だ。頬杖《づえ》をついて、私の食べる様子を観察していた。生憎《あいにく》、そんな状況に私は慣れていない。

「ああ。でも、無理して食べているよ」

「その方がいいわ。食べないと『そめちめ』のおばちゃんもがっかりするから」

「そうだね」

私は無理矢理に口の中へ押しこんでいた。

「あれから、小夢ちゃんのお母さんはどうなったんだろう」

私は話題を変えた。

「母さん、あれからイイよ。嘘《うそ》みたいに優しくなった。おじさん、不思議なことができるんだね」

「不思議なことじゃないよ。昔から、猫にはマタタビと言って——。いや、カンでわかるんだ。こういうふうにすれば小夢ちゃんのお母さんが優しくなれるかなあって」

ふうんと、小夢ちゃんは今回は子供らしく小首を傾《かし》げた。みると、小夢ちゃんのトレーナーの胸に、例のマタタビ入りのお守りが揺れている。まだ効果が持続しているようだ。

「もう食べたの？」

「ああ、ありがとう」

「じゃ、今度は、薬を塗る」

とんでもないことを言いだす少女だ。舌打ちしたくなるのを必死で抑えた。サンドイッチを無理矢理でも食べてしまえば、帰ってくれると思ったのだが。

「薬は、自分で塗るからいいよ」

「だめです。食べている間は、薬が塗れないでしょう。だから、こうして待っていたんだよ、私。

擦り傷で、薬塗ってないところが、いっぱいあるじゃない。背中とかも手が届いていない筈《はず》よ」

塗り薬、消毒液、テープ、包帯をテーブルの上に置いた。

「やれやれ、今度はお医者さんごっこか」

ついに溜息をついた。小夢ちゃんは、逆上した大人の女の眼で私を睨《にら》んだ。

「お医者さんごっこですって？　そんなエッチなこと言うんだったら痛くするわよ。これは看護婦さんの仕事なのよ。ほら、ここも塗ってない。ここも、ここも」

ここも、ここもと言いながら、小夢ちゃんは指を伸ばして私の顔をちくちくと触る。私は顔をしかめたらしい。

「ほら。薬つけなければ痛いはずよ」

そう勝ち誇って言い放った。私の負けだ。小夢ちゃんが自分の母性本能を満足させるまで治療をやらせるしかない。

「おじさん、どうして、こんなに怪我《けが》したんですか？」

傷薬を塗りながら小夢ちゃんは尋問に切り替えた。

「色々と調べものの仕事をやっていたらね。どうもその仕事が気にくわないって人たちがいたようなんだよ。それで、金峰山の方に連れていかれて袋叩《ふくろだた》きにあってしまった」

「警察に訴えた方がいいよ。逮捕してもらえば？　おじさんは何も悪いことしていないんでしょう」

「もちろん、おじさんは、悪くない。あ、イタタ……少し、そっとつけなさい。警察は、遠慮しておくよ。頼まれている仕事を続けるのに差し障《さわ》る可能性もあるから」

「気にくわないって殴ったの？」

「ああ、変なことを調べるなってね。警告らしいよ。これが」

「じゃあ、おじさん。もう仕事できないじゃない」

「仕事しないわけにはいかない。一度、引き受けたことだからねぇ」

「ふうーン。今度は、背中を見せて、背中に塗るから」

私は言われるままに背中を出した。

「仕事しないわけにはいかないと言っても、顔中、テープと薬だらけで、外に出たら皆、気持悪がると思うわ。まるで怪人ミイラ男みたいよ。ゾンビにも見えるわ。世の中の迷惑になると思うわ」

何という言われようだろう。小夢ちゃんはここまで口が悪かったのだろうか。親しき中にも礼儀ありという故事は今の学校では教えないのだろうか。

「それで、いい考えがあるの」

直感でわかる。そういうときの「いい考え」というのはロクでもない考えであることの方が圧倒的に多い。だから、私は同意せずに、沈黙することにした。

小夢ちゃんは、私の返事がないことなど、お構いなしだった。一方的な結論を口にした。

「私が、学校へ行くとき以外は、おじさんは私も一緒に仕事に連れていくの。人に訊ねる仕事のときは、私が代わりに訊ねてあげるわ。そうすれば、皆、新海のおじさんが訊ねるよりは愛想よく色々と教えてくれると思うの。それにまた連れ去られて、ひどい目にあいそうになったら、私が助けを呼びに行けばいいわけだし。

いい考えだと思わない？」

「どんな仕事かわかっているのかい？」

「知っているわ。『そめちめ』のおばさんに聞いたもの。私立探偵をやっているんでしょう？」

私は頭を抱えたくなった。小夢ちゃんのお父さんは、それを止めようともせず、小夢ちゃんの頭の上でうなずいていた。

「お母さんも心配するよ。やめた方がいい」

「危いことはやらないから。探偵ものの本はよく学校の図書館で借りて読んでるのよ。金田一少年とかコナンとか、はやみねかおるとか」

はぁーとなりそうになる。

「どうして、おじさんと仕事してみようと思うんだ?」

「おじさんのことが好きだからよ。だから、いつも心配しているのよ。わかってる?」

誰か、この子に「ありがた迷惑」という言葉を教えこんでやるべきだ。だが私が二の句を継げずにいることを、小夢ちゃんは「了解」したものと受け取ったらしい。

23

人前に姿を見せてもかまわないだろうなと自分で思えるようになるのには、まだそれから数日かかることになる。少々の青い痣《あざ》は残っていても、顔面に占める絆創膏《ばんそうこう》の比率が低くなるまでは仕事はできないとふんでいた。小夢ちゃんが言っていたとおりだ。人に会って情報を頂くには、最低限、相手に不快感を与えないようにしなくてはならない。

時おり、小夢ちゃんは、私の部屋を訪れ、様子をうかがい、食事を運んでくれた。頼みもしないのにつかつかと室内へ入りこみ、ごみ袋を下に運んだり、洗濯ものを洗濯機に放りこんでくれたり。気がつかなかったが、台所に置きっぱなしにしていた食器を洗って帰っていったこともある。

私が機嫌がよさそうだと見極めると、私の部屋に長居しようとする。しばらくは、相手をするのにやぶさかではないが、私の方もこの世代の扱いに慣れているわけではないから、やや疲れてしまう。それでも小夢ちゃんは探偵助手を自任したらしく、助手に任命したのだから調査の概要を教えろとやかましい。「そめちめ」のママからも聞きかじっていて、小夢ちゃんは、自分の知っている情報を補塡《ほてん》するという形で私に尋ねてくる。

「山野辺さんの奥さんって名前は何なの」

「年齢はいくつ。写真あったら見せて」

私は、守秘義務ということを説明し、納得してもらってから宣誓させる。聖書とかは部屋にはなかったので、仕方なく私の偽探偵名刺に手をあてての宣誓だから、あまり威厳はないのだが。それでも、小夢ちゃんは少し身震いしていたからイニシエーシヨンの効果はあったようだ。

一つだけ驚いたことがある。その日、突然に小夢ちゃんの背後霊が変っていたのだ。その前日までは、確かに、小夢ちゃんの父親が背後霊として彼女の背中から顔を見せていた。ところが、その日、小夢ちゃんの肩に乗ってうっとりとたゆたっていたのは、何と、あれほど小夢ちゃんに敵意をむき出しにしていた黒猫だったのだ。

私は、目を疑った。どうして、こんなことが起りうるのか。小夢ちゃんの胸あてには、あのまたたびお守りがついている。

「おじさんがあげたお守りを、お母さんは、まだ身につけているかなぁ」

そう小夢ちゃんに訊ねると、彼女は首を横に振った。

「おととい、お守りつけたまま、母さんうっかりクリーニングに出したみたい。どうしようかって言っていたよ。おじさんに、またお守り頼むのも申し訳ないしって」

「それからお母さんの様子に何か変化はあったの？」

「ううん。ないよ。私が、お守りつけているからかなぁ」

少し安心した。小夢ちゃんの母親が情緒不安定になっていたのは、黒猫が憑《つ》いていたからだろう。その黒猫が、小夢ちゃんのまたたびに魅《ひ》かれて、入れ替ったとすれば、母親の方は、何も問題はないということだ。

小夢ちゃんの基本的人格に変化はないようだった。そんなとき、ドアのチャイムが鳴った。開くと、小夢ちゃんの母親である久永美津子がドアの前に立っていた。

小夢ちゃんを迎えに来たのだ。母親は、いつも申し訳ありませんと頭を下げて小夢ちゃんを呼ぶ。

「小夢。いつまでも長居をして、新海さんのお邪魔になるでしょう」

小夢ちゃんの母親は、いたって正常だと思う。そして、その背後霊は、予想どおり、その前日まで小夢ちゃんの背後にいた父親なのだ。そして久永美津子の連れあいだった男ということになるか。母親と同様に私に頭を下げている。

それを見て、私は安堵《あんど》する。一応、久永家の安寧は保たれると。

背後霊のチェンジにどのような法則が働いたのかはわからないが、単純にまたたび効果だけなのだろうか。

いずれにしても、久永家が平穏であれば、それはそれで私にとってはかまわないわけだが。

しかし、小夢ちゃんのありがた迷惑攻撃はそんなもので鎮静化するわけではなかった。

突然に現れて、突然に言いだすことは、いつも、私の精神状態を嵐《あらし》の中に放りこむようなものだった。

「母さん、新海さんは誰かいい人がいるのかねぇ、なんてひとりごとみたいに言っていたよ」

私は何とも反応しようがない。黙っている。これは小夢ちゃんの本題に入る前口上に過ぎないことはわかっていた。

「おじさんは、うちの母さんをどう思う」

何とも思わないと答えれば、小夢ちゃんは傷つくのだろうか。素敵だと思うよと答えて変な誤解を生んでもまずい。この子は、どうしてこんな質問をするのだろうか、その意図をはかりかねる。

「今、おじさんは病みあがりで、いろんなこと考える余裕がないんだなぁ」と逃げを打つ。

「よかったぁ」と小夢ちゃんは言う。「私も母さんには言っといたから。新海のおじさんは母さんには勿体《もったい》ないって。おじさんが母さんのこと気に入っているなんて言ったら、どうしようと思って、内心どきどきしていたんだ。よしよし」

携帯用のゲーム機を両手で操作して覗《のぞ》きこみながら、小夢ちゃんは、私にそう言ったりするのだ。大の男に子供が「よしよし」はないと思うのだが、とりあえずの尋問は終了する。

日常の変化はそんなところか。「そめちめ」のママが一度顔を出してくれた。山野辺哲が、一度訪ねてきたらしい。調査中にトラブルに遭って身動きできないほどの大怪我をしているとは話しておいたということだった。電話がかかってこないというのは、私に遠慮してということなのだろうと、善意に解釈した。それから、例のカードのコピーの入った袋を返してくれた。

つまり、小夢ちゃんが部屋に現れては消えていくというのが、「そめちめ」のママの訪問を除けば、唯一《ゆいいつ》の社会との接点だったというわけだ。だが、身体《からだ》が治ったからといっても調査の方向にはまったくあてがなかった。

その突破口は、何ということか、小夢ちゃんからもたらされたのだ。

その日、小夢ちゃんは学校が終る時間が来ても私の部屋に姿を現さなかった。別に気にしてはいなかったが、何となく一日のリズムが変ったかなという印象がある。病気などでなければいいのだが。そう考えていた。

部屋のチャイムが鳴ったのは夕方六時近かった。チャイムの後にドアをどんどん叩く音がする。

外に立っていたのは小夢ちゃんだ。肩を上下させて、荒い息を吐いていた。私の部屋まで走って駈《か》けつけたらしい。

「どうしたの？」と私が問いかけるのと同時に「中に入れて」と小夢ちゃんは部屋に飛びこんできた。

「情報！　山野辺香代さんは、毎週木曜日に、博物館に行ってた！」

私の目の前で仁王《におう》立ちになって、小夢ちゃんはそう叫んだ。

「どうして、それを」私は驚きのあまり言葉が続かない。

「すぐ知らせなきゃと思って飛んできたのよ。おじさん、小夢は偉いでしょう」

私はうなずいた。もっと詳細を聞きこんできてくれたのだろうか。

「偉い！　くわしく話してくれ」

あわてて、冷蔵庫からオレンジジュースを取り出して小夢ちゃんに渡し、ソファをすすめた。小夢ちゃんはジュースのプルトップを開けるとごくごくと飲み、手の甲で口を拭《ぬぐ》った。何と、小夢ちゃんの頭の上で、黒猫が眼を輝かせている。小夢ちゃんと黒猫コンビは、うまくやっているのだ。

それから、小夢ちゃんは大きく息を吐いた。落ち着きを取り戻してくれたらしい。

「きょう、クラスの友だちが博物館よい子の会に行くから、一緒に行ったの。で、大昔の熊本ってのがあってね。それを見てきた。先生は、蓑田《みのだ》先生って女の人。その勉強の途中で、問い合わせがあって博物館の人が蓑田先生に訊《たず》ねたの」

蓑田という学芸員の顔を思い出していた。

「原田さんの古代史セミナーの状況について訊ねられてた」

自殺した学芸員だ。

「蓑田先生は、原田さんがいなくなってから、そのセミナーは中断しているって。原田さん関係の資料は、机を片付けたとき第二書庫の方にすべて移してありますから、そちらを探して下さいって言ってたの」

私はうなずき続ける。できるだけ、小夢ちゃんが話しやすい状況を維持した方がいい。

「原田さんって、自殺した人だっておじさん言ったよね」

そのとおりだ。小夢ちゃんの記憶力は馬鹿《ばか》にできない。

「終ってから、私一人で第二書庫を探してみた。そしたら鍵《かぎ》かかってなかった。段ボールが二つあって、原田均一さん関係て書いてあった。その一つを開いてみたら古代史セミナーの勉強用ばっかり。で、その中でこれを見つけたの」

胸あてのポケットの中から小夢ちゃんは折り畳んだ紙を出す。広げるとB5サイズの三枚綴《つづり》だ。表紙に〝古代史セミナー〟とある。

木曜日十時～十二時　博物館B講義室

二枚目と三枚目は、名簿になっていて、名前と住所、電話番号が並んでいる。

「三枚目の下の方！」小夢ちゃんがいう。

三枚目を見た。

山野辺香代。そして見覚えのある住所。

「黙って持ってきちゃった」

小夢ちゃんはぺろりと舌を出した。この子は天才だ。

24

顔の上の絆創膏は、三枚になった。顎《あご》と小鼻、額の眉《まゆ》の横だ。紫色の痣はずいぶんとおさまったようだ。

これなら、外出してもいいだろうと、鏡を見て私はうなずいた。

とりあえず、紺色のスーツ、そして白のワイシャツを身につけた。

「そめちめ」に顔を出して、今日から調査を再開しようと思うと告げた。

マスターは、眉をひそめて、大丈夫かいと心配してくれた。ママは、どういうふうに調べるのと興味を持っているようだ。

「もう、痛みはないの？」

「いいようです」

マスターが作ってくれたオムライスを頬張りながら答えた。

「小夢ちゃんが、とっかかりを作ってくれました。今度は、こちらの線から調べてみようと思っています。毎週木曜日に、山野辺香代さんがパートを休んでいた理由がわかったような気がしますので」

「どちらの線なの」

「博物館で一般市民向けの古代史セミナーを毎週木曜日にやっていたんです。その名簿が手に入ったので」

ふうんとママは感心したように腕組みをする。その背後の父が、あまり無茶するんじゃないぞという表情を浮かべていた。

「一つだけいいですか？」私は言った。

「何なの」とママ。

「あの。小夢ちゃんのことですが、私の調査を手伝うといってきかないんですよ」

私が、そう言うとママは、しまったというように、両手を自分の口にあてた。

「ごめんよ。あの子なんだか、本当に新海さんのこと気に入ったみたいで、心配してね。それで、私に新海さんのことばかり聞くんだよ。最初は、聞かれるままに色々と答えてやってたけれどねぇ。食事を持っていってあげるって言いだしたのも、あの子なんだよ」

「そうですか……」

どちらが、どうかということは私にもわからない。だが、ママは自分が小夢ちゃんに話したことで私に迷惑がかかっていると心配しているのは確かだ。

「で、まあ、探偵助手にすることを約束させられたわけです。でも、小夢ちゃんをあまり危険な目に遭わせるわけにもいかないし、小学校もあることだし、私が一人で動いていることを、小夢ちゃんには内緒にしておいてもらえませんか？」

ママは、了解というように、うなずいた。

「新海さんも、義理堅いよねぇ。普通の大人なら、そんなこと気にせずに、さっさと自分の仕事に取りかかっているよ。そんな、正直なところが小夢ちゃんになつかれてしまうんだろうねぇ」

「お願いします」

「わかったよ」

ママに、それだけをお願いして、「そめちめ」を出た。

久々に外を歩く。自然とあたりに注意をはらう。まさかとは思うが、あれから私のマンションを三人組が監視しているのではという感覚に襲われたからだ。黒っぽいベンツを見かけたら、今度は、すぐに走って細い路地に逃げこもうというイメージトレーニングだけはつんでいた。そしてビニール袋に塩を入れている。どこでもすぐに撒《ま》けるように。あの三人組についた妖怪《ようかい》じみた霊たちに効果があるかどうかはわからないが。

そこまで神経を使うことはなかったか。

あたりには、人影もない。

山野辺香代の名前が載っていたセミナーの受講者リストには、住所氏名の他に、枠が設けてあった。何も書きこまれてはいないが、本来は、そこに出欠が書きこまれるものらしかった。ということは、これがオリジナルではなく、実際にセミナーで使われていたものは別にあって、これはコピーされたもののようだ。二枚目のリストはア行からナ行までで三枚目はハ行からワ行になっていた。三枚目の最後に山野辺香代の名前がある。住所をつらつらと見ていくと、広島照子という名が、紺屋今町の住所になっていた。歩いて十分ほどの距離だ。そこからスタートさせていくか。

電車通りの右側歩道を歩いた。こうして歩けば、前方からくる車だけに注意をはらえばいい。黒っぽいベンツは、すぐにわかる。

歩きながら、小夢ちゃんの笑顔を思い出していた。探偵助手を楽しみにしていたんだろうと考えると、少し、後ろめたい気持になる。学校から帰ったら、あたりさわりのない調査を作り出して連れていってやることにしよう。それで納得してくれることを祈るばかりだが。

息が止まりそうになった。

私の眼の前でベンツが止まったからだ。だが、あの黒っぽいベンツではない。白の車体で、忌《いま》わしい記憶のベンツよりもうひと回り大きい。あの連中の仲間だろうか。

ドアが開いた。

男が降りてきて、私の名を呼んだ。見知らぬ男だ。

「新海さん。連絡とろうとしてたけど、なかなかとれなかった。今、もらった名刺の住所に行ってみようと思ってたんだ。ちょうどよかった」

私はぽかんとした顔をしていたらしい。この陽灼《や》けした顔は……ホームレスの荒戸？　何故《なぜ》、見知らぬ男に見えたのか、その理由もわかった。

頭髪がふさふさと生えている。十歳は若返っている。しかし、背後霊は同じだ。

「荒戸……さん？」

「そうだよ」と悪戯《いたずら》っぽく笑った。

「今、肥之国《ひのくに》放送で、全国向けのワイドショーに出てきたところ。これ……カツラよ。ちょっとまだ慣れないけどね」

荒戸和芳は、スーツ姿だった。小さなチェックの明るい水色だ。まるで舞台衣裳《いしょう》だった。

「乗んなさいや。俺のクルマじゃないけれど。報道局のやつを貸してくれたんだ」

とても、この間まで、自動販売機の下に落ちている小銭を探していたホームレスと同一人物とは思えない。

「どこまで？　送るよ。いいでしょ、運転手さん」

白いワイシャツに紺のスーツをつけた初老の運転手が「大丈夫です」と言ってくれた。

「でも、すぐそこですから」

そう断ると、荒戸は「じゃ、ここでいいです」と運転手に伝え、自分も車を降りた。

交通センターの地下の喫茶店へ行こうということになった。荒戸の歩きかたも変化していた。前は猫背気味にきょろきょろと下を見て歩いていた。ところが、今日はどうだ。胸を張っている。カツラのせいかはわからないが、背まで伸びたような気がする。それから荒戸和芳の背後霊、いや守護霊。眼尻《めじり》が一層下がり、頬はぱんぱんに膨れあがっていた。だが、その表情にまったく卑《いや》しさはない。それから、霊が放つ光輝だ。輝きは前回会ったときと同様に増しているのに加えて、周期的に眩《まぶ》しいほどの光を放つことさえあった。

コーヒーを注文すると、荒戸は、何度か、首を振った。

「驚いた。俺、新海さんと出会ってから人生変ったよ」そうしみじみと言った。「数日前に、橋の下で寝ていたら、テレビ局が押しかけてきた。で、橋の下で、マイク握って、口パクで『板場旅情』をやらされた。それが、全国放送されたらしい。その日の夕方、またテレビ局が訪ねてきた。俺の歌が、全国的に凄《すご》い反響なんだそうな。翌日、東京からレコード会社が三社訪ねてきた。で、肥之国放送の斡旋《あっせん》で、空いている社宅マンションに住まわせてもらっている。持っていたレコードは、すべて買上げてくれた。だから、この服はそのレコード代で買ったの」

次々とまくしたてるが、私にとって現実感のない話だった。その間、こちらは傷だらけで外界との接触を一切断っていたことになる。何というちがいだ。

「新海さん、どう思う。少し怖いんだよね。何だか、変なふうに運命の歯車がまわっている気がしてね。いや、不満はないんだ。ただ、あんまりすべてがうまい話で進みすぎているから、……俺って、あまり幸運てのに慣れていないから……何だか、この後、とんでもないことが起るんじゃないかって……不安でたまらないわけ。だから、新海さんに会っとかなきゃって思ったわけよ。新海さんの意見聞かせてよ」

荒戸和芳《かずよし》は、環境ショックという状態にあるらしい。自分の幸運を、まだ現実として受け容《い》れることができないようだ。

「よかったじゃないですか。やっと幸運は、荒戸さんに順番が回ってきた。そういうことだと思いますよ。素直に受け容れたらいい。これまで苦労を続けられたんでしょう。これでやっと帳尻が合う。そう思ってください」

「そう思っていいのかな」

私は、うなずいてやった。それから、二の丸広場のラジオから流れていた「板場旅情」を聞いた老人が感激していた話をした。

「そんな現象が、今、全国的に拡《ひろ》がりつつあるんじゃないでしょうか。荒戸さんの歌は、時代より早すぎたんですね」

荒戸は、悩んでいたのだ。私の言葉に、そうかと何度もうなずき、その都度、私と話して落ち着いてきたと漏らした。

それから、荒戸とは少し雑談をした。次の曲を出さないかという話まで舞いこんでいるらしい。

「実は、あるんだ」

そう荒戸は、自分の頭をトントンと指で突いてみせた。

「新海さんと一緒に飲みに出たとき、唄《うた》ったじゃない。あれがきっかけになったのかな。あれから、けっこう溢《あふ》れるようにメロディが浮かんだりしてきて、もう、十曲以上。形にはしてないけれど、すぐにも仕上りそうなものばかりで」

感慨深げに荒戸は言った。

「何だか、不思議だよなぁ。新海さんと会う前は、日々が過ぎていくことがわかるだけで、ぼんやりしていたなぁ。昔、自分はレコードを出していたということは覚えていたけど、どんな曲を出してどんな唄いかたをしていたなんて思い出しもしなかった。ところが、生活に張りがでてきたら、どんどんメロディが浮かんで来る。やっぱり、人間の暮らしって、ちょっとした緊張と驚き、それから、少々のお金って必要なんだなぁって思うよ」

私はうなずきながら、チャップリンも似たようなことを言っていたなと思う。

荒戸とは、電車通りで別れるつもりでいた。

「ときどき、訪ねていいかな」

別れ際《ぎわ》に、少し、淋《さび》しそうな表情を浮かべて、荒戸は言った。

「いいですよ」

私はそう答えた。嬉《うれ》しそうに荒戸は笑った。

「何となく、急に不安になってしまうんだ。得体がしれない不安だな。で、誰かに話したくても、誰もいないんだ。新海さんなら大丈夫だ。新海さんは不思議な人だからな。何でも話せる」

私はうなずき、荒戸の肩を叩《たた》いた。

明るい水色のスーツを着た荒戸は、けっこう目立っている。通り過ぎる人々の視線を十分に集めていた。それには、荒戸も気付いていたらしい。

「目立ってるみたいですね」

私がそう言うと、荒戸は、肩をすくめた。

「ホームレスのときも目立っていたしね。それはあまり気にならないよ」

そこで別れた。荒戸の守護霊が振り返りいつまでも私に頭を下げていた。

25

結果的に、紺屋今町の広島照子とは会うことができなかった。予備調査もないまま、アポもとらずに突然に訪ねていったのがまずかったのかもしれない。ビルとビルの間にある狭い一軒家が広島照子の家であるとわかったが、人の気配はないようだった。郵便受けに宅配ピザのチラシと、健康食品のチラシが入っているだけだ。門から中に入るわけにはいかない。諦《あきら》めて、いったん帰ることにした。

リハビリテーション代わりの散歩をしたというふうに考えればいいかと、自分に言いきかせて。

視線を、そのとき感じた。

振り返ったとき、通りの角で、何かが消えた気がした。大通りに面したビルの陰で。誰かが、そこにいたような気がする。私は小走りに、歩いた。私が見たものが何か、確認をとるために。

角の向こうは、国道三号線だ。凄《すさ》まじい量の自動車の走行音が響いている。しかし、通行人の姿はあまり見かけないはずだという確信があった。もしも私を誰かが見ていたのなら、すぐに通りで見つけることができるはずだ。

三号線の通りに出た。女の姿が見えた。

右手の十メートルほど先で黒のバイクスーツを着た女が、ヘルメットをかぶり終えているところだった。

ビルの陰から私の様子をうかがっていたのはこの女だと直感でわかった。中肉中背だが顔はわからない。ヘルメットの前面は遮光性のシールドで覆《おお》われているからだ。

すでにバイクにまたがっていた。

「おい！　ちょっと」

私は、声をかけた。声は届いたはずだ。しかし女は私を無視し、右足を下ろしスターターをかけた。排気音が私の声を消し去った。

顔もわからない。正体もわからない。広島照子との関わりもわからない。たまたま、通りを歩いていた関係のない人物なのだろうか。だったら、声をかければ待ってくれてもいいはずだ。

私は走り始めたが、すでに女は三号線にバイクを乗り入れていた。待つ様子はない。むしろ、私から逃げようとしているようだ。

何かの手がかりを得なければ。

私はあせった。そして……。

目をこらした。

バイクで遠ざかる女の背後に、それが見えた。

まさか。

女の背後に見えたのは、カードの裏のコピーに出現した四足獣だった。唐獅子《じし》とも麒麟《きりん》ともちがう、あの正体のわからない四足獣が私を睨《にら》んでいたのだ。

バイクの女は、数秒で視界から消えた。タクシーで追うべきだと思ったが、国道にはなかなかタクシーは現れてはくれなかった。

「そめちめ」の店内に戻るまで、そのときの謎《なぞ》の四足獣の「霊」のことが頭にこびりついて離れなかった。あのカードに描かれた獣は「霊」的存在として実在していることがわかったからだ。これまで、あの四足獣が、実在しているという概念はまったくなかった。それを自分の「霊視」で見てしまったのだ。何だか、根本的な部分で調査の方向が大きく変ってしまったような気がする。どこがどうだという頭の整理がつくには、まだ、あまりにも謎が多すぎるような気がする。

それが、表情に出ていたのかもしれない。店内に入るとママが、「どうしたの、気分がすぐれないみたいね」とすぐに声をかけた。

その声に「新海さん、遅い」の声がかぶる。

見るとカウンターに小夢ちゃんが座っていて、ソーダ水を飲んでいた。一見して、御機嫌は麗《うるわ》しくなさそうだとわかる。だが、彼女は一人ではなかった。

小夢ちゃんの隣の席には同い年くらいの女の子、その横には、四十歳前くらいの小肥りの男が座っていた。親子らしい。

「新海さんのために、ユイちゃんのお父さんに無理言って来てもらったんだから」

唇をへの字に閉じて小夢ちゃんは怒ったように腕を組んでみせた。私には、この親子との関わりが飲みこめていない。

「ユイちゃんのお父さんは、東京の大きな印刷会社に勤めているんだって。営業でこちらにいるけど、熊本での珍しい印刷なんかユイちゃんのお父さんが注文とるんだって。だから、今日、お休みだからって、お父さんも来てもらったというわけ。何でも聞いてみて」

ユイちゃんのお父さんというのが小肥りの男らしい。そしてユイちゃんもソーダ水を飲んでいる。PTAの打合せに巻きこまれるわけではないと少し安堵《あんど》した。

小肥りの男は、立ち上り、私に礼をした。私もあわてて、深々と礼をする。

「あ、いつもうちの由衣が小夢ちゃんにお世話になっております」

私は、少々あわてていた。

「あ、あの……私は、小夢ちゃんの父親ではないのですが」

マスターとママが、吹き出しそうにして笑いを嚙《か》み殺しているのが見えた。

「ええ、小夢ちゃんから、だいたいのところはうかがいましたので。小夢ちゃんは、〝私の彼氏みたいなもの〟と言ってましたから。

でも、私も東京の本社と往復ばかりで、月の半分くらいしか、こちらにいられない。家内の実家に東京から越してきたんですが、まだ、由衣に友だちが少ないようで。だから、小夢ちゃんは、凄く由衣にとっていい友だちみたいなんです。

あ、申し遅れました。私、鈴木《すずき》喬信《たかのぶ》といいます。たまたま今日、代休とってまして」

「新海です。そんな休みの日にすみません」

鈴木は、私の隣に座った。鈴木に乗っている霊が、ちらりと見えた。やはり、鈴木に似た顔立ちの老婆《ろうば》の霊だ。母親か祖母だろう。穏やかな霊のようだった。

「印刷のことでお知りになりたいことがあるとかでしたが」

「ええ……。私も印刷のことは、素人《しろうと》なんでうかがって話が理解できるかどうか、はなはだ自信がないんですが。あの、普段は見えないのに、コピーすると、文字や絵が出てくるといった印刷があるようなんですが、それを調べていたんです。熊本市内の印刷会社を何軒かあたってみたのですが、どこの会社もその技術は知らないということで」

鈴木は、少し頭をひねり、遠くを見て思い出すような表情をした。

「あ、ありますね。コピーでの偽造を防ぐ、公文書みたいなもので、ときどき」

そう答えた。それは私にとって予想の範囲内の答だ。

「コピーすると文字が浮かび出すもの。あれは……たしか、紙そのものに、透かしみたいに最初から入っているのがあります。あれは、印刷は関係ないと思います」

「文字とか、絵もですか？」

「うーん、複雑なものですねぇ」

鈴木は、腕組みして、考えていた。

「ひょっとして……うちではやったことないけど、薄い特殊な銀色のインクを使うんです」

「でも、その絵や字は見えないんですよ」

ママが、言った。

「そんな説明よりも、うちで預かってるカードとコピーを見せたら？」

そうだ。店にカードの入った紙袋を、預けてあったんだ。

「お願いします」

ママは、うなずいて、棚の中から、例の紙袋を取り出してカウンターの上に置いた。私が中からカードとコピーを出して、鈴木に見せると、彼はしげしげとそれを眺めた。その真剣さから、鈴木という男の真面目《まじめ》さが伝わってくる。

カードとコピーを置いて鈴木は言った。

「まちがいありません。これは、特殊な銀色のインクで印刷したカードです。薄い銀色は、印刷されたものが、眼には見えないんですね。ところが、コピーのときは、銀色は、黒色として反応します。で、見えなくても、このような絵や図形としてコピーに出てくるんですよ。

それにしても不思議な絵ですよね」

「ええ、まあ」

私も、そう答えるしかない。鈴木にそれ以上詳しいことを話す必要はないと思った。深く関われば、鈴木にも迷惑をかけることになるような気がする。

鈴木が、意外なことを口にしたのは、それからのことだった。

「そのやりかただと、印刷機が特殊というわけではありません。インクが特殊だと思います。

だから、熊本の印刷屋でも、ある程度の機械が導入されていれば、不可能な技術ではないと思います」

そう言った。ということは、熊本の印刷屋で印刷された可能性はあるということだ。私が訪ねた印刷会社の何処《どこ》かが嘘《うそ》をついていたのかもしれない。

「そういえば……。うちの本社は、特殊インクの輸入代理店もやっているんですが、その部門から、何ヵ月か前に問い合わせがあったなぁ。熊本のM・K・P㈱って印刷会社は内容はどうなんだって。聞くと銀色の例の特殊なインクを注文してきたっていうんですね。

中規模のけっこう堅い評判の会社ですよって答えた記憶がありますね」

ヒョウタンから駒が飛び出すとは、そのときの私の気持だったのではないか。嘘つきはM・K・P㈱だったのだ。私が訪問したときは、熊本で、そんな印刷やれるところは知りませんと、つれない返事をしたくせに。あそこでも名刺を渡している。あのまともじゃない連中も、M・K・P㈱に命じられた可能性が大きいと判断するのが正しいのか。

私たちは鈴木喬信親子に礼を述べて、「そめちめ」から送りだした。

それから、小夢ちゃんの「私、役にたった?」に続く自慢をしばらく聞かされることになった。そして、その自慢をさえぎる資格は私にはないようだ。

26

広島照子の自宅近くで出会ったバイクに乗った女の話は、結局「そめちめ」ではしないままに終った。謎の女の背後にカードの獣が見えたということは、私の霊視能力を皆に具体的に語っていない以上、あまり話すべきことではないと考えたからだった。

事実として、認識しておくべきことがいくつかある。

あのカードに描かれていた四足獣は、架空の動物ではなく、霊的動物なのであるということ。だが、私も、まじまじと観察したわけではないのだ。遠眼で遠ざかっていく存在として目撃している。確かかと言われても、多分そうだったかもしれないという程度の目撃状況なのだ。

あの女は、誰だったのだろう?

広島照子だったのか?　わからない。

私は、あのカードに執着しすぎているのではないかという気持も一方ではある。カードに執着しすぎて、実は山野辺香代の行方から、どんどん遠ざかっていっているのではないかという思いにとらわれる。

思わず、私の背中に那由美がいるような気がして問いかけてみた。迷ったときは、問いかけてみたくなる。いや、無意識のうちに問いかけてしまうのだ。

——那由美。俺のことが心配で、俺の背後に霊として憑《つ》いてくれているのなら、教えて欲しい。山野辺香代の調査は、これでいいんだろうか。何か、方向が誤っていることがあればヒントを与えて欲しい。カーテンを揺らしてくれてもいい。何か、音を鳴らしてくれてもいい。合図を送ってくれれば、俺はそれに従う。

しばらく、私は周囲に気を配っている。

しかし、何も変ったことは起らない。閉じたカーテンは、揺れもせず、私のまわりの日用品も飛んだりしない。テーブルも揺れずラップ音も響かない。

私は落胆する。皮肉なものだと思う。他人の背後霊は、いやでもあんなに視《み》ることができるのに、自分の背後霊を視ることができないというのは、何ともどかしいことか。

頼むから……と私は思う。

調査のヒントは、わからなくてもいいから、那由美が私の背にいるということがわかるサインだけでもくれないか。

――那由美、俺の後ろにいてくれるんだろう?

テーブルの上のコインをカチと鳴らしてくれるだけでいい。それだけで、那由美が私と一緒にいてくれるんだと信じることができる。そうすれば、それがどれほどの勇気づけになることか。

那由美は、何も、しるしを返してはくれない。

とりとめのない想《おも》いのままに立ち上るときのきっかけは、「きっと、どこかで誰かの背後霊になっている那由美と再会できる」だ。そう言いきかせでもしないと、際限なく奈落《ならく》の底へ沈みこんでいくような気がするからだ。

朝、六時だった。

私は、自転車で、浜線の工業団地へむかった。

印刷屋であるM・K・P㈱へ行ってみようと考えていた。鈴木に聞いた情報がまちがっていないとすれば、M・K・P㈱にあたるしか方法はないと考えていた。

だが、正攻法で訪ねても、前回と同じようにしらばっくれた答が返ってくるだけだろう。もう一段、精度の高い情報を得るための方法は、正直考えついていなかった。

到着してから考えるつもりだ。そう。下手をすれば、あの三人組のならず者を相手にしなければならない可能性も考えてはいた。まだ、一般の会社は開いていない時間帯だ。M・K・P㈱の始業時間も、八時から九時の間だろう。

ある種のやるせなさを振りはらうには、身体《からだ》を動かしておくのが一番だろうと、時間のこともあまり考えないままに飛び出してきてしまった。曇天にもかかわらず、スピードを出さなくてもいい。とろとろと走らせればいいと自分に言いきかせてはいたものの、江津工業団地に着いたのは、七時前だった。

身の置きどころがなく、私は、M・K・P㈱の門の前の道路を隔てた土手の上に腰を下ろして時間を潰《つぶ》していたが、七時を少しまわった頃から、その道路を通る車輛《しゃりょう》が増えはじめた。遅ればせながら気がついたのだが、私は、その位置では相当目立った存在だったようだ。通る自動車の運転者たちは、皆、私を怪訝《けげん》そうな視線で見ていく。これでは、いけないと、すぐに土手から滑り降りた。

正体のわからないホームレスが、土手の草の上で休んでいる。脳天気そうに。自分には、これから一日、ハードな仕事が待っているというのに。いい気なものだ。

そういうふうに見られているのではないかと思った。

自転車を押しながらM・K・P㈱の正門の横を通り、角を左折した。

工業団地のバス停がある。

バス停に隣接するように、東屋風《あずまや》の木製の屋根付きベンチが建てられていた。その下に自転車を移動した。そのタイミングで、偶然にも、ぽつぽつと小雨が落ちはじめた。舌打ちをしたくなった。傘も雨具も用意していなかったからだ。雲量が多い空だなぁとは思っていたが、雨が降り出すところまで考えていなかったのは、私の甘さだろうか。

ベンチに腰を下ろした。

小雨だと思っていたら、屋根が雨音を立てるほどの降りになった。天気予報なぞ、このところ見たこともなかったなと反省する。

だが、思いなおした。

ついていないと嘆くより、雨が降ったからこそ、この場所で傘を持たない男が雨宿りをしていても不自然でない状況になったということではないか。

そう。この場所ならば、雨宿りのふりをして、一日中でもM・K・P㈱の監視を続けることができる。私が他人より優れている点は、時間の制約がないことだ。心ゆくまで、雨がやむまで腰を落ち着けていればいい。

ベンチは屋根の真下に円形にもうけられていた。そこから、フェンスの向こうの、M・K・P㈱の敷地内が、まる見えなのだ。門から入ってきた自動車が駐車スペースに置かれ、乗っていた者たちが、そこで降り、歩いて社屋へ行く様子までも観察できる。念のために持ってきていたキャップを目深《まぶか》にかぶった。これで、ちょっと見には誰だかわからないだろうと自分に言いきかせるが、ジャケットにキャップ、そして顎《あご》髭《ひげ》と揃《そろ》っているから、けっこう怪しいはずだ。

七時半を過ぎると、かなり車の流れは激しくなりはじめた。水飛沫《みずしぶき》を蹴立ててそれぞれの事務所へと走っていく。トラック、乗用車。

変化のない光景に、私はぼんやりと他のことを思い浮かべていた。そういえば、手紙を出そうと考えていた弟の尚道《なおみち》。結局筆不精の私は手紙を出していない。怪我で寝こんでいたときは、あれほど治ったら手紙を書こうと考えていたのに、書こうとすると、なぜか体が拒否するかのようにダルくなる。

我に返った。変化があったのだ。

七時四十分に、M・K・P㈱の門扉の前に白いカローラが止まり、男が傘も持たずに車から飛び出してきて、濡《ぬ》れながらあわてて門の鍵《かぎ》を開けた。開門すると、再び車に駈《か》けこんで、事務所の裏へとむかった。

しまったと思う。

このような状況を、ただ観察していても、役に立つ情報は何も得られないのではないだろうか。私なりの調査方法を考えなければ。中へ入って訊《たず》ねても、前回と同じ答しか返ってこないのであれば。

眼をこらしてみる。

建物裏から、さっきの男が歩いてくる。三十代半ばだろうか。制服らしい紺色の作業着を上にはおっていた。透明な安いビニール傘を持っている。事務所前の駐車場は来客用か。

そう、彼は、最初にM・K・P㈱を訪ねたとき応対してくれた男だということに、そのとき気がついた。

事務所のドアの鍵を開けていた。

何も見えない。

男の背後霊らしきものはやはり見えない。そんな体質なのだろうか。

男の姿が事務所の中へ消えると、いくつかの光が次々に窓から見えはじめた。雨天ということで、室内灯がつけられたらしい。

それから、しばらくぼんやりと待つ時間が続いた。その後、誰もやってこない。

私は、最初にM・K・P㈱を訪問したときの記憶を呼びもどそうと努力した。

あのときは……。事務所へ入ると、受付があって、技術主任のようなさっきの男が対応してくれていた。受付の横が事務所で、その奥のドアが、裏手にあるらしい工場とつながっているというイメージがあった。さっきの男は、あのときと同じ作業着を着ていたっけ。

時間は八時半を過ぎ、九時をまわった。

後、誰も出勤してくる様子がない。あまりにも変だ。

だが……。

事務所の中をいくつかの影が往き来しているような気配がある。さっき出社してきた男以外にも、いくつかの人の気配があるのだ。そんなはずはない、と、思う。ずっと、この場所でM・K・P㈱を見張っていたのだから。

これも、雨で室内灯がつけられたからこそ気付いたのかもしれない。晴れていたら、逆に室内は薄暗く感じられて室内の様子はわからなかったと思う。

人の気配は、三人か四人……そう判断した。いったいいつの間に社内に入ったのか。

裏門から？

私は、雨の中を、工場棟が見える場所まで移動した。

その位置から、社員用駐車場もはっきりと見えた。

驚いた。

社員用駐車場は、すでにびっしりと車が駐車されていた。だが……裏門らしきものは、見あたらない。いつの間に社員たちは、この駐車場に来ていたというのか。

工場棟からは連続音が響いていた。コンプレッサーの音らしい。工場は、すでに稼《か》動《どう》しているようだ。

27

今一つ、何かがしっくり来ない。工場は防音装置が施されているようで、工場内部がどのようになっているかはわからないのだが、外部に設置されているコンプレッサーが作動していることで、工場内部が〝活《い》き〟ているのだろうということは想像がつく。

そんなことがあるのだろうか。たった一人しか出社してくる姿を見かけていないというのに。ということは、工場は、二十四時間稼動しているということなのか。あるいは、出社時間が、私が着くよりも、もうひと回り早い時間だったということか。出社してきた男が単に遅刻をしてきたということであれば。

それはないだろう。その証拠に男は雨の中門扉《もんぴ》の鍵を開けていた。事務所のドアまで開けていたではないか。遅刻してきた人間は、閉め出されていたということになる。ご丁寧に外の門扉まで。というより、彼の役目は、外部からの事務所の開閉を担当しているということか？

外部から、観察しているだけでは、それ以上のことはわからない。私は、それ以上濡れるのがたまらずに、屋根つきのベンチへと引き返した。

九時半過ぎだった。

いくつかの自動車のドアが閉じる音が聞こえた。やはり、複数の人間が、M・K・P㈱の事務所敷地にいる。

五台のカローラバンの営業車が工場裏の駐車場から現れた。次々に道路に出て、浜線バイパスへ出ていく。

この距離では、雨の中の車内の様子は、わからない。どのような人物が運転しているのかも。リアウィンドウにフィルターがかかっているのではないかと思えるほどだ。

五台の営業車が消えた後、また、変化のない時間に戻った。

M・K・P㈱の人の出入りは、まったくない。

私は、その場を離れ、電話ボックスを探した。このときほど、携帯電話の必要性を感じたことはない。幸いなことに、小雨に変っていた。

だが、電話ボックスはない。それだけ携帯電話が普及してしまい、公衆電話の需要がへってしまったということなのか。

二百メートルも工業団地内を歩くと、工業団地協同組合事務局という小さな建物があるのがわかった。

入口からのぞくと、自動販売機の横に、ピンクの公衆電話が置かれているのが見える。

左手が事務室、右手が会議室に仕切られている。

私は中へ入り、事務室に「電話を貸してください」と言って、十円玉を数枚取り出した。

電話帳でM・K・P㈱はすぐにわかった。

発信音が続き、それから女の声がした。

「まいどありがとうございます。まごころ印刷のM・K・Pでございます」

愛想のいい声だ。朝七時前から事務所に入っていく女性の姿は見ていないというのに。どう訊ねればいいのか。

「あの、ちょっとお訊ねしますが、そちらはカードに見えない印刷をされてますか。見えないインクで奇妙な獣の絵が印刷されたものとか」

そう言いながら、自分の喉《のど》がカラカラに渇いているのがわかった。

「はぁ、何のことでしょうか」

電話の向こうの女性の声が、急に間が抜けたような口調になった。

「いや、変なカードをもらったのですが、そちらで印刷されたものらしくて、そちらに聞けば、このカードは何に使うのかわかるかと思ってね」

予想どおりの答が返ってきた。

「よく、わかりかねますが」

「あの、誰かわかる方おられますか？　どうしても知りたいんで」

「しばらくお待ちください」

そのまま待たされた。数分後に男が代わった。

「営業のものに代わりましたが。何のカードの件でしょうか？」

数日前に会った技術系の男の話しかたとはちがうようだった。

「えー、わかりますかねぇ。銀色のカードです。これに、輸入した薄い銀色のインクで奇妙な獣の絵を印刷してあるんですがね。M・K・Pさんで印刷したんだそうですね」

しばらく間があった。それから言った。

「うちでは、いろんなカードを取り扱っておりますから。見せて頂いた方がわかると思いますが。遠方からかけておられるのでしょうか」

一瞬、どきりとする。見透かされているのではないかと思った。

「ええ、ちょっと離れたところにおりまして。そちらにうかがって話を聞くとなると、けっこう不便なものですから」

「熊本市内ですか？」

「ええ、まあ」

「こちらから、うかがいましょうか？」

その答は予想外だった。カード一枚のために訪ねてくれると言う。単なる問合せの電話に、何故《なぜ》そこまで興味を持つかという時点で、あのカードに何かあるということを白状しているのと同じだ。

「いえ、そこまでして頂かなくても、けっこうです。ついでのときでも、そちらを訪ねますから。あ、そちらの営業時間は、何時から何時まででしょうか」

「そうですか。遠慮なさらなくてもよろしかったのに。弊社は、朝の八時半から五時半迄《まで》営業いたしております」

またしても疑問符が湧《わ》き出してこようとしていた。私は、朝七時からM・K・P㈱を見張っていた。たった一人しか出社してこなかったじゃないか。嘘《うそ》をつくんじゃない！　そう叫んでやりたいのを、ぐっと抑えこんでいた。

「わかりました。では、そのうちうかがいますので、よろしくお願いします」

「どうぞ。どうぞ。お待ちいたしております。誰でもわかるようにしておきますので。あ、お名前をうかがっておきましょうか」

この慇懃《いんぎん》さはいったい何だろう。だが、名を問われるとは思いもよらなかった。相手に訊《たず》ねる前に、自分の名を名乗れと言おうかと思ったが、それはさすがにはばかられた。

「田中と申しますが」

咄嗟《とつさ》に出てきた名前がそうだった。ありふれていそうで怪しまれない。

「田中さんですね。わかりました」

受話器を置いた。大きく息を吐いた。私は、やはり正直者なのだ。嘘をつくことは、耐えられない。妙に息苦しさを感じてしまう。

受話器を置きながら、自分の手が少し震えていることが嫌だった。

工業団地協同組合の事務局に目をやった。二人の女性の事務員と奥にいる一人の中年男が、事務の手を止めて、私を見ていることに気がついた。私を見開いた眼でじっと見ている。その光景に、何だか異様さを感じていた。普通の反応じゃない。

私は眼をこらした。

事務局の三人の背後には、何も見えない。三人には、何の霊もついていないということか。

「電話ありがとうございました。失礼いたします」

そう告げながら、事務局の建物を出ようとする。その私を、三人の視線が、ずっと追ってくるのがわかる。

出る前に、私はもう一度振り返った。三人は視線を落しもせず、じっと私を睨《にら》み続けていた。

外に出ると曇天ながら雨はやんでいた。

私は、自転車を置きっ放しにしているバス停横の屋根付きベンチに戻ろうと歩きはじめた。

バス停の角まで着いたときだった。そこからなら、すでにＭ・Ｋ・Ｐ㈱の敷地内が見渡せる。

Ｍ・Ｋ・Ｐ㈱で変化があった。

事務所から男が五人、飛び出してくる。走り始めた。

直感的に、その時点で自分の身の危険を感じていた。もう一度、工業団地協同組合の事務局の建物を振り返った。

事務局の三人の姿が見えた。道路に立って私を見ている。うち一人は、私を指差していた。

私が事務局を出た後、電話を盗み聞きしていた彼らはＭ・Ｋ・Ｐ㈱に連絡をとったにちがいない。

私も、そこから走り始めた。自転車にむかって一目散に。

自転車に鍵《かぎ》をかけていなくて正解だった。私が飛び乗り、漕《こ》ぎ始めるのと同時に、紺の作業着を着たＭ・Ｋ・Ｐ㈱の五人の姿が見えた。こちらへ全力疾走してくる。

私も持てるだけの力を足に集中させた。直線を走らせる。五人は諦《あきら》めずに追ってくる。幸いなことに少しずつ距離が開いてくる。そのまま、旧浜線に抜ける細い道を選んだ。住宅街を網の目のように走っている道路だ。走って追いつけないとわかったら、彼らは営業車を動員して私を追ってくるにちがいないと思った。車も入って来れない道をたどって逃げ出すしかないと考えていた。

28

ペダルを必死で漕ぎ続けながら、頭の中は整理がつかない状態でいた。これは、尋常の失踪《しっそう》事件とは、大きくかけ離れているのではないかという考えが渦巻いていた。それは、何がどうという整理がついた思考ではない。ただ、凶々《まがまが》しいできごとが起っているというのは、直感だ。

テレビや映画なら、方法を講じてM・K・P㈱の事務所に潜入し、挙句、大立回りを演じて謎《なぞ》を解くという展開になるのだろうが、そんな度胸も腕っぷしも私には備わっていない。追われたら逃げる。そんなヘタレな男に過ぎない。ましてや、M・K・P㈱の事務所に潜入しようなんて、いくら札束を積まれても遠慮する。

M・K・P㈱には何かが隠されている。それは、わかる。あそこの社員たちは、四六時中、会社に詰めている。いったい何故？　あのカードと関係あることは間違いない。それは確かだ。

私を追って事務所を飛び出して来た男たち。彼らの背後霊はいったいどうなっていたのだろうか？

そんな疑問が、ふと湧いた。あのとき、あまりにあわてていて、眼をこらしてみるところまで考えが及ばなかったのだ。ひょっとして、彼らにも、門を朝から開けていた男や、工業団地協同組合の三人同様に背後霊はいなかったのだろうか？　確認しなかった私が悪い。探偵であれば、そこまで注意を向けていたはずだろう。

旧浜線に出た。

ここまで来れば、こっちのものだと安堵《あんど》した。

とりあえず「そめちめ」まで帰ることだ。あとは、旧浜線をたどって南熊本駅へ出る。そのつもりでいた。

東バイパスを横切り、平成につながる大通りまでもう少しというところで、危険な気配を感じて振り向いた。

そのカンは当っていた。

奴《やつ》らだ。M・K・P㈱じゃない。例の三人組のベンツだ。

猛スピードで私にむかってくる。何のためらいもなく。完全に殺意をもって。

私を礫《ひ》き殺すつもりらしい。

運転している男の顔も見えた。髪の毛も眉《まゆ》も剃《そ》ったのぺっとした眼の細い男だ。

やはり、奴らはM・K・P㈱が放った連中だったのだ。

即座に左折して車が乗り入れられない路地に入った。初めて通る路地だ。路地の両脇《わき》は住宅になっている。

路地の入口で、ベンツが急停止していた。

今度会ったら、彼らは私を殺すと宣言していた。捕まるわけにはいかない。

「待ちやがれ」

声があがる。振り向く。例の三人が揃《そろ》っている。ダッシュで駈《か》けてくる。

捕まえたら、私をその場で殺すつもりだろうか。それとも前回のように金峰山近くの人気のない場所へ連れていって始末するのだろうか。

ひょっとして、M・K・P㈱の事務所へ連行されるかもしれない。いずれにしても、希望のない状況だ。

自転車を必死で漕ぐ。そして、絶望的な状況を知る。

路地の先は、袋小路になっていたのだ。道の奥は石塀になっていた。行き止まりだ。

他には方法はない。

用意しておいた自転車籠《かご》の中からコンビニのビニール袋を取り出した。

ギョロ眼とジャージ姿の大男が見える。その後から坊主《ぼうず》頭が来る。

ギョロ眼の右手に登山ナイフが握られているのが見えた。

彼らの肚《はら》は、そのときわかった。私をここで始末しようと考えているらしい。ビニール袋の中のものを私は右手いっぱいに摑《つか》んだ。効果があることを祈るばかりだ。こんなことがあるかと、保険の意味で用意はしていた。

私は、眼をこらした。

ギョロ眼の背後にいる狂人の霊が見える。猛《たけ》ったように歯茎をむき出し、同じように眼玉をむき出していた。

私は「天草天日干し古代の塩 徳用袋」の塩を、その狂人の霊にめがけて撒《ま》いた。狂人の霊は、瞬間的に大口を開き、叫んだ。声としては聞こえないが確かに叫んでいた。首から下も、その狂人は姿を現した。

ギョロ眼が、電撃が走ったように突然立ち止まった。狂人の霊は首から下は骨だった。脊椎《せきつい》までしかない。だが、まだギョロ眼から苦しみながらも離れようとしない。

立ち止まったギョロ眼に、もう一度、塩を浴びせる。ジャージ姿の大男にも塩がかかったらしい。だが、その塩はジャージ姿の大男の眼にも入ったらしい。結果、ギョロ眼に体当りすることになった。

ギョロ眼は、転げて石塀に激突し、グエッと漏らした。見ると、自分の腹に深々と登山ナイフを突き立て、出血していた。

ジャージ姿は、見えない眼をかばって、その場に座りこんだ。

坊主頭は、懐《ふところ》から拳銃《けんじゅう》を抜いた。

塩はあと一つかみしかない。

私は、除霊の可能性より目つぶし効果にかけた。

坊主頭の眼に塩を命中させた。

坊主頭は、ワアアアと喚いて、拳銃を射つ。弾丸が飛び、どこかで跳ねかえる音がする。ジャージ姿の大男がげっと叫んで前のめりに倒れる。跳弾が当ったようだ。

私は、自転車を抱えると、坊主頭の横をすり抜けた。路地の入口には、通行人が立ち止まっている。私の姿を見て野次馬たちは、十戒でモーゼが開いた海のように道を開けてくれた。

私は野次馬に「警察を呼んでください」と叫び、再び全速力で自転車を漕ぎ始めた。

そのときは、私は必死だったのだろう。「そめちめ」に帰りつくまで、私は、右手に擦り傷を作っていることなど気がつきもしなかった。

マスターが、「右手は」と驚いて教えてくれて私は、そのことに初めて気がついたほどだ。痛みはまったく感じていなかった。路地の石塀で無意識にこしらえてしまったものだろうか。

ママがあわてて、傷薬を塗ってくれ、私はなすがままに包帯を巻いてもらった。

そんなかすり傷で済んだというのは、「今日の運勢」はラッキーということなのか。

しかし、かすり傷だけというのに、マスターとママは口を揃えて「ひどい状態だよ」と言う。

「あっという間にやつれたみたいだね」と評した。

私は、それからカウンターに腰を落ち着け、マスターが出してくれたビールを飲み、マスター夫婦に、これまでの経過を順序だてて、話してやった。

二人には、経過を知る権利があると私は判断したからだ。マスターもママも黙って何度もうなずいて聴いていた。

私が話し終えるとマスターが言った。

「もう潮どきじゃないかね。それ以上の調査は、新海さんの限界を超えてしまうんじゃないかと思う。

今日も、生命《いのち》を落しかけたということなのだろう？」

ママも、その隣で首を何度も横に振った。

「私たち、新海さんの気晴らしになればいいと、そのくらいの気持ですすめたんだ。山野辺さんに、もう断ったら？」

そんな判断ですませる段階はもう過ぎてしまっている。ここで放り出すにしろ正体のわからない連中は私をほうっておくことはしないはずだ。

眼をこらすと、マスター夫婦の背後に両親の姿が見えた。

二人とも黙ってはいるが、心配そうに眉を寄せて私を見ている。

強がりに聞こえるかもしれない。両親の霊に親不孝しているのかもしれない。しかし、私は言った。

「乗りかかった船という奴です。今やめたら、これまで調べたことは、すべて無駄になってしまう」

マスター夫婦は、止めても無駄だというようにうなずいてくれた。

その夜、私は久しぶりに山野辺哲に電話を入れた。

長いこと報告をしないままになっている。前回、山野辺に連絡をとったのは、私が大怪我《けが》を負わせられる前のことだから、何の経過も知らせないままに、随分と時間が経《た》ってしまった。

きっと山野辺は、自分から連絡をとれば、私を責めることになるとでも考えて遠慮してくれていたのではないだろうか。そう考えると心苦しくもあった。私が何故《なぜ》、連絡しなかったかの説明も自分の口から伝えておく必要がある。

数回の発信音の後、山野辺哲が電話に出た。

「はい、山野辺です」

「あ、新海ですが。長いこと連絡しないですみません」

「はあ」

少し間の抜けたようなトーンの低い声だった。

「山野辺さんですか?」

私は、もう一度、念のために訊《たず》ねた。

「そうです」

「奥さんのことで、その後わかったことなどを報告しておこうと思いまして」

「ああ、そうですか。でも、もう香代のことはいいんです」

「は?」私は耳を疑った。何が、もういいというのだ。投げやりな言いかたに思えた。

「しかし、あんなに言っておられたではありませんか。奥さんの手がかりは、どんなことでも知りたいって」

「ええ、でも、何だか、どうでもよくなってきましてね」

何かが変だ。電話口ではあるが、それだけはわかる。

29

受話器を置いた後、私はマンションを出た。このままでは、何とも引っこみがつかない。調査を打ち切るにしても、自分自身が納得できない。少なくはない金額も、調査費として預かってしまっているのだ。

山野辺哲に、直接会っておく必要性を感じていた。

山野辺のマンションは米屋町だ。私が生活する練兵町の「そめちめハイツ」からなら、歩いても十分ほどしかかからない。今の時間帯、山野辺は夕食を終えてくつろいでいる筈《はず》だが、会えるとすれば、今しかないと思っていた。とりあえず、現時点でわかった部分の報告だけは少なくともすませておきたかった。残り少なくはなっていたが、預かった金も返しておく必要があると思っていた。その金も封筒に入れ、ポケットに入っている。

マンションの一階に着き、訪問者用のインターフォンを使った。山野辺の部屋は三〇一号室だ。そのナンバーを押す。

しばらく待ったが返答がない。再びインターフォンのボタンを押した。

今度は、数秒の間の後、男の声がした。

「はい」

山野辺哲の声だった。山野辺です、でも、どちら様ですか、でもなく、はい、だった。

「新海です。お会いしてお話ししたいのですが」

そう言った。しばらく間があって、ドアロックが解錠されたのがわかった。

エレベーターを降りてすぐの部屋が三〇一号室だった。そういえば、電話では何度も山野辺哲と話してはいるが、彼の住まいを訪ねるのは、これが初めてだと気がついていた。

部屋のブザーを押す。

またしても、しばらく待たされる。突然にドアが開いた。

紺のジャージを着た山野辺哲が顔を見せた。印象が変っていた。前回会ったときより、少々顔がむくんでいるようだ。顔色も蒼白《あおじろ》くなっているような気がする。目が少々吊《つ》りあがっているような気がする……。

「夜分、ぶしつけにうかがってすみません。ただ、どうしても、今夜、お話ししておいた方がいいと思ってうかがいました……」

そう言い続ける私に、山野辺哲は、そっけなく「どうぞ」と言って奥へ引っこんでしまう。

私は靴を脱ぎ、テラスに面した居間に案内された。子供たちは、すでに休んでいるのだろうか。山野辺哲以外の気配はない。

「子供さんは、もうお休みですか？」

「この数日は、母親のとこへ預ってもらっています」

それで家族の気配がないのか……山野辺哲の体調が悪かったのだろうかと思った。だから、投げやりな答を電話でもやってしまったのかもしれない。

ソファに腰を下ろして私は言った。

「さっきは、驚きました。山野辺さんが、突然に、調査はもういいなんて仰《おっ》しゃるから、戸惑ってしまいました」

山野辺は、せわしなく何度も瞬《まばた》きを繰り返していた。何となくわかる。私とこうして会っていることも面倒臭そうな感じだ。

「体調悪いんですか？　会社休んでおられるんですか？」

山野辺の視線は、私に向いていない。何だかぼんやりと私ではない何かを見ているようだった。

ワンテンポ遅れて返事が返ってきた。

「体調、いいです。会社は、数日、行ってません」

ある種の鬱病《うつびょう》なのだろうかとも思う。

「かなり、香代さんのことで、調査の段階で色々とわかってきたことがあります。調査をやめるにしても、そこまでは……わかっているところまでは、お話ししておかないとと思いまして」

「長くなりますか？　その話」

山野辺は、面倒臭そうにそう言った。

「は？」

「長くなりそうでしたら、また今度の機会にして、もらえま、せんかね」

「はぁ」

「疲れて、いますから」

しばらく、私と山野辺哲の間には沈黙だけがあった。

何を言っても会話が成立しないようだ。山野辺哲の精神状態が正常なときに、もう一度、会うべきだろうかと思う。

私は、ポケットから、山野辺から貰《もら》った金の残金を取り出した。

「わかりました。では、本日で調査を中止するとして、山野辺さんから頂いていた調査費用をお返しいたします。私の生活費の分もいくらか使っておりますが」

封筒をテーブルに置こうとすると、気だるそうに山野辺哲は言った。

「その金は、いりません。新海さんのものです。私はいりません」

壊れたテープレコーダーのように、いりませんを山野辺哲は、繰り返した。山野辺が金を受け取る様子を見せないので、私はその言葉に甘えてそのまま封筒をポケットに戻した。

それ以上、その場に居ることが、いたたまれなかった。

私は立ち上った。

「では、また日をあらためて、お話しすることにします。突然にすみませんでした」

山野辺は、ああ……と呻《うめ》きに近い声で答え私を送るために立ち上った。

玄関で靴をはこうとして気がついた。入るときは気がつかなかった。

ドア上部の角の壁に何かが貼《は》られていた。

銀色の、あのカードだ。

山野辺香代が持っていたというあのカード。だが、山野辺哲は、カードの存在を知らなかったと言っていたのではなかったか？

市立博物館からＭ・Ｋ・Ｐ㈱につながる謎《なぞ》のカードの筈だ。得体のしれない恐怖感がこみあげてくるのがわかった。

貼られたカードのことを訊ねてみようかとも思うが、それはやめた。それを訊ねれば、事態は悪い方へ転がっていく気がする。

結局、気付かないふりをして、靴をはいた。

ドアを出るときに、山野辺哲に「失礼します。おやすみなさい」と言って眼をこらした。

彼についている背後霊はないはずだった。だから、室内では眼をこらさなかった。念のためと思ったのだ。

「ああ、では」と山野辺哲は言った。

山野辺哲には、やはり背後霊はいなかった。

だが、前回の彼とは明らかにちがうことがあった。

山野辺哲の両肩から、銀色の光がうっすらと放たれている。よく注意しなければわからない。いわゆるオーラというやつなのだろうか。頭からも身体《からだ》からも、他の場所からは、何の光も放たれてはいない。

肩からだけ。

肩の中に何かが沈みこんでいて、その部分が光を放っているようなのだ。

ドアを閉めた。

浮かない気分のままエレベーターで階下《した》に下った。私まで鬱病にかかってしまいそうだった。

エレベーターが開いた。人気がないフロアに一歩踏み出した途端、

「わっ!」

何かが私の背中を押した。突然のことだ。私は多分、悲鳴に近い声を発して飛び上ったはずだ。それから数メートル跳んで振り返った。

小夢ちゃんだ。私を驚かしたのは。私の声が裏返っていた。

「な……何故、ここにいるんだ」

意外な場所の意外な時間に、意外な形で現れた小夢ちゃんは、さも得意そうに答を保留したまま、悪戯《いたずら》っぽい笑いを浮かべた。

「どうやってマンションの内部に入れたんだ」

小夢ちゃんは、人差し指を出して、大人びた仕草で振ってみせた。

「私、探偵助手よ。探偵が動き出したら、ついていくわ」

「後をつけてきたのか。お母さんに叱《しか》られるよ」

「大丈夫！」と小夢ちゃんは腕組みする。

「どうやって中に入った？」

「探偵助手は、智恵《ちえ》もつかうのよ。適当にボタン押して、宅配便ですって言ったの。大人っぽい声で」

あきれかえった。

「新海さん、もう帰るの？」

「ああ。もう用事もすんだしね」

そう言うと小夢ちゃんは納得したようだった。

「わかった。でもね、このマンション、注意した方がいいかも。新海さんを待っている間に色々と調べたわ。

郵便受けに気がつかなかった？」

エレベーター横の郵便受けは、全戸分が揃《そろ》っている。

「それが何か？」

何の変哲もない郵便受けだ。それぞれダイヤルがついていて第三者には開けないようになっている。

「ほら、ここ」

小夢ちゃんは投函部分を押してみせた。「下からのぞくの」

言われたとおりに腰をかがめてみた。

何も見えない。人差し指を入れることができるくらいの隙間しかない。

「わからないな。指を入れても見ることのできるとこって何もないし」

私が、そう言うと小夢ちゃんは私の観察力に明らかに失望した表情を見せた。

「指を突っこんだら、見下すんじゃなくて、郵便受けの上に貼ってあるでしょう?」

ア。

絶対に子供の視点を持たなければ、これは見つけることができない。

「これは!」

小夢ちゃんは、腕を組んで、得意そうに何度もうなずいてみせた。

郵便受け内の上部に、あの銀色のカードが貼られていた。その隣の郵便受けにも。

そのまた隣の郵便受けにも。

30

謎が渦巻くばかりで、その謎の本質にはたどり着けないままだ。

あれから、私は小夢ちゃんとともに、山野辺哲のマンションを出た。

私の頭の中は、山野辺哲の心変りの原因と、例のカードの関連性に移っている。

山野辺哲は、もう調査は、必要ない、中止してくれと私に言った。

何かがちがう。これまで会ったり話したりしてきた山野辺哲と、別の何者かに変貌《へんぼう》している気がしてならないのだ。外見は、同じだ。背後霊も見えなかった。だが、そうとしか言いようがない。

ドア近くの天井に貼られていたカードが、何か関係あるような気がするのだが。

それを確信させたのが、マンションのすべての郵便受け内部に密《ひそ》かに貼られていた同じカードだ。

秘密結社か……。あるいは公《おおやけ》になっていない特殊な……宗教なのだろうか。

「あのカード、絶対におかしいよ」

小夢ちゃんが言った。それ以上は、コメントをしない。小夢ちゃんのカンでわかるのはそのくらいのようだ。しかし、私と小夢ちゃんの推理のレベルにほとんど差はない。

私の調査の対象は、この時点であのカードに移っていた。このまま調査を中止するのは、精神衛生的にも生殺しの状態のままだ。山野辺香代の行方を調べる必要はないと言われて、それに従ったにしても、カードの正体に、自分の力でたどり着きたい。心の中でジグソーパズルのばらばらのピースを検討しながら黙って小夢ちゃんと夜道を歩いていくと、突然、小夢ちゃんが私に言った。

「新海のおじちゃん、小腹すかない？」

小腹というのは、身体のどこにあるのか、私にはよくわからない。そんな私に小学生の小夢ちゃんが、小腹すかないとは、いったいどういうことだろう。

「私は、あまり空腹だとは思わないのだけれど、腹、へってるの？」

そう問い返すと、小夢ちゃんは、「ラーメンおごってくれない？」

「ラーメン食べたいの？」

小夢ちゃんは首を横に振る。

「手がかりのヒント、私のおかげで手に入ったでしょう。だから御褒美《ごほうび》」

それが、唐突な提案の根拠だったというわけか。

「小夢ね。あまり、母さんにラーメン屋とか連れていってもらったことないんだ。でもね。本当は、ラーメンが食べたいわけじゃないんだ。

一度、食べてみたいものがあるの」

「それ、いったい何なの？　餃子《ギョーザ》？」

「ちがう！　豚足！」

意外な答に、私は少し驚いた。豚足というのは、豚の足を長時間煮込んで柔かくしたものだ。それに塩胡椒《こしょう》をかけて、表面を炭火でパリパリに焼きあげる。焼酎《しょうちゅう》のつまみに最適というオヤジ食だが、そんなものが好きだったのか。

「えっ、豚足を食べたいの？」

「そう。うちの母さん、まずラーメン屋行かないでしょう。だから、スーパーで豚足買ってお家《うち》で料理してって頼んだの。それで、一緒にスーパーの買物に行ったとき、豚足って、これだと思うっていったら、母さん、見ただけで震えあがっちゃって、ゲテモノ！　だって。

とうとう食べさせてくれなかった。だから、新海さんと一緒なら、食べにいけるって思ってね」

私は即答を避けた。夜遅く、子供に食べなれないものを望まれるまま与えていいものかどうか。母親に叱られてしまうのではないだろうか。迷ってしまう。

そんな様子を見て小夢ちゃんはじれったそうに追い討ちをかけてきた。

「あのね。何で私が一度、豚足を食べてみたいかというとね。友だちから聞いたの。豚足は長時間、煮こんであるから脂肪が溶け出してしまってゼラチン質だけになっているって。そのゼラチン質って、コラーゲンといってとてもお肌にいいんだって。だから一度食べてみたいと思ってたの。

新海さんも、小夢が肌がきれいになったら嬉《うれ》しいでしょう？」

女性というのは子供の頃から思いこみの強い存在だと確認した瞬間だった。

「ああ、嬉しいよ」と、とってつけたような返事をするしかない。

「でしょう。で、慶徳小学校への通学のとき、船場町の近くのラーメン屋を一軒見つけてあるの。けっこう夜遅くまで開けているみたいだから。店のガラスに貼ってあるわ。ラーメンの他に、豚足、焼き飯、太平燕《タイピーエン》って」

太平燕というのは、熊本独特の中華ヌードルだ。麺《めん》には春雨が使用されている。

「私は、豚足というものを一回食べてみるだけでいいの。新海さんは、ビールでも焼酎でも飲んでいていいのよ。ねぇ、連れていって。情報のお礼に」

押しきられてしまった。

小夢ちゃんは、私の手を引きながら、スキップを踏んでいた。いかにも嬉しそうに。心を弾ませているのだろう。夜遊びをしていることと、これから知らない場所に足を踏み入れることに、期待で胸を膨らませて。

歩きながら、小夢ちゃんは、通りに面したマンションの近くを通るごとに、私の手を離して外部にある郵便受けをのぞきに走る。それから、「このマンションは大丈夫。まだ、何も貼られていない」と再び手を握りに来て報告するのだ。

小夢ちゃんの背中の黒猫も、走る小夢ちゃんの背中で楽しそうにジャンプしたりしているのがわかる。

小夢ちゃん指定のラーメン屋は、横丁へ曲がる角にあった。間口の狭い平凡な店がまえで、表の赤提灯に「ラーメン、餃子、豚足……」とあった。

客は、他に誰もいなかった。

私と小夢ちゃんは、カウンターの隣同士に座った。即行、小夢ちゃんは、豚足を注文する。私は餃子とビールの中瓶を頼んだ。

ここの豚足は熱い鉄板で焼きあげるタイプのようだ。

小夢ちゃんの凄《すご》さを感じるのは、第三者が近くにいる場所では、調査している件についての話題に絶対に触れないことだ。代わりに、小学校の友だち関係や、噂話《うわさばなし》。そして、テレビに出てる誰が大好きとか、いかにもあたりさわりのない子供らしい話題ばかりを選ぶ。天性の職業倫理というものを備えているのかとさえ思える。

小夢ちゃんの前に大皿が置かれた。その皿の上にはキャベツが敷かれた豚の足が載っていた。

思わず「大丈夫？」と私は問いかける。

小夢ちゃんが、そのかなりのボリュームに圧倒されたのではないかと気づかったのだが、大きくうなずいて、私に「うん、大丈夫よ」と宣言する。眼が輝いていた。

「箸《はし》は、使わなくてもいい？　食べにくいから」

「ああ、好きな食べかたでかまわない」

小夢ちゃんは、喜色満面で、両手で豚足を手にとると、そのままかぶりついた。そのまま、一心不乱に食べ続けていた。小夢ちゃんにとっては、ずっと夢に描《ふ》いていた味覚に、やっと巡りあえたというところか。脂《あぶら》のついた手を、おしぼりで拭いて水を飲む。もう、すでに半分も食べ終っていた。

「小夢ちゃん、どうだ。初めての豚足の感想は」

「おいしい。こんなにジューシーで表面ぱりぱり。毎日でもいい、豚足食べるの。思っていた味よりも、ずっとおいしい」

小夢ちゃんは、即座にそう答えた。「新海さん、だあい好き」そう付け加えた。

ラーメン屋の入口が開いた。「いらっしゃいませぇ」とラーメン屋の主人が呼びかける。

入ってきたのは、二人の男だった。二人とも三十歳前後で、カーキ色の営業用ジャンパーを着ている。

直感で凶々《まがまが》しいものを二人に感じていた。眼付きが何となくちがう。形容しづらいのだが、憑《つ》かれたようなところがある。気だるそうで、妙に動きが緩慢にも見えるが、それは注意深く観察しないとわからない。

一人が「ラーメン二杯」と注文した。

私は、眼をこらしてみた。

二人の男の背後霊は、存在しない。何となく、そんな予感がしていた。だが凶々しさは、消えない。

二人の男に背後霊は見えないのだが、肩の線あたりで、ぼんやりと銀の光が放たれているようにも見える。その光に見た覚えがあった。山野辺哲の肩あたりから放たれていたオーラ状の光と同じものだ。

私は、直感的に不安でいたたまれない感じに襲われた。

「新海さん」

私の耳許に、小夢ちゃんが囁《ささや》いた。すでに小夢ちゃんは、きれいに豚足をたいらげていた。

「何だ」

「レジのとこ見て」

入口近くのレジを見る。

「レジがどうしたの?」

「カウンターに面した下のとこ」

こっちからは、注意しなければ見えなかった。レジのカウンターの下部に、隠したように貼《は》られた、銀色のカードが見えた。ラーメン屋の主人は、そんな場所にカードが貼られていることなぞ、知らないままなのかもしれない。

眼をこらしたまま、ラーメン屋の主人を見た。

彼には、背後霊がいた。先祖の霊らしく、坊主《ぼうず》頭の老人だ。だが、普段、私が目にする背後霊とは、微妙に何かがちがう。霊そのものが、いかにも消え入りそうに薄い霊の輪郭も、淡い感じで頼りなげだった。

小夢ちゃんを見た。小夢ちゃんの肩にいる黒猫が、肩をいからせて、威嚇《いかく》するように、作業服の二人の男を睨《にら》んでいた。

31

「ねぇ、気がついた？」

小夢ちゃんが、念を押すように私に言う。右手で合図しながら、私は小夢ちゃんに片眼をつぶってみせた。「店を出ようか」と伝える。

「餃子は、いいの？」

「ああ、あまり腹減ってないし」

それだけでカンのいい小夢ちゃんには事情は伝わったらしい。それ以上、私に問い返してくることはなかった。代わりに私の食べ残した餃子を四個、箸を伸ばすと次々に口に放りこんで、「よし、新海さん行きましょ」と言った。

勘定をすませ、店を出ようと、入口へ向かったとき、私は、息が止まる思いだった。背を向けているカウンターの二人の男。その男たちの営業用ジャンパーの背文字を見てのことだ。

M・K・P。

そうデザイン化された文字が横に書かれていた。

私を追ってきたのだろうか。あの、印刷会社のM・K・P㈱のことだろうか。二人は、こちらを振り向こうともしない。ただ、ひたすら、できたばかりのラーメンを啜《すす》っていた。

「どうしたの？」

小夢ちゃんが、私に尋ねた。

「いや、何でもない」

よほど、私は驚いた表情を浮かべていたらしい。M・K・P㈱については、小夢ちゃんは私が張り込みの真似《まね》をしていたことは知らないはずだ。そのことについては、小夢ちゃんは気がついていないと思ったのだが。

「ふうん」

そう言って小夢ちゃんはお店を出た。私もその後を追うように外に出た。

「変よね」

小夢ちゃんは、表の暗がりで私を待っていた。腕組みをして。

その科白《せりふ》を私が言うのならわかる。だが、小夢ちゃんは例のカードの件だけで、そう考えているのだろうか。

「新海さんも、そう思ったでしょう。だからあわてて外に出たんでしょう」

そう言った。そして続けた。

「由衣ちゃんのお父さんが言っていたM・K・Pって今入ってきたお客よね。偶然だと思う?」

小夢ちゃんは、この前、鈴木喬信《たかのぶ》と話したとき、娘と雑談しているとばかり思っていたら、ちゃんと耳は、私たちの話をキャッチしていたのだ。

私は、うなずいた。お見それしましたというやつだ。

だが、これ以上、小夢ちゃんを危険な場面に立ち会わせるわけにはいかない。この店を見張ってM・K・Pの男たちの様子を観察する必要がある。私は、そう考えていた。とりあえず小夢ちゃんを送り届けてからだ。それから、急いで戻ってくればいい。そうすれば、ひょっとして、新たなジグソーパズルのピースを得ることができるかもしれない。

「さあ、小夢ちゃん、送ろう」

私は、小夢ちゃんに、そう言った。小夢ちゃんは信じられないという眼で私を見た。

「何言ってるの。新海さん。一番、大事なところを見逃してしまう。小夢の心配なんかいいの。私は私でちゃんと逃げ道くらい確保できるから」

それから、止《とど》めの一言を言った。

「それでも探偵さん?」

何か、小夢ちゃんを説得する言葉を探していたときだった。小夢ちゃんが指を差す。ラーメン屋の店内だ。何かが起っている。

ラーメン屋の入口は、曇りガラスになっている。そして、上部から肥後ラーメンと書かれた暖簾《のれん》が下っていて中の様子は、まったくわからない。

M・K・P㈱の男が二人。そして、ラーメン屋の主人が一人。中は、それだけのはずだ。どんどんと、足で壁を蹴飛《けと》ばすような音。

「何しやがるんだ。離せ!」

はっきりと、そう聞こえた。私は小夢ちゃんに危害が及ばないようにとまず考えた。だが小夢ちゃんの行動は、私の予想外のものだった。

ラーメン屋の入口に走っていく。私が、小夢ちゃんに追いついたのは、すでに、彼女が入口のサッシを開いた後だった。

そこで小夢ちゃんは立ちつくしてしまった。一言も発さずに。

ラーメン屋の主人が、カウンターの外に引きずり出されようとしていた。営業用ジヤンパーの二人の男が、ラーメン屋の主人の両腕を掴《つか》んでいる。

主人は、宙に浮いた足をばたつかせていた。その足が、ときどき壁に当たり、あの店の外で聞いた音になって聞こえるのだ。小夢ちゃんのような子供にとっては、ショックを受けるには十分すぎる光景だったはずだ。

私も、どうするべきか、一瞬、迷った。M・K・P㈱の二人が、何をラーメン屋の主人にしようとしているのか、瞬時には判断がつかなかったからだ。

私にできたのは、無意識に眼をこらすことだった。

そのときの異様な光景に、私は、自分の眼を疑っていた。

M・K・P㈱の二人の男には、さっきまで背後霊なぞ見えていなかった。ところが、今、二人の背中には、何かがいる。

獣だ。

あのカードの隠し絵に描かれていた獅子《しし》とも犬とも猿ともつかない獣の姿だ。それが、M・K・P㈱の二人の男の肩から生えたように、今は姿を見せていた。さっきまでは、体内に潜んでいたのだろうか。その証拠に、二人の男の獣から放たれる銀色の光は、店を出るときに見た肩先の光と同じ色彩を持っていた。

二匹の獣は、前肢を伸ばし、大口を開け、吼《ほ》えているように見えた。

吼えているのではなかった。眼をこらしていなければ、男が二人、ラーメン屋の主人を押さえつけているように見えるだけだろう。今私の眼の前で起っていたことはこうだ。

二人の肩から生えた獣は、身体《からだ》を伸びきらせていた。飢えたように大口を開き、襲っていた。

ラーメン屋の主人を襲っていたのではない。主人の背中に浮かぶ背後霊を襲っていた。しかも、獰猛《どうもう》に屠《ほふ》っている。喰っている。

ラーメン屋の背中にいる影の薄い背後霊は坊主頭の老人だった。その霊が、二体の異獣に喰われながら、声のない絶叫を続けていた。抵抗する術《すべ》もなく、ラーメン屋の主人から、離れることもできず、苦痛に顔を歪《ゆが》ませながら、悶《もだ》えながら喰われていく。

数秒間のことだ。

背後霊が食べつくされてしまうと、放心したようにラーメン屋の主人は、カウンターの上に突っ伏したようになった。

男の一人が、レジ裏の例の銀色のカードに触れる。すると、カードからぐねぐねと銀色のゲル状に見える雲のようなものが伸びていく。雲は、天井近くまで昇り、それから急角度で、ラーメン屋の主人の背中に降りていく。

雲状の物質が、背中に吸いこまれていく。

そんな一連のできごとが、眼の前で、瞬間的に起ったのだ。

ラーメン屋の主人の両腕を押えていた二人の男が、同時に私たちを見た。

眼が尋常ではなかった。何の感情も残っていない、死んだ魚のような眼だ。その二人の背後から伸びた異獣の身体が、ゆっくりと、体内に沈んでいく。

二人は、ラーメン屋の主人から腕を離す。カウンターの上のラーメン屋の主人は、身体をゆっくりと起した。

何ごともなかったかのように。

二人の男とラーメン屋の主人。その三人が同じ眼で私を見ていた。

ラーメン屋の主人の背中から、伸びているのも、例の異獣だ。

そこで、初めて、小夢ちゃんは、悲鳴をあげた。

それまでの私は、目の前で起っている信じられない光景のため、呪縛《じゅばく》をうけたように、身をすくませていた。

そのとき初めて呪縛から解放された。

「逃げるんだ」

私は、小夢ちゃんを抱きかかえた。とっさのことだ。そのまま、夜道に飛び出して、小夢ちゃんを立たせると、手を握って、必死で走り始めた。

三十メートルも一目散に走ると、息が切れた。小夢ちゃんが必死で私の手を引いた。とにかく、振り向きもせずに角まで走った。後ろから、私たちを追ってくるような足音は聞こえてこない。

通りは、他に人の気配はまったくない。

角を曲がって、すぐに小夢ちゃんは止まった。そして私に言った。

「大丈夫みたい」

それから、私の袖《そで》を引いて「ちょっと、見てみよう」と言う。ラーメン屋のできごとが気になっているのだろう。もちろん、私も、気になっている。

角のジュースの自動販売機の陰から、小夢ちゃんと、ラーメン屋の通りをのぞいた。

夜霧がたなびきはじめていた。

その向こう。ラーメン屋の中から明かりが漏れている。その光に浮かび出たように、通りに三つの人影が見えた。

三人は、並んで立ち、私たちの方向を見ていた。うちの二人は、M・K・P㈱の二人。そして、もう一人はラーメン屋の主人。それが、シルエットでわかる。

正体のわからない寒けが走った。

私の頭の中で、一連のできごとがジグソーパズルのピースのように、組合わされていた。

32

もちろん、私が経験した範囲内でつなぎ合わせた結果だ。だから、現象面で、何が起りつつあるかということはわかるが、それが、確実にそうなのかということや、いくつかの疑問点は、積み残したままだ。

それから私たちは、小走りで「そめちめ」のマンションへ帰りついた。その間、小夢ちゃんは、ずっと口を閉じたままでいたのだが。

私が、マンションの小夢ちゃんの部屋まで送ろうと、エレベーターのボタンを押したとき、小夢ちゃんは、突然私に言った。

「このままでいいの?」

「え?」

「まだ、このままじゃ帰れないわ。そこの階段で話しましょ。ね。新海さん」

小夢ちゃんは、私の手をとると、すたすたと、階段のところへ歩いていく。ぺたりと、階段に座り、その横に座るようにというジェスチャーか、左手でぱんぱんと階段を叩《たた》く。あたかも、自分は親権者なのだとでも言わんばかりだ。

仕方なく、私は、小夢ちゃんの横に腰を下ろした。小学生の女の子と深夜、階段で並んで座っているという図は、他人にどのように映るのかと思いつつ。

「新海さん。何だか、怖いことが起きてると思いませんか？」

私は、うなずいた。小夢ちゃんは、私の顔をのぞきこむように見る。

「小夢ちゃんは、どう思った？」

私の眼には、小夢ちゃんには見えていないはずのものが、あのときは見えていた。

「怖かった。やっぱり、あのＭ・Ｋ・Ｐの服を着ていた人たち、それから、あのカード、何だかわからないけれど、とてもいけないものだと思う」

真剣な表情でそう言った。小夢ちゃんは、自分が見たものの範囲だけで直感でそう言っているが、たどり着く結論は同じだ。

「新海さんも見たでしょう。Ｍ・Ｋ・Ｐの人たち、ラーメン屋さんを押えつけていた。そしたら、ラーメン屋のおじさん、ぐったりしちゃって、それで、Ｍ・Ｋ・Ｐの一人が、あのカードに触れたら、あれから、Ｍ・Ｋ・Ｐの人たちの仲間になっちゃった。あの人たち何だか、変な人たちなんだよね」

「そうだね」

「眼が変だったでしょう。何だか、どろーんとしてて。M・K・Pの二人は、入ってきたときは、普通だったんだよね。でも、ラーメン屋のおじさんを押えつけていたときの眼はちがってた。変な眼していた。たぶん、あのラーメン屋さん、見にいくと、今は、あの眼になっていると思う」

まったく、同意見だ。そのとき、私の頭の中に、〝侵略〟という単語が、思い浮かんだ。M・K・Pに象徴される何かに、私たちの町、すべてが侵略されているのではないかという考えだ。

「山野辺さんのマンションにも、あのカードは沢山あったでしょう?」

小夢ちゃんは、そう言った。

「ああ」

「山野辺さんに会って、どうだったの?」

いつもと、様子がちがっていたと言おうとして、小夢ちゃんの言いたいことが、わかった。

山野辺哲のいるマンションは、すでに〝終っている〟にちがいないということを。

すでに、山野辺哲は、〝向こう側〟の支配に置かれているにちがいない。

「小夢ちゃんが考えているとおりだと思う。山野辺さんは、前の山野辺さんとちがうと思う」

あのカードは、乗り移りのための媒体なのだ。それは、確実だ。だが、どのような法則で、異獣たちが乗り移るのかは、わからない。まず、乗り移りたい相手の生活圏内にカードをしのばせるところからスタートするのだろう。あのラーメン屋にも主人の目が届かない場所にカードを置く。それから、乗り移りやすい体質に宿主の体質を変えるのではないだろうか。

ラーメン屋の主人の後ろにいた背後霊のはかなげな状態を思い出した。

あの坊主頭《ぼうず》の老人の背後霊は、いかにも、影が薄かった。背後霊には見えづらい霊もいるが、あの背後霊は、特にそうだった。あのカードは、背後霊の抵抗力を低下させる力も備えているのではないのか。そして、背後霊を喰らう。背後霊が不在になった宿主へ、カードから新たな異獣が寄生する。それを誘導していたのが、あの二人ではなかったのか。

「じゃ、山野辺さんも乗っとられちゃったのね」

「その可能性は大きいと思う」

「あのカードは、悪魔のカードね」

私がうなずくと、「新海さん」ときた。

「何?」

「新海さんも、あのカード持っていたでしょう。どこにあるの」

そう、鈴木親子に話を聞いたとき、使ったきりで、部屋に置きっぱなしになっているはずだ。

「部屋だと思う」

「あのカード、いつまでも持っていたらいけないわ。捨ててしまうか……」

それはまずいのではないか。

「そうね。他の人に迷惑がかかってもいけないし。燃やしてしまったら」

だが、あのカードは、山野辺香代から、スーパーの中島という女、そして荒戸和芳《かずよし》、私と、いろんな人の手を経て渡ってきている。その間には、カードの魔性は発揮されていないと思う。ということは、部屋にあるカードは、すでに〝使用済〟ということなのか。それとも、何か活性化させるための重要なファクターが欠けているということなのだろうか。

「行こう!」

小夢ちゃんが立ち上った。

「どこへ」

「新海さんの部屋」

「今から？」

「そう、明日、会ったときに、新海さんが、変な眼付の人になっていたらいやだから」

私は、引っ張られるタイプの性格のようだ。小夢ちゃんの行動力には、頭が下がる。

エレベーターで、そのまま私の部屋へ直行した。

テーブルの上に、あのカードはまだ置きっぱなしの状態のままだ。何の変哲もない普通のカードでしかない。

小夢ちゃんが、手にとってそのカードをしげしげと眺めた。

「これって、普通のカードにしか見えないよね。こうして見ると」

そのとき、私は、眼をこらしていた。何か、新たな発見があるかもしれないと考えて。

だが、小夢ちゃんの手にあるカードは、何の輝きも、霊の気配も見えなかった。ただ、気になったのは、小夢ちゃんの肩にいる黒猫が、耳を後方にそらせるように立て、毛をすべて逆立てて唸《うな》りのポーズをしていることだった。今すぐ、カードにむかって飛びかかっても不思議ではないという様子だ。

小夢ちゃんは、私の仕事机のペン立てに置かれていたハサミを手にとり、何のためらいもなく、カードを真っ二つに切った。それをまた四つに切る。

カードは、何の変化も起さなかった。小夢ちゃんは、そのまま小さな破片になったカードを小皿の中に入れた。キッチンから持ってきたマッチを擦ってカードを燃やす。

カードは、炎をあげた。材質のせいかはわからない。炎の高さは、三十センチほどもあった。

その途端だった。

突然、炎の中から大口を開いた獣が現れた。身体《からだ》をのたくらせる。下半身はエクトプラズム状というのか、ゼリー状の煙といえばいいのか。上半身は、獅子《しし》とも犬とも猿ともつかない姿だ。

私は、本能的な恐怖であわてて、後ずさりし、ソファに腰を落した。

異獣が叫んだ。炎に包まれる苦しみなのか。身悶《もだ》えして叫んでいる。生理的に受けつけない声は、異獣の悲鳴だ。

小夢ちゃんが、顔をしかめ、両手で自分の耳を覆《おお》った。かん高く、うら哀《がな》しそうな悲鳴をあげていた。

小夢ちゃんには、その正体不明の獣の声が聞こえているはずだ。だから耳を塞《ふさ》いでいる。

「何。この声、新海さん」

異獣は、どこかへ逃れようとするが、その術《すべ》がよくわからないようだ。私はゆっくりと小夢ちゃんの方へまわり、彼女を炎からできるだけ引き離した。

異獣の全身に炎が移った。その炎は、異獣を焼き尽くしていく。完全に燃えきったとき、カードの炎も、おさまっていった。

私と小夢ちゃんは、しばらく黙ったまま、カードの燃えかすを眺めていた。

「新海さん」

小夢ちゃんが、ぽつんと言った。

「どうしたの?」

「新海さんには、今の声……何かが見えたんでしょう」

そう小夢ちゃんは言った。

「どうして?」

「だって、新海さん、あのいやな声が聞こえる前から、驚いた顔になっていたから。何だったんですか?」

小夢ちゃんのカンに、私は驚いた。この子には隠しておく必要もないようだ。

私は炎の中で何を見たのかを小夢ちゃんに話して聞かせた。

33

早朝、六時半に「そめちめ」のマンションを出る。

私だけではない。自称探偵助手の小夢ちゃんとともに。

今朝は、小夢ちゃんが、朝六時に私を起してくれた。何度も、何度も手加減なく部屋のチャイムを鳴らしてくれて。私が完全に眼を醒《さ》ますまで、チャイムを鳴らし続けたのだ。

前夜の話し合いの末、例の銀色のカードは、危険だということになった。私が霊視した獣のようなカードの精のことも話して聞かせている。その異獣に取り憑《つ》かれると、どうなってしまうのかを確認しなくてはならない。そして、あのカードによって取り憑かれないように、人々を守るにはどうすればいいのか。

そのためには、昨日のマンションへ行こう。それが一番早い。そう小夢ちゃんは主張した。

昨日のマンションとは、山野辺哲のいる米屋町のマンションのことだ。朝一番に、新海さんと一緒に行ってみましょう。明るくなれば、少しは人通りもちがうし、安全だと思うから。

少し寄り道をして、私たちは、例のラーメン屋の前を通った。ラーメン屋の入口には「準備中」の札が吊《つる》され、暖簾《のれん》もとりこまれていた。いうなれば、営業時間外の日常の風景があるだけだ。

その中で、昨夜、妖《あや》しげなできごとが起っていたなど信じることはできない。あれからこのラーメン屋は、そのまま店を続けたのだろうか。

ふと、この一連のできごとは、もう私の手には負えなくなっているという思いがよぎる。もっと、上のレベル。そう、警察あるいは、それに値する組織力で対応しなければならないのではないかという気がしてならない。

だが、早急に今起っている事態を訴えても、誰がどう聞いて信用してくれるというのか。

証拠もない。私が霊視して見たことを話して、どう信用してくれるだろう。宇宙から飛んできた電波に襲われていると訴えてきた住人に、交番はどう対処するようにとマニュアルに書かれているのだろうか。

「あの三人、今も中に座っているかもしれないね」

眉《まゆ》をひそめて、小夢ちゃんが言う。

「三人とも黙ったまま、じっと座っていて」

「あまり変なことは考えないように」と私は答えたが、そんなことがあっても不思議ではない気がする。

「行こう行こう。こんなところ縁起が悪いから」

小夢ちゃんは、小走りで、ラーメン屋の前を通り過ぎた。ほどなく、米屋町にある山野辺哲のマンションの前に着いた。

「学校は、今日はいいの？」

小夢ちゃんに訊《たず》ねると嬉《うれ》しそうな笑いを浮かべる。

「今日は、土曜日。学校行かなくていい日」

そういえば、最近、日付も曜日もわからなくなっている。

「今日が、登校日でも、私、休んでたわ」と小夢ちゃんが言った。「だって、街が大変なことになっているかもしれないのに。学校とどっちが大事かって、私、こっちだと思う」

確信に満ちた言いかただった。

そのマンションの前には、市電通りに面して銀行がある。銀行の隣が郵便局で、その間が駐車場へ入るための車一台通れるほどのスペースになっていた。そこに私たちは落ち着くことにした。その位置なら、マンションの出入りは、はっきり見えるし、マンションからは、こちらは銀行のビルの陰になって、あまり目立つことはない。

小夢ちゃんは視線をマンションの出入口に向けたまま、口だけを動かした。

「新海さん。じっと待っているだけじゃナンだから。しりとりでもしようか」

「ああ、いいよ」

私は答えた。黙っていても、退屈するだけだ。映画では、張り込み中の刑事は、何故《なぜ》か、紙コップのコーヒーを飲んでいる場面が多い気がする。しかし、ここいらにはコーヒーの自動販売機も見あたらない。退屈をまぎらす方法も他には考えつかない。しりとりでも、なぞなぞでもかまいはしない。

マンションの出入りは、まだない。小夢ちゃんは私とのしりとりのアイデアを検討することに集中しているようだ。

「じゃあ、何のしりとりにする。動物？　植物？　地名？」

「何それ」

「何でもしりとりにしたら、中々終らないから、テーマを決めるの。いい？　それから、最後が〝ん〟になっても負け」

「わかった。何でもいいよ」

私はそう答えた。

「じゃ、まず、動物からいこう。魚もいいのよ。鳥も。私からいくね。マントヒヒ」

「ヒ……ヒラメ」魚でもいいと言った。

「メジロ」即座に小夢ちゃんは言った。

「ロ……ロ……ロバ」やっと出た。

「バフンウニ」

「ニ……」思わずニシンと言いそうになる。

「十数える間に答えないと負けよ。一、二、三、四……」

「ニタリ貝」確か、そんな貝があったはずだ。そんなのあるのと小夢ちゃんは指摘したが、私は眼をマンションに向けたまま「ある！」と強引に主張するしかない。まあいいや、と小夢ちゃんは口を尖《とが》らせた。それから、すぐに「犬！」。「さぁ〝ぬ〟よ」

〝ぬ〟は何かあったろうか……。〝ぬ〟。〝ぬ〟。

「ぬえ」

早速、小夢ちゃんは突っこみを入れてきた。

「知らないわ、そんな動物」

「知らないのか。有名なんだよ」

「見たことないもの」

「そうか。猿と虎《とら》と蛇がごっちゃになったような獣なんだけどね」

「えーっ。そんな獣、本当にいるのかなあ？　聞いたことない」

「そうだろうな。架空の動物だからね。ぬえとか、きりんとか。龍《りゅう》というのは、知ってるよね。あれは動物だろう。河童《かっぱ》とか。あれは動物のしりとりじゃ、反則なのかなあ」

「反則！」と小夢ちゃんは即刻却下してきた。

「一、二、三、四……」と数え始める。

「あ！　あれ」

私は、マンションを注視した。「誰か出てくる」

「いいわ。新海さん。しりとりは、一時お預け。でも、ぬえは駄目」

そうだ、あのカードの犬とも獅子とも猿とも言えない奇妙な獣って鵺《ぬえ》だよな、と私は思う。ぬえと呼ぶにふさわしい。

マンション内の影は、今出入口に近付く。すると自動ドアが開いた。

スーツ姿の男が出てきた。このマンションの住人らしい。四十過ぎの頭髪が薄くなりかけたやや猫背の男だ。右手に空のペットボトルがいっぱい詰まったビニール袋をさげていた。その袋をマンション横のゴミ置き場に置く。

何の変哲もない平凡な中年男だ。

私は、眼をこらした。

背後霊がいない。そして、銀色の光が、肩のあたりにうっすらと光っていることがわかる。

「あの人も変だよ。普通に見えるけど、何か変」

小夢ちゃんが、そう私に告げた。小夢ちゃんは、眉をひそめ、私の袖《そで》を引いている。

この子に、霊視能力はないはずだ。なのに感じるところがあるらしい。

「ラーメン屋の客と同じ雰囲気」

やはり、小夢ちゃんはカンが鋭いのだろうと思う。一般人が、中年男を見ても気にも留めないはずだ。私が霊視をする前には、やはり異常には思えなかった。

肩の銀色の光があってはじめて、ひょっとしてと感じる性質のものだ。肩の中には、異獣が潜んでいるのだろうか。

「新海さん、どうする？」

あとを尾《つ》けてみるべきだろうか。すでに、中年男は歩き去っていく。

「もうしばらく、見ていようか」

小夢ちゃんは、うなずき、再び私たちは、マンションの監視に集中することにした。

十分ほどの間があった。

「しりとりの続きをやらない？」

そう小夢ちゃんが言いだしたとき、幸いなことに次の動きがあった。

マンションから出てくる。

一人じゃない。年齢も性別も服装も異なる人々が、十数名も次々に出てくる。

私は眼をこらし、霊視したままだ。

次々に出てくる。老婆《ろうば》、若者。主婦らしき女。三秒くらいの間隔を開けて、一人ずつ。老婆にも、若者にも、主婦らしき女にも、その後に続く人々にも、誰一人、霊の姿は、見えない。代わりに、すべての人々が、肩から薄く銀色の光を発していた。

間違いない。このマンションの住民たちは異獣に取り憑かれている。

小夢ちゃんが、両手で私の腕を握りしめた。

「やっぱり変だよ。このマンションの人たちは、出てくる人、全部が変だと思う」

私もうなずく。

通りに出てきたマンションの住民は、目指す方角はばらばらだ。左に曲がって立ち去る人、電車通りの方角へ右に曲がる人。そこには規則性はないように思えた。三秒の間隔でマンションから人が出てくることを除いては。

34

マンションから、高校生くらいの若者が出てきた。ジーンズにスタジアムジャンパーという姿だ。学校の内規なのか、クラブ活動の故《ゆえ》か、頭を丸刈りにしている。だが、背後霊は見えないかわりに、肩の銀色の光は、うっすらと光っていた。

「あのお兄ちゃんの後を尾けようか」

小夢ちゃんが、そう提案した。何故、その若者なのか理由は言わなかったが、より自分に年齢が近いためだったのではなかろうかと思う。もちろん、その選択に異存はない。いずれ、誰かを尾けねばならないと思っていた。このマンションの人々に背後霊はいない。いるのは、潜んだ異獣たちなのだ。

若者は、電車通りに出て、熊本駅の方向を目指す。ひたすら前を向き、ゆったりした歩調で歩く。

ポケットからタバコを出し、口に咥《くわ》えた。高校生だろう。だが様子を観察するのが優先だ。若者はタバコに火をつけ、何度か煙を吐き出した。その火のついたままのタバコを、電車通りの道路にほうった。

何ごともなかったように、若者は歩いていく。何と社会的常識に欠けていることだろうかと呆《あき》れかえった。

「ひどい」と小夢ちゃんも憤慨した。私は「しっ」と人差し指を唇にあてた。今、追跡中なのだから。小夢ちゃんはうなずき返した。

電車通りを渡る。もちろん横断歩道じゃない。若者は、二、三度、左右を眺めて飛び出したのだ。そのまま歩いていく。私たちは、二十メートル程後方をつかず離れずという距離を保っていた。路地に若者は入っていく。

若者が、突然立ち止まる。小夢ちゃんは建物の陰に入る。

若者は私たちに気がついたのではないようだった。他に興味が湧《わ》くものを発見したらしい。

私は、無意識のうちに霊視を続けていたようだ。若者の肩から漏れていた銀色の光が、一層強くなった。

若者が覗《のぞ》きこむように見ているのは、金網でできた檻《おり》だ。その若者の背後からニョロニョロと銀色の雲が伸びてきた。その雲の先端が凝固する。異獣に変化した。若者と共に異獣は檻を覗きこむ。それから若者は、おもむろに近くにあった竹ぼうきを手にとった。あたりを見回す。私たちが、ここに潜んでいるのは気がつかなかったようだ。それから、両手で檻の中へ何度か竹ぼうきの先を押しこむ。

何をやっているのだろう。

若者は、やや猫背になり、その行為に没頭しているように見える。そして、その背中から伸びた異獣も猫背になって嬉しそうに檻の中を覗きこんでいた。

数回、竹ぼうきを激しく突き動かすと、若者は気が済んだらしく、また歩きはじめる。

あわてて、尾行を再開する。

私の少し先を小走りに進んだ小夢ちゃんは、檻の前で立ち止まり「ひどい！」と泣きそうな顔で私に言った。

金網の檻の横にきてわかった。

中では、血だらけになった二羽のウサギが横たわっていた。一羽の方は、頭部をつぶされている。もう一羽の方も生きている気配はない。

その光景が私には信じられなかった。何故このような無抵抗な小動物を、残虐《ざんぎやく》に殺すことができるのか。あの若者は、何を考えて、この行為をやったのか。そして、何ごともなかったかのように去っていけたのか。

彼の考えではない。

彼の内部に潜んだ異獣のせいだ。あの異獣が若者を操ったにちがいない。そう考えないと何ともやりきれないできごとではないか。相手が小動物とはいえ、何の目的もなくほとんど気まぐれで殺してしまうなどと。

私は小夢ちゃんの肩を叩《たた》いてやることしかできなかった。

「とにかく尾行を続けよう。彼らが何なのか見極めるのが先だから」

小夢ちゃんは、唇を嚙《か》んで、こくんとうなずいた。

若者は、そのまま小沢町の細い道を進んでいった。つきあたりは川沿いの住宅地になる。小夢ちゃんはウサギ虐殺がかなりショックだったのだろう。ほとんど無駄口を叩かなくなっていた。

小沢橋からの道路と交叉《こうさ》する街角に男が一人立っていた。最初にマンションを出ていった頭髪が薄くなりかけた中年男だ。所在なげな様子で、右手にデパートの紙袋をさげて立っていた。この男は、マンションを出て、どんな行動をとっていたのか。真《ま》っ直《す》ぐにこの場所を目指したのだろうか。

尾けていた若者が、ゆっくりと、その男へと近付いていく。

二人は隣合わせにならぶような位置にあった。

「変なの。あの二人、並んで立って、黙ってる」

小夢ちゃんの眼には、そう映るらしい。だが、霊視を続けている私の眼には、またちがった光景が見えている。

並んで黙って立っている中年男と若者の背中から、異獣が伸び出してきている。中年男と若者は、視線も合わせず会話もない。なのに姿を現した異獣たちは、大口を開き、前肢を振りまわし、喚《わめ》きあっているのだ。まるで、その二匹は喧嘩《けんか》でもしているかのように見えないことはない。

ひとしきり喚き合いに似たコミュニケーションが続いた後、粗暴で野卑な異獣たちは、それぞれの体内に消えた。

「なんか変！」

そう、小夢ちゃんが言った。見ると、小夢ちゃんの頭の上で、半透明の黒猫が彼方《かなた》にむかって唸っている。背中を丸め、耳を尖らせて。

中年男と若者は、正面の高層マンションへ入っていく。そのまま二人は、郵便受けにむかっていく。

そのマンションは、建物の外部に棟ごとにお洒落《しやれ》な郵便受けが備えられていた。そこである程度、予測していた行動を二人はとった。

中年男が紙袋からカードを出す。それを若者が受け取り、郵便受けの中に貼《は》っていく。

彼らが住んでいたマンションの郵便受けと同じように。一つずつていねいに。

すべてに貼り終えたらしい。

二人は、次の棟へ移っていった。

「どうする。新海さん」

「どうするべきかな」

「今、あの人たちが貼ったカードを全部はずしちまおう。あの人たち行っちゃったから、今ならできるよ」

「あ……ああ」

小夢ちゃんは二人の姿が見えなくなったのを確認して、私を手招きして小走りに郵便受けに走っていった。

小夢ちゃんは、ジーンズの胸あてのポケットからコンビニのビニール袋を出した。

それから背伸びをして郵便受けの中に手を突っこみ、カードを引きはがす。引きはがされたカードは、私が持たされたビニール袋の中に放りこむ。

ビニール袋の中へ放りこみながら、確認する。間違いなく、あのカードだ。このカードに、あの異獣たちが一枚ずつ封印されているのだ。法則性はわからないが、一人ずつ何かの条件が揃《そろ》ったときに、背後霊を喰い、新たな背後霊として異獣が憑依《ひょうい》するのにちがいない。さっきのウサギの虐殺も、取り憑《つ》いた異獣がやらせたことにちがいないと思う。

だが、私も、ある一定時間はあのカードを持っていた。だが、異獣の気配を感じることもなかったし、異獣の出現もなかった。

それは、どうしてだろう。

他にも「そめちめ」のマスター夫婦も、荒戸も、「スーパー・フォント」の中島という主婦も、あのカードに接している時間があったはずだが、憑依されるには至っていない。

ひょっとして、タイムリミットというか、カードから霊体化する猶予《ゆうよ》時間があるのではなかろうか。

「これで全部！」

最後の一枚を、小夢ちゃんがビニール袋に放りこんだ。

「次の棟に行こう」

私と小夢ちゃんは、マンションの隣の棟を目指した。

中年男と若者は、まだ貼り付けの作業中だった。私と、小夢ちゃんはマンションの陰に隠れる。

声がした。

「あんたたち、何やっているんだ。ここは、チラシ類の投げこみはお断りしているんだがな」

白い顎髭《あごひげ》を生やした六十代半ばの老人が、マンションから出てきた。背筋もしっかり伸びていて口やかましいタイプのようだ。

中年男と若者は、声をかけられた瞬間に立ちつくしてしまったようだ。だが立ちつくして見えるのは表面だけで、二人の背後から、異獣たちがもぞもぞと立ち上ってきて、老人を睨《にら》みつけた。

若者が、手に持ったカードを老人の手に押しあてた。

「な、何をする」

中年男の背中の異獣が老人の背後霊に飛びかかった。老人の背後霊も老人と双生児のようにそっくりだったのだが、みるみる喰われていく。老人は呆《ぼ》けたように立ちつくしていた。それが背後霊が喰われていくときの反応なのだろうか。同時にカードから銀色の光が老人の肩に吸いこまれていった。

それが、数秒とかからない。

老人は、立ったままカクンと両腕を落した。

35

老人のその状態は、永くは続かなかった。すぐに、両腕に力が戻ったようだった。

それから三人は、輪を作り顔を見合わせた。三人の肩の上では、かしましく異獣たちが話しているのがわかる。だが三人は無言だ。

「あのお爺《じい》さん、仲間になっちゃった」

小夢ちゃんが私の袖《そで》を引いた。三人は、協力しあって郵便受けに、次々と貼り付け作業を続ける。黙々と。

これは侵略だ。まるで伝染病が拡散するように異獣たちに侵された人々が殖えていく。どのくらいの速度で異獣たちは拡散しているのだろう。

私の身体《からだ》を震えが走った。

郵便受けからカードを剝《は》がしていくくらいでは、とても追いつかない。

私は足許《もと》に注意をはらうことさえ忘れていたようだ。何かが足許で転がる気配があった。それから、大きな音。子供用の自転車がそこにあった。倒してしまったのだ。

「あっ」と小夢ちゃんが声をあげた。

あわてていたかもしれない。急いで自転車を起す。

視線を戻すと、三人がじっと私を見ている。背中の異獣たちは早々に隠れてしまったようで、淡い銀色の光を放っているだけだ。

「新海さん、逃げよう！」

それしか方法はないと私は思っていたところだ。何よりも心配したのは、小夢ちゃんのことだった。

私たちは、踵《きびす》を返して走りだした。小夢ちゃんは身が軽いためか、圧倒的に早い。

そのまま、百メートル程も路地の間を抜けながら走った。

「もういいみたい」

小夢ちゃんが角を曲がって、ぺたりと壁に身体を貼り付かせるように止まって、後ろをうかがいながら言った。私も、とにかく逃げるのに夢中で後方に注意をはらう余裕などまったくなかったから、角からそっと様子を見る。

追ってくる姿はなかった。

「警察行こう！」

そう小夢ちゃんは主張した。

「警察に話したら、何とかしてくれるんじゃないかなぁ。絶対に何か、大変なことになっているんだから」

小夢ちゃんの目には、異獣たちの姿は見えていない。だが、私が話して聞かせたことで見えない場面を頭の中で補っているにちがいないのだ。

そう、すでに私にも自分たちの力でできる限界は超えているとわかっている。警察に駆《か》けこまなかったのは、私自身、警察にうまく説明できるかどうか、はなはだ自信がなかったからである。

小夢ちゃんが背中を押してくれなければ、まだ迷い続けていたはずだ。

「よし、警察へ行こう！」

私たちは、新町派出所を目指して歩きはじめた。頭の中で、どう話せば信じてもらえるのかを、頼りなげな気持で検討していた。

歩きながらも思考は堂々巡りだ。現実的に人が殺されたとか、傷害があったというわけではないし、異獣についても説明しようがないから困る。伝染性の精神異常の件なのですが……と切り出すべきなのか。どう異常なのですかと問い返されたら、どう答えるべきだろうか。とにかく、カードのこと、昨夜から目撃したことを、理解してもらうように、努力するしかないか。効を奏するかどうかは、わからないが、熱意を持って真実を語ること？　それくらいしか思いつかない。

新町派出所は、スーパーの横にある。

小夢ちゃんの方がきっぱりしていると思う。私はどうしても歩みのテンポが遅くなってしまうが、小夢ちゃんの方が先に派出所に入ろうとしていた。

派出所内に、二人の警官の姿が見えた。二人とも机にむかい事務をとっているようだった。

小夢ちゃんの足が止まった。入ろうか、どうか迷っているようだった。それから急に振り向いて、私と鉢合わせした。

「ん？」と私が問いかけると、小夢ちゃんは首を横に振った。それから私の袖を引いて、派出所から離れようとする。

それから小声で言う。

「入っちゃ駄目。机に、何枚もあの銀色のカードが貼ってある。たぶん、もう、あのおまわりさんたちは、ちがうと思う」

派出所を離れようとする。小夢ちゃんは、何やら気になるように、派出所を振り返った。私も、派出所を振り返る。

警官の一人が、いつの間にか表に出て立っていた。両手を後ろにまわし、私たちを、じっと見ている。

小夢ちゃんの言ったとおりだ。制服の肩あたりから銀色の光がうっすらと見える。もちろん、背後霊はいない。

顔は笑っているが眼が笑っていない。

警官は、少し間延びしたような声で私たちに言った。

「何か?」

袖をひいていた小夢ちゃんが、びくんと身体を震わせた。怖かったのだろう。

「いえ、別になんでもありません。この子が好奇心が強くって、派出所って、中どうなってるのかなって、のぞいただけなんです」

小夢ちゃんは、そのとき、両手で私の腕を摑《つか》んでいた。警官は若かった。たぶん私よりかなり年下だった。端正な顔立ちだが、肩幅が広い。だが、何かどこかがちがっている。

「そうですか。もっと、中をのぞいてかまいませんよ」

そう言った。

「いえ、けっこうです」

私たちは、一刻も早く、その場を離れたかった。警官は、カクンカクンと首をひねった。

「そうですか。残念だなあ」

何が残念だというのだろう。私たちを仲間にできなかったことがか？

私と小夢ちゃんは、その場を立ち去った。スーパーの駐車場を抜けて、スーパーの店舗前の通りを歩く。

驚いた。

振り返って、それがわかった。

「警官がついてくる」

私が、言うと、小夢ちゃんは、ちらと振り返った。眉《まゆ》をひそめた。

「ほんとだ」

その警官は、私たちの後方十メートルくらいを、ゆっくりと歩いて尾《つ》けてくる。つかず離れずという距離だ。

偶然とは思えなかった。その証拠に私たちが足を速めてみてもやはり間隔は同じままなのだ。

「そめちめ」のマンションに、真《ま》っ直《す》ぐに帰るわけにはいかない。所在が知れてしまうことになる。

どうするべきか。

走り出せばどうなのか。走って追ってくるだろうか。私は最悪のケースを想像していた。

私たちが走り出すと、警官が拳銃《けんじゅう》を抜き、「止まれ」と叫んで発砲してくるといったものだ。

振り返って「何故《なぜ》、私たちについてくるんですか?」と言ってみる方法もある。警官はどうとでも言い逃れをするだろう。たまたま、君たちが私の前を歩いているにすぎませんよ、とか、場合によっては難癖をつけられて、職務質問され派出所まで任意同行を要請されてしまうかもしれない。それも好ましくないパターンだ。

二人ともできるだけ後ろを見ないで歩いていく。近付いたら走るしかないだろう。

姿形は警官だが、あれは別物の何かだ。

「おまわりさん、ニタニタしてついてくる」

小夢ちゃんが言った。舌打ちしたかった。

結果的には、次の行動は小夢ちゃんで決められた。

小夢ちゃんが、私に「走ろう！」と叫んで急に駆け出したからだ。私も、小夢ちゃんに従わざるをえない。

警官は、どう反応するのだろうか。

駆けながら振り返る。

警官も走り出した。追ってくる。最悪のパターンだった。

私も速度をあげた。

最近、街中で走っている人を見たことがない。早朝に軽いスピードでジョギングしている人はいるが、それなりの服装をしている。ジャケットを着た男と子供が連れだって走り、それを警官が走って追いかけるというのは、相当に目立っているのではないかと、ふと心の隅で考えていたりする。

さっきまでとちがい、警官は、一定距離を保とうという様子はない。私たちに追いつこうという速度だった。

私は小夢ちゃんを追い抜こうとしていた。すぐ後ろに警官がいる。私は、小夢ちゃんの腕を握った。小夢ちゃんを捕まえさせるわけにはいかない。

だが、すぐに追いつかれるだろう。警官の足は速い。

警官の腕が小夢ちゃんの襟首に伸びるのが横目で見えた。駄目だ。捕まる！

奇蹟《きせき》が起った。

警官の手が消えた。振り返ると、警官は呆《ほう》けたような表情になって立ちつくしているのが見えた。

何故？

疑問が湧《わ》いたが、一刻も早く警官から逃れることが先決だった。

必死で走る私たちの前に回りこむように、自動車が急停止する。

異獣たちに操られている連中だろうかと、後ずさる。

「新海さん、何走ってるんですか？ 乗りませんか？」

荒戸が、助手席の窓からヘラヘラと笑いながら顔を出した。

36

私と小夢ちゃんは、荒戸の自動車の後部座席に乗り込み、後方を見た。発進するのが同時だった。立ちつくした警官は表情のない顔で我々の車を見送っていた。

もう駄目だと一瞬は思った。

あの警官の手が、小夢ちゃんに伸びてきたときは。

小夢ちゃんが、ふあーと溜息《ためいき》をついた。

「どうなるかと思った」

荒戸が、不思議そうに後部座席をのぞきこんだ。

「何ごとだったの？　子供とマラソンやって」

「ありがとう。実は、逃げていたんです。この子と。荒戸さんは？」

「うん、テレビ局を移動中で。北熊本からこちらの局へ。これ、放送局のクルマ。足がないから迎えにきてもらったところ。後ろに警官がいたけれど、まさか、警官に追われていたってことか？」

それから、小夢ちゃんを見て「誘拐犯とまちがえられたとか」

「ちがいます。実はとんでもないことが起りつつある。そのとおりに話しても信じてもらえるかどうかわからないけれど」

荒戸は、後部座席の私の顔を凝視する。しばらく黙ってから、言った。

「新海さんのことは、他の誰が何と言おうが、俺は信じるよ。新海さんは、どっかちがう。不思議な人だからな。話してもらえないかなあ」

「時間あるんですか？」

私が尋ねると、荒戸は腕時計を見て「ああ、二時間余裕ありだから」。運転手に言う。「十分くらいいいですかね」

運転していた局の男も「いいでしょう」と気軽に答えてくれた。近くの駐車場に駐《と》めてくれ、「缶コーヒー買ってきます」と気をきかせて、車を離れてくれた。

私は、荒戸からカードを受け取ってから体験した不思議なできごとの数々を順序を迷いつつも話してきかせた。もちろん、背後霊がどうのという部分については具体的に話しはしないが、本来であれば一般的には理解してもらえないようなことも荒戸は何の疑問ももたずに耳を傾けた。逆に、それだけの説明じゃわからないのではないかと思った小夢ちゃんが途中で注釈を入れてくるのだ。

「新海さんって、話してないかもしれないけど、私たちにも見えないものが見えてたりするんだよ」とか「信じられないかもしれないけど、全部、本当のことなんだよ」

そういった具合だ。

「信じるよ。新海さんが何言っても信じる。心配しなさんな、嬢ちゃん」

荒戸がそう言ったので、小夢ちゃんは安心したようだ。それから、私を肱《ひじ》で突いて言う。

「ねぇねぇ。このオジさん。私、どっかで会ったことがあるような気がするんだけど」

「テレビで見たんじゃないかなあ。この人、最近、凄《すご》い勢いで売り出している歌手なんだから」

そう私は、説明したが、「そうかなぁ」と小夢ちゃんは首をひねった。ひょっとしたら小夢ちゃんは、路上生活者の頃の荒戸と何度か顔を合わせたことがあるのかもしれない。だが、襟にラメのはいった服を着た荒戸とは同一人物と考えるには、あまりにかけ離れたイメージのため結びついていないのかもしれない。

「縄文土器の中に入っていた金属に描かれていた獣と、カードの隠し絵の獣が、そっくりで、そのカードに関係した人が乗っとられたような状態でいるってわけか。まるでSFみたいな話だなぁ。乗っとられた人は、外見では、まったく区別がつかないってことか。さっきの警官も?」

私はうなずいた。

「でも、俺も、新海さんも、しばらくはそのカードを持っていたけど、何も変りはなかったんだよなぁ。何か乗っとられる法則性みたいなものがあるのだろうか?」

それは私もよくわからない点だ。

「しばらくカードを持たせて、体質を変化させるのかもしれません。それから、乗っとられた人が何らかの手段を使っているようです」

「じゃあ、とりあえずカードを見つけたら処分してしまうしかないわけか」

荒戸は、ちょっと考えさせてくれと首をひねったときに運転手が帰ってきた。

「ちょっと考えてみましょ」

荒戸は、考えこむように腕を組んだ。

私たちは、それから「そめちめ」のマンションで降ろしてもらった。荒戸は別れ際《ぎわ》に、名刺を渡してくれた。荒戸の携帯ナンバーと住所が書かれていた。

「それから、その例のカードって、ありますか?」

そう荒戸が私に尋ねた。小夢ちゃんが、肱で私を突ついた。そうだ。ポケットの中に、後を尾けて回収した銀色のカードが沢山ビニール袋の中におさまっている。

私がカードを出すと、「そんなにいっぱい!」と荒戸は眼を見開いていた。私がトランプのように、荒戸の前で、「どれでもお好きなものを」と広げると荒戸は指を迷わせ数枚を引いた。

「あまり、長く持っていない方がいいかもしれない」

私がそういうと、荒戸はうなずいた。

「燃やせばいいってことだったな」

私はうなずいた。荒戸は、高級そうなブランドもののクラッチバッグの中にそのカードを納めた。

車のドアが閉まり、中から私たちに手を振る荒戸を乗せて走り去ってしまった。

荒戸を見送ると、何だか脱力感に襲われてしまった。私と、小夢ちゃんは顔を見合わせた。何だか、途方もなく長い一日を送っているような気がする。

「何だか、お腹《なか》すいちゃった。新海さんは？」

私は、あまり空腹を感じる方ではない。

「そうでもないけれど。『そめちめ』に寄っていく？」

うん！　と小夢ちゃんは大きくうなずいた。しかし、「ちょっと、待って！」と叫んで、一階の郵便受けに走っていく。

「あった、ここにも来てる」

郵便受けを覗《のぞ》きこんで、カードを剝《は》ぎ出した。少し、いやな気がした。ここまで、異獣の影響が及び始めているということなのか。

みるみる三十枚以上が溜ってしまった。

小夢ちゃんはカードを私に渡して、「ちょっと母さんのこと、心配だから見てくる。

新海さん、『そめちめ』で待っていて！」

言うが早いか、階上へ上っていった。

どうするべきか迷ったが、とりあえず、「そめちめ」で待つことにする。どう動いたらいいものか、智恵《ちえ》も浮かばない。

「そめちめ」の店内に入ろうとしたとき、ニャアと頼りなげな声がする。見るとマンションの外の植えこみのところに、三匹の仔猫《こねこ》がいた。野良《のら》猫なのだろうか？　三匹は餌《えさ》でも欲しそうに私を見ていた。

ちょっと興味が湧いて眼を細めてみた。

猫たちには背後霊もいないし、異獣の気配もなかった。少しほっとする。やはり何となく神経過敏になっているのかもしれないと自分に言いきかせた。

「そめちめ」の店内には、他に客はいない。マスターもママもカウンターの中に座っていた。ぼんやりとテレビを見ていたらしい。

「どうも」

私は礼をして、カウンターに座る。暇そうですねと声をかけるのは失礼だったので、黙ってはいたが。

「朝早かったみたいだけど、よく起きれたねぇ、珍しいねぇ」

ママがそう言った。

「小夢ちゃんも一緒だったんです。何か食べたいらしいからあとで、現れるかもしれません」

「それよりも」とママは言った。少し興奮しているようだった。誰かに言いたくてたまらなかったらしい。

「私、見たんだ。びっくりした。新海さんに会ったら、まず言わなきゃならないと思って」

「何を見たんですか?」

私は、ママとマスターを交互に見た。マスターの方は、うん、うんと大きく首を振っていた。ママの言うことを聞いてやってくれというように。

そのとき、私は、はっと気付いた。

マスターとママの背後霊、つまり、私の両親の霊が〝薄く〟なっている。

「新海さんが探している山野辺香代さん。ここに来たのよ。びっくりした」

ママがそう言うと、マスターが大きくうなずいた。あれほど行方を捜していた本人が「そめちめ」に現れるなんて。

「山野辺香代さんに、間違いないんですか?」

「間違いないと思う。本人の口から、そう言ったんだから。えーと多分バイクで来たんだと思う。黒いつなぎを着て、ヘルメットを持っていたから」

バイク、黒いつなぎ。広島照子の留守宅近くで目撃した女を連想した。黒いつなぎというのは、バイクスーツのことなのだろうと思う。あれが山野辺香代だったのか。あのバイクスーツの女の背後にも、異獣の姿が見えたのだが。

「何しに、ここに来たんですか？」

「何しにって。コーヒーを注文したよ」

「それから？」

「主人が、新海さんに私のことを捜させていたみたいで、って言った。私、急な用事が重なってなかなか連絡がとれなかった。もう、調査の方は必要ないって新海さんに伝えなくてはいけないと思って、と言っていた」

「新海さんに会いたがっていた。いないと知って残念がっていた」

マスターも口を揃《そろ》えて言った。

小夢ちゃんが「そめちめ」に飛びこんできたのが、そんなときだった。

「母さん、大丈夫だった」

そう叫んでから、私とマスター夫婦の顔を見較《くら》べた。

37

「どうしたの？　何かあったの？」

山野辺香代が私に会いにきたことを小夢ちゃんに説明すると、小夢ちゃんは、眉《まゆ》をひそめて不安気な表情を浮かべた。

「どのくらい、『そめちめ』に居たんですか？　山野辺香代さんは」

「そうねぇ、カウンターでコーヒーを一杯飲んで帰っていったから、二十分もいなかったと思うけれど」

ママが、私の二つ隣くらいのカウンター席を目で示した。私は、腰をおとしてカウンターの裏を覗いてみた。

「何ごとなの。新海さん」

マスター夫婦の背後にいる両親の霊が薄くなっていることが気になっていたのだ。カウンター裏には、例のカードはなかった。

「こっちだよ」

小夢ちゃんが、私に言った。小夢ちゃんはレジカウンターのところを指差していた。

注意をはらうと、レジカウンターの隙間《すきま》のところに、あの銀色のカードが貼《は》られているのがわかる。

小夢ちゃんが、そのカードを剝がしてカウンターの上に置いた。

「あ、この前のカードと同じだねぇ」

ママが驚いたように言った。「いつの間にそんな場所に貼ったんだろう」

私は、ママからマッチを借り、即座に灰皿の上で、銀色のカードを燃やした。

銀色のカードが炎を吹き出す。その炎の中から犬とも獅子《しし》ともつかない異獣が二匹、身悶《もだ》えしながら正体を現す。

「見えないでしょうけど、今、炎の中でカードに封印されていた化物が燃えているんですよ」

私が説明すると、マスターもママも何の疑いも抱かないようだった。異獣たちは断末魔の苦しみにあえいでいるようだ。

「今、炎の形が、あのコピーで出てきた獣みたいになりましたよ。一瞬だったけれど」

マスターが言うと、ママもうなずいて同意する。そして異獣は悲鳴をあげた。聞こえたらしい。二人は目を見張った。

「そのカード……何だったかわかったの？」

ママが、私に質問した。

「邪悪なものだということはわかります」

それから、私はマスター夫婦に、これまでの山野辺香代の行方を捜していて知り得た情報、そして、小夢《み》ちゃんと一緒に体験したできごとを話した。

私が他人の背後霊を視ることができるということも話さざるをえなかった。マスター夫婦は、予想がついていたというように、何度もうなずいていた。荒戸もそうだったし、小夢ちゃんも驚くことはなかった。ということは、私は周囲からは、はなから特殊な人だというふうに思われていたということになる。結果的にそのことに気付かなかったのは、私だけだったということか。

「じゃあ、失《う》せものとか当てていたのは、背後霊に教えてもらっていたんだ」

マスターだけが少し驚いていた。

「ええ」

「我々にも、背後霊がついているのかい」

「ええ」私はうなずいた。「マスターとママの場合ですね、マスターには私の母の顔が見えます。ママには、私の父がついていて……。できすぎた話みたいなのですが」

そう言いつつ私は、少し目をこらす。

二人の背後の両親の霊は、ずいぶん先ほどよりはっきり浮かびあがっている。薄く見えていたのは、例の銀色のカードの影響力が及んでいたためだろうか。

父も母も、照れたような、恥かしいような表情を浮かべて私を見ている。両親の霊についてマスター夫婦に話したからだろうか。本体であるマスター夫婦は、顔を見合わせていた。いや、顔を見合わせているより、私の言葉に、ひょっとして見えるのではないかと、相手の後ろを見ている。

見えてないようだ。それは当然だ。

「それで、カードの中に封印……だよね……されている獣みたいな霊が、背後霊を喰って、乗り移ってしまうのか。その獣に乗り移られるとどうなってしまうんだ」

マスターが不安気に私に訊《たず》ねる。

「一見して、乗り移られてるかどうかは、私以外の人にはわからないと思います。外見も変りませんから。ただ、私はそんなふうに、乗り移られているということを知っているから、微妙に行動がちがっているなと思うだけです」

「じゃ、本人は、ちょっと、変だなと思うくらいの変化なんだろうか。身体《からだ》を傷つけられるということじゃないのなら」

ママも首をひねりながら言った。

小夢ちゃんが、パンとカウンターを両手で叩《たた》いた。マスター夫婦は驚いたまま小夢ちゃんを見た。

「そんなんじゃないよ。私、見たんだから。乗り移られてる人を尾《つ》けてったら、ひどいことしていたんだよ。ウサギ小屋のウサギを、竹ぼうきでひどい殺しかたしてたんだから。誰も見ていないと思って。その人、にたにた笑っていた。普通の人じゃなくなっているよ」

ママが信じられない様子で私を見たので、私は「小夢ちゃんの言うとおりです」と答えた。

小夢ちゃんが「お腹すいた。サンドイッチたのんでいいでしょ。新海さん」と言う。

「ああ、そうだった。お願いします」

ママが、サンドイッチを作りながら言う。

「そうだねぇ。でも、最近は、変な人が多いからねぇ。平気でペットを殺したり、子供をかどわかしたり。世の中、狂ってきてるから。学校の先生とか警察官とかも、しょっちゅう新聞で変なことしでかしたってこと書かれていたりするでしょう」

小夢ちゃんが、「だから」と言う。

「だから、そんな人たち、みんな、新海さんに見えている獣の霊に乗っとられているからじゃないかと思う」

マスター夫婦は、感心したように首を振った。

私にも、まだ確認したいことがあった。

「山野辺香代さんの様子とか、もうちょっとくわしく知りたいのですが。どんな話をしたとか、もっと具体的に」

マスターが話してくれたのは、次のようなことだ。山野辺香代は、バイクスーツを着てヘルメットを片手に持ち、突然「そめちめ」に入ってきたという。それから、カウンターに座り、コーヒーを注文した。前に見たときと服装はちがっていたが、山野辺哲に見せられた写真のこともあり、すぐに彼女だということがわかった。

ママたちの方から話題を振ることはなかったが、山野辺香代の方から話しかけてきたそうだ。香代の喋《しゃべ》りかたはあきらかにおかしいと思ったそうだ。

「人間離れした話しかただったということですか？」そう私は訊ねた。

「いや、そんなんじゃなくて。何だか人格が変ったような。テンションの高い話しかただったみたいな」

人は、服装と、話しかたが変り、名を名乗らなければ別人と感じるものだとママは、しみじみと言った。

「山野辺哲の家内です」と自分から名乗り、「主人が、こちらや、新海さんという方にも御迷惑をおかけしたそうで」

それから連絡を断っていた理由を述べたそうだ。色々と一人になって考えたいできごとがあり、家を離れていたのだという。自分なりに気持の整理がついて、先日帰宅したら、こちらに御無理をお願いしていたということを知って、挨拶《あいさつ》にうかがったのだと。

その後、依頼してあった調査は不要になったということをママに伝えたという。しきりに自分の行方をどこまで調べていたのかということを知りたがっていたらしい。マスター夫婦にすると失踪《しっそう》していた本人が、そう言ってきたことで最初は単純に一件落着だと考えていたらしい。だが、あまりに私の調査内容に執着するので、少し変だと思い始めたということなのだが。

また私に挨拶に来たいと言って去っていったという。

山野辺哲の口から私に、調査の中止はすでに伝えられている。加えて、香代本人が帰ってきたことは知らなかったが、本人がわざわざ会いに来たとは、それだけの理由ではないような気がしてならない。

「変なカードをばらまいているグループに、きっと山野辺さんの奥さんも関わっているんだよ」

小夢ちゃんが、そう指摘した。私も、それは確実だと思っているが、口にすることははばかっていた。小夢ちゃんは、直感でモノを言うし、その直感はかなりの確率で当っていることが多い。小夢ちゃんの同意を得たがる眼に私はうなずいてみせた。

一般的には、カード異獣の侵略は何かが変だとは思っても具体的には、その実態はわからないだろう。私が、カードに執着し、調査を進めていることは、唯一《ゆいいつ》、彼らの秘密が世に出る可能性であるはずだ。裏を返せば、私の口を封じておけば、カードのことに疑いを持つものは皆無ということになる。

真実が何かは、断言できないが、現象面の異常さを私は見続けてきているのだ。

「きっと、新海さんを狙《ねら》ってくると思う。たぶん、カードの連中、新海さんに焦点を合わせてると思うから」

小夢ちゃんがそう言いきった。「山野辺さんの奥さんは、きっと偵察みたいなものだったと思うよ」

サンドイッチを頬張る小夢ちゃんの口の動きが止まった。ママの方を凝視している。ママとマスターが口を半ば開きかけていた。カウンターの中から、窓の外を見ている。

「振り向いたら駄目」

そう言ったのは小夢ちゃんだった。「窓の外に人が集まっている」

38

私は振り返らなかった。小夢ちゃんが、マスターに訊ねた。

「何人くらいいるの？」

マスターは声を出さずに口を動かしていた。人数を数えているらしい。

「少なくとも……見える範囲で、三十人以上いる。皆……『そめちめ』の店内を見てる。見えるはずはないんだが、中から外の様子は見えても、外からは店内は見えないガラスだから。でも……じっと見てる」

私も、ゆっくりと振り向こうとした。

外に、点々と人が立っていた。斜め前の病院の駐車場。電信柱の陰。自動車に乗ったまま立ち上っている男。しゃがみこんでいる中年女。肩の上に載せた杖《つえ》に両腕をからませている老人。車の中から窓ガラスに顔を寄せ合うようにしてこちらを見ている男たち。

それぞれの日常生活から切り離され、しかも、周期的に視線はこちらに送られていた。歩いている若い女も、左から右へ通り過ぎていく。過ぎ去ったと思った十数秒後、同じ女が今度は右から左へとゆっくりと歩いていく。

彼らは「そめちめ」前に集結し、それ以上の行動は起そうとはしていない。今のところは。

全員が集まって、力ずくでここへ流れこんできたら、私たちには制止することができないだろう。彼らが一気に積極的な手段に訴えないのは、何やら理由があるのだろうか。

動いている連中の行動パターンを見ていると、何となく不自然な気がする。わざとらしいというより、人間の行動としてちぐはぐな気がしてならない。

ゾンビ映画で、無気力で脱力したようなゾンビたちの人間離れしたウォーキングがあるが、あれともまったくちがう。一見、人間らしい。だが続けて見ていると、何かがちがうとわかってくる。人間の行動を巧妙に模倣《もほう》している。そんな感じだ。

「新海さんが出てくるのを待っているのかなあ」

小夢ちゃんが不安そうに言った。そうかもしれない。彼らは、攻撃をかけてきたりはしない。今のところは。

眼をこらして見た。

それぞれの人々の肩から、異獣たちの身体がニョロニョロと伸びている。人々の動きは緩慢に見えるのだが、異獣たちの動きはやたらと激しい。近くの異獣と罵《のの》りあったり、嚙《か》みつきあおうとしていたり。こちらを睨《にら》みつけていたり。

あまりの凶々《まがまが》しさに、あわてて視ることをやめた。

私たちが外へ出てから決着をつけようと考えているのだろうか。ある種の兵糧《ひようろう》攻めというのか。

「こりゃあ、今から客が入ってくる気配はないなぁ」

マスターの言葉が間が抜けて聞こえる。

不思議なことがある。

彼らは、一定以上、「そめちめ」のビルに近付いてこないのだ。何か理由があるのだろうか?

それとも彼らは私たちの監視をすることだけが目的なのだろうか。

何故《なぜ》、一般の〝汚染〟されていない人々はこの「そめちめ」の周りを通らないのだろうか。それほどに異獣たちの侵略が進行しているということか。それとも、一般の人たちも気味悪がってこの通りへは入ってこないのだろうか。

陽も傾いてきていた。

ママがマスターに言った。

「今日は、もう店、閉めちゃおうか」

「ああ、商売にならないし、何となく厭《いや》な雰囲気だし」

マスター夫婦は、うなずきあっていた。

ママがカウンターから出て、窓際《ぎわ》へ行く。小夢ちゃんも、ママがロール式のサンシエードをおろす手伝いをする。

「また増えてる」

小夢ちゃんが私の方を見て顔をしかめてみせた。

「駐車場の自動販売機の陰にも何人もいるんだよ。こちらからは見えないと思ってる」

あれだけ集っているのは十分に不気味だ。加えて、隠れている奴《やつ》までいるとは。

何故、「そめちめ」の店内に入ってこようとしないのかが、不思議だった。

ふと、唐突にある場面を思い出した。私たちが、荒戸に助けられる寸前のことだ。

あのとき、憑依《ひょうい》された警官は、私たちに追いつこうとして、小夢ちゃんの襟首まで手を伸ばした。

ところが、警官は、小夢ちゃんを捕えることまではしなかった。まるで、不意に諦《あきら》めたかのように見えた。

何故だろう。

警官はその気になれば、小夢ちゃんを捕え私まで足留めすることが十分に可能だったはずだ。

理由は、小夢ちゃんの背後霊にあるとしか思えなかった。

黒猫。

小夢ちゃんの背中にいる猫を見た。唸《うな》るように口を開いて外を見ている。両耳は興奮のためか、尖《とが》らせて後方を向いている。全身の毛を逆立てて。

ひょっとして、あの憑依異獣の天敵は、猫じゃないのだろうか。

そういえば、「そめちめ」に入るときも、猫を見た気がする。

「あの……植えこみのところ見てもらえませんか？」

「植えこみ？」ママが首を傾《かし》げた。

「ええ、猫がまだいるかどうか」

「猫？」

ママが、おろしたばかりのサンシェードの間から外をうかがう。

「あ、本当に。いるよ。猫。十数匹いる。いや、もっとかね。いつの間に集まったんだろうね」

私のイメージにあったのは、植えこみ付近でたわむれていた三匹の仔猫《こねこ》だ。私も、窓際へ寄って外を見る。確かにママの言うとおりだ。仔猫だけではない。どこから集ってきたのか、飼猫か野良《のら》猫かもわからない。シロ、クロ、トラ、キジ、三毛。まさに雑多に猫たちが「そめちめ」の窓の下から植えこみにかけている。寝そべったり、伸びをしたり。町内の猫が召集をかけられたように。

異獣たちの天敵が猫だとすれば、「そめちめ」のビルを取り囲んでいる連中が、近付けないのはそのためだろう。

「猫って、不思議な動物なんだよねぇ」とママが感心したように言った。

「なにが?」とマスターが問いかける。

「私が子供の頃に飼っていた猫だけれど、見えないものが見えるんじゃないかって、いつも思ってた」

それは私には初耳だった。マスターも聞いたことないぞという顔で首を傾げていた。

「見えないものが見えるって、新海さんみたいに背後霊が見えるってことかい?」

「背後霊ってことだけじゃないと思うけど。その猫、ウリちゃんって名だったんだけれど、ときどき、宙空を見て唸っていたり、興奮して総毛立ったりしていたの。でも、その宙空には、何もいなかったのよね。ウリちゃんは、気配とか感じたら、それを視《み》ることができたんじゃないかなあ」

それが、本当なのかどうかはわからない。しかし、私にも様々なものに憑《つ》いているものが見えたりしているから、動物にそんな能力が備わっていても不思議ではないと思う。

「ひょっとしたら、あの猫たちは、異獣に憑かれた人たちから、私たちを守るために集まってくれたのかなあ」

そう小夢ちゃんが言った。それは、直感的なものだったはずだ。

「あの連中、猫があまり好きじゃないことは確かだと思う」

私もそう言った。

異獣たちが、猫を天敵と考えているとすれば、猫たちも、自分たちと相容《い》れない存在の出現を本能的に感知して集結したのかもしれない。

そして、異獣に取り憑かれた人々は一定の距離を保って「そめちめ」に近付けずにいる。私たちにとってはありがたいことだが。

「私、前は、猫が嫌いだったのよね」

小夢ちゃんは、そう言った。

「でも、今は、猫があんなに集まってきていても何ともないの」

その小夢ちゃんの肩の上から外を睨んでいた黒猫が、今、威嚇《いかく》するように大口を開いた。それに同調するように、不思議なできごとがあった。

外の植えこみの猫たちが、いっせいに鳴いたのだ。低く途切れないように。

外でうろついていた連中の動きが、その瞬間、スイッチを切ったかのようにいっせいに静止した。まるで、時間が止まったかのように。

眼をこらした。

人々の肩にいた異獣たちの姿が消えていた。肩からうっすらと光を放っているから、異獣たちは、体内に身を隠してしまったらしい。

猫の唸り声が途絶えたとき、再びゆっくりと人々は動き始めていた。

確かに、猫の群れは、異獣たちを牽制《けんせい》する効果は備えているようだ。

窓ガラスが、パチンと音を立てた。

「何？　今の音」

ママが不安気に私を見る。

「石を投げつけてる」

窓の外を見ていた小夢ちゃんが、そう言った。

39

まず最初に考えたのは、異獣の人々が「そめちめ」の窓ガラスを割ろうとしているのではないかということだった。

そうではなかった。

外の数人が、植えこみに集結している猫たちを追い散らそうとして、石を投げているのだった。その小石の一つが何かに当って、窓ガラスにはね返ったらしい。

「もう、お店をクローズしちまいましょうか」

ママが、そう言った。

「ああ、そうしよう」

マスターは、そう決断して、カウンターのテレビをつけた。「何だか、今日は変なことばかりで、テレビもつけないままでいた。世の中じゃ、いったいこの状況をどんなふうに受けとめているのか。ひょっとして、これは、熊本だけなのかねぇ」

ママは入口の表示を「営業中」から「準備中」に吊《つる》し替え、内部からロックした。

テレビは、何の代りばえもしない番組を流していた。時代劇らしいテレビドラマの再放送か。NHKでは大相撲の中継中だった。全国版のニュースショーでは、国会議員の失言問題のニュース。熊本の一地域で徐々に進行しつつある異変など、何の興味も示されていない。というより、まったく表に出ていないというべきか。

「なんにも言いませんねぇ」

ママが、がっかりしたように言った。

「誰も、こんなこと知らないのかしら。知らないうちに進んでいるということなのかしら」

マスターが再び、チャンネルを切り替えた。地元のテレビ局の夕方のニュースショーだった。新しくオープンした阿蘇の温泉施設の紹介を若い女性レポーターがやっている。テレビで見る限り、熊本という地域は平穏無事を絵に描いたようなものである。

「多分、そうでしょう。一般の人が、異獣に取り憑かれている人を見ても、まったく見分けがつきませんからね。他の人たちに説明のしようがありません」

コーナーが代わって地元のニュースになる。東南アジアからの研修生が農業試験場で意見交換するニュース、嘉島町に大型ショッピングセンターがオープンするニュースが続いた。やはり、熊本は平和そのものだ。それからの小事件のニュースは、少し気になる。自宅近くの公園で遊んでいた小学生の男の子の首筋にホルマリンの原液をかけて火傷《やけど》を負わせた変質者の事件。十匹以上の野良猫が空気銃で射殺されていた事件。いずれも熊本市内でのできごとだ。

「これ、あの人たちじゃない？」

ママが顔をしかめて言った。

「そうかもしれないけれど、一般の人たちは、ただの変質者の仕業くらいにしか考えないんじゃないかなぁ」

マスターが、そう言った。

これ以上「そめちめ」に居ても仕方がない。マスター夫婦に迷惑をかけるだけか……とぼんやり考えてはいたが、じゃあどうするのが一番かという確かな手だてを思いついているわけではなかった。

だが、先手を打ったのは小夢ちゃんだった。

「新海さん。しばらく自分の部屋へは帰らない方がいいと思う」

「何故だ」私は形式的にそう問い返した。小夢ちゃんに言われるまでもなく、そのような気がしてはいたのだが。

「新海さんの部屋を、あの人たちはもう調べはつけていると思うの。あの人たちは、新海さんが部屋に帰って一人になるのを待っているんだと思う。新海さん一人なら、鍵《かぎ》かけていても、どんな方法を使ってでもこじあけて、乱暴なことを仕掛けてきても誰にもわからないから」

マスター夫婦も小夢ちゃんの意見に賛成した。

「そうだ。一人っきりにならない方がいい。私たちも、新海さんがいなくなってしまったら、心細い。落ち着くまで、ここにいてくれないかなぁ」

それもそうだ。マスター夫婦は、この二階に住んでいる。部屋を訪ねたことはないが、このまま二人っきりにするのも気がかりだ。

「私、二階の部屋まで上るのも気味悪いわ」

そうママが付け足した。

「わかりました。マスターとママの気がすむまで、ここに居ましょう。でも、私も、腕っぷしは駄目ですから、屁《へ》のつっぱりにもならないかもしれません」

私はそう答えた。それでマスター夫婦が安心してくれるのならお安い御用だ。

「私もいるよ」

即座に小夢ちゃんもそう宣言した。

「小夢ちゃんは危いから、部屋に帰っていた方がいいんじゃないか。お母さんのことも心配だろう」

私がそう言っても、小夢ちゃんは首を横に振る。そして小夢ちゃんの首にシンクロするように、彼女の背中の黒猫も首を振っていたのだった。

「大丈夫。お母さんには、絶対に外に出ないように言ってるもん。三人より四人の方が絶対に心強いに決まってるんだから」

小夢ちゃんはそう断言して腕組みしてみせた。

「そめちめ」に籠城《ろうじょう》決定のようだ。かと言って、何ら名案が浮かぶわけではない。

テレビのニュースが終り、再び温泉施設の紹介に戻っていた。今日は新しい温泉施設紹介の特集らしい。ニュースの前に紹介していた阿蘇の施設とはちがっているし、レポーターもちがう女性だ。今度は、熊本空港近くにオープンした第三セクター運営の施設の紹介だった。

四人とも、手持ちぶさたで、ぼんやりとその映像を眺める。

「いいねぇ。店を休んで一日ぼーっと温泉三昧《ざんまい》してるってのも憧《あこが》れるけどねぇ」

頬杖《づえ》をついてママが、そう言う。この状況で、そんな科白《せりふ》が言えるというのは、呑《のん》気《き》と言うべきなのだろうか。

「そんな愚痴言っちゃいけないぞ。このお店を開きたいって望んだのは、ママの方なんだぞ。何かやっていないと生活の張りがないって言い張るから」

マスターは、洗いものをしながら仕方なさそうな口調で言った。

「そりゃそうだけど」とママ。

テレビの画面では、温泉併設の食事処で、レポーターが名物の豆腐料理を口にはこんではしゃいでいた。「柔かくてクリーミィな豆腐ですねぇ」とか「厚揚げも揚げたてで、ほんとゼータクって感じです」と煽《あお》るような紹介をされると、かえって行ってみようかという気が、私の場合、失《う》せてしまう。

「あれ！」

小夢ちゃんがテレビを指差した。

「どうしたんだ」

私が訊《たず》ねると、迷ったように小夢ちゃんは言った。

「あの、喋《しゃべ》ってる人の後ろの席に座っている人の肩」

テレビのレポーターは身体《からだ》を揺らすように早口で話すため、その後ろの席というのがよく見えない。

見えた！

私にしか見えないものがテレビの画面に映っている。

「あれでしょう。新海さんに見えるものっていう獣は」

小夢ちゃんが、興奮している。

「同じだ。あのカードのコピーで現れた獣と」

ママが腰を下していた椅子《いす》から立ち上った。マスターも目を丸くする。

後ろ姿で座っているテレビの男は、レポーターのかなり後方の席にいるようだ。しかし、その背中から白い半透明の異獣が伸びあがっているのが、はっきりと見えるのだ。

背後霊はテレビではまったく見ることができない。ところが、異獣たちは、テレビには映りこんでしまうのだ。一般の人々には肉眼で見えなくてもカメラのレンズは被写体としてとらえてしまうらしい。

ひょろひょろと伸びていた異獣は、何かを感じたのか、あわてて宿主の体内に潜りこんでいった。

「見た？　ママ」とマスターが興奮する。

「見た!!」とママ。「新海さんの言ってたこと、もちろん信じてはいたけど、やはり本当だったんだ」

「ほら、獣が背中に潜った人。肩のところ。ぼんやり肩が光っているよ。新海さん、あんなふうに見えるの？」

小夢ちゃんは、ぴょんぴょん飛びはねていた。なるほど淡く光っているが、白っぽい光で、私が肉眼で視るときとはちがう。だが、だいたいの感じは、そうだ。

「ああ、そうだね」

マスターが引き出しの中の何かを探していた。

「あった」と言って取り出したのは、薄型のデジタル・カメラだ。

「カメラなんかどうするの？」

ママが不思議そうに訊ねる。

「いやぁ、テレビであの獣が映るんだったら、デジカメでも、あの獣が見えるはずだって思ったんだ」

マスターが得意そうに、カメラの背を見せる。

窓際《ぎわ》へ行って、サンシェードの間から、外の様子をうかがった。

「あれっ？」

マスターが拍子抜けしたような声を発した。

「外にいる連中、いつの間にか姿を消しているよ」

40

マスターが言ったことは、間違いなかった。私も、この眼で確認した。あたりは、薄暗くなりかけていた。そしてあれほどあたりをうろついていた連中の姿は、まったく消えてしまっていた。

それが、かえって不気味だった。

小夢ちゃんが、がっかりしたようにつぶやいた。

「いなくなってる」

どうも、小夢ちゃんにしてみれば、この異変はお祭の延長のような感覚であるらしい。

「猫は？」とママ。

「猫もいなくなってる」

マスターが不安そうな顔だった。

「なんか、もっと大きなことが……大変なことが起るんじゃないか？　そんな気がする」

マスターのその発言に、ママが「どうしてそう思うの？」と問い返した。

「ほら、津波の前を思い出したんだよ。津波の前は、海岸線から、水が遠くまで引いてしまうんだってさ。ちょうど今みたいにね。その後、津波がどっと押し寄せてくるらしい。連想するんだよね。こんなに静かになっていると」

津波現象と異獣たちの行動は根本的にちがうだろうが、奴《やつ》らの行動は私たちの常識を超えているから予測はつかない。しかし、これだけ静かになると、まるで嵐《あらし》の前の静けさのようで、かえって不気味だ。

インディアンの大軍に取り囲まれていた騎兵隊が、あっという間にインディアンが消えてしまっていたら、皆、どう反応するのだろうか？

「猫が追いはらってくれたのかなぁ」

小夢ちゃんが言った。

可能性はあるとしても、それは、わからない。私たちは、カウンターに戻り、再びテレビの画面に眼をやった。

温泉施設の紹介コーナーは、今、終ろうとするところだった。生中継だったらしく、スタジオと中継のレポーターが話していた。スタジオのアナウンサーが、温泉施設のレポーターに「いや、本当においしそうなところですね。私もぜひ一度行ってみたいと思いますよ」とコメントを述べている。しかし、レポーターの後方にいた男の肩から伸びていた存在についての言及は、まったくなかった。

アナウンサーには見えなかったのだろうか？　気がつかなかったのだろうか？

そんなはずはないと思うのだが。ひょっとして、この中継に関しては、すでにシナリオがあって、コメントもアナウンサーにはシナリオどおりに進めることが要求されているのかもしれない。だから、彼らにとって気がつくか気がつかないか程度の〝少々〟の異変は無視してしまうことになるのかもしれない。これが、火事や地震だったら、無視するわけにはいかなかったはずだ。だが、心の隅で「霊が映りこんでいる」と感じた程度では、番組の性格上、流れを変えることにはならないのかもしれない。

そんなことをぼんやり考えた。すでにレポーターは立ち位置を変えていたから、例の異獣の背後霊を持った男はわからず仕舞いとなったが。

「さぁ、今日は素晴しいゲストをお迎えしております」

そう、アナウンサーが言った。

「熊本発信、期待の新星。荒戸かずよしさんです」

私は、再び眼をテレビに向けた。

荒戸だ。さっき出会ったときの襟にラメの入ったスーツを着てマイクを握り、カメラにむかっていた。「板場旅情」の曲が流れる。のっけから唄《うた》い出すらしい。ローカルニュースショー。温泉紹介、ニュース、演歌ショーと何でもありの構成ということだろうが、その脈絡のなさに、やや呆《あき》れた。

荒戸は、まったくアガッた様子を見せない。どころか、コブシの効かせかたに、また工夫をこらしたらしく、すでに数十年のキャリアを積んだというような堂々たる成長ぶりを見せていた。

「この人、さっき車に乗せてくれた人だよね」

小夢ちゃんが、飛びあがって指差した。彼女にとって驚きだったのは、自分の知っている人が、本当に歌手であり、しかもテレビに出ているということだったろう。

「そうだ」

私が答えると、興奮さめやらぬ様子で、「本物と同じだよね」やら「かっこいいよね」と跳びはねながら叫び、居ても立ってもおられなくなったらしく、「母さんに、教えてくる。私の知ってる人がテレビで唄ってるって」

小夢ちゃんは私たちの返事を待たずに入口のロックをはずすと、「すぐに戻ってくるからね」と言い残して、飛び出していった。

確かに、画面の荒戸は、うって変って、かっこよかった。きっと部屋に戻った小夢ちゃんは、大はしゃぎの得意満面で母親に知らせることになるのだろう。

マスターとママは、不思議そうだ。

「何で、この歌手は、新海さんの知り合いなの？　小夢ちゃんもあんなに喜んで。新海さんは引きこもりと思っていたら、意外な人も知っているんだねぇ」

ママは感心したようだ。

「なかなか、歌もうまいじゃないか。若いポッと出のタレントなんかの歌といったら聞けやしないけど、この新海さんの知り合いの歌手は中々だよ。筋金が入ってるねぇ。歌唱力があるよ。本物だよ。この年齢でデビューってのは、ずいぶん苦労した人なんだろうねぇ」

マスターも感心して何度も首を振る。

「新海さん。どこで知り合ったの？」

私は、二人に荒戸和芳《かずよし》と知りあった経緯をかいつまんで話してやった。ホームレスだった荒戸の背後の貧乏神らしき憑《つ》きものを粗塩ではらってやったこと。カラオケスナックでの肥之国《ひのくに》放送のディレクターとの出会い。そしてそれが熊本発信全国ブレイクにつながりつつあることなどだ。

「何だか、ヒョウタンから駒《こま》が出たような話に聞こえるけれど、全部、新海さんが悪霊をはらってやった結果ということなんだろうね。悪霊がいなくなって、その荒戸さんが本来持っていた潜在力が花開いたということかねぇ。新海さん、いいことをしてあげたねぇ。見直したよ」

マスターも感心したように、そう感想を述べた。

そのときだった。

喫茶店「そめちめ」の入口が開いた。小夢ちゃんが戻ってきたのかと思った。だが、そうでないことは、マスターの表情を見てわかった。

小夢ちゃんが、「そめちめ」を出たとき、私たちは入口をロックしないままにしていたのだ。

五人の人影だった。直感的にしまったと思った。奴らに侵入された。

「こんばんは。失礼します」

そう声がした。女の声だ。私は、椅子から立ち上った。何て緊張感の欠如した行動だったのかと私は後悔した。小夢ちゃんが部屋に行ったときに、すぐに入口をロックしておくべきだったのだ。

入ってきたのは、男三人と女が二人。見覚えがある。女が先頭に立っている。小柄な女で、年の頃は三十代はじめくらいか。バイクスーツを身につけている。広島照子の家の近くで見かけた女にちがいないと思った。

そう、彼女が、山野辺香代なのだ。

そして、残りの四人の男女の中には、山野辺香代の夫である山野辺哲の姿も見える。それ以外の男女は、見たこともない連中だ。スーツ姿の男、ポロシャツ姿の女、M・K・P㈱のカーキ色のジャンパーを着た男。年齢も、ばらばらだ。スーツの男など前頭部が禿《は》げあがっていた。

眼をこらした。

五人の侵入者の肩から、異獣たちが伸びあがっていた。銀色の光を放ちながら、ヘラヘラと笑っている異獣。隣の異獣に吼《ほ》えたてている奴。香代の異獣だけが、形が少しちがっていた。

彼女に取り憑いている異獣は、他の四体より、ひと回り大きい。そして一角獣のように頭から一本、角が突き出ている。

他の四体と、格がちがうのだろう。

「な、何、あなたたち。店は、もう今日は終ったのよ。出ていって」

そうママが叫ぶように言ったが、五人は誰もそれには応《こた》えようとしない。

カウンター内から、マスターがあわてて、さっきのデジタル・カメラをかまえて、ファインダーを見た。

「ほ、ほんとうだ。見える。この人たちに取り憑いてるものが見える」

そのカメラをママがとりあげて覗《のぞ》く。

大きく口を開いて呆れていた。首を振るだけだ。ママが何に呆れたのか容易に想像がつく。ママもマスターも私が見ているものと同じものを見たのだから。

「山野辺さん」

私は、そう呼びかけた。

「はい」

「はい」

山野辺哲と香代が同時に返事した。無表情のまま。

「私に御用なんですか?」

そう問いかけると、二人は、表情はそのままで、大きくうなずいてみせた。

この二人は、完全に山野辺哲と香代でなくなっているわけではない。記憶は残しつつ、異獣たちに行動を支配されているということなのだろうか。

「新海さん」

山野辺香代が私の名を呼んだ。

41

「はい」

そう私は答えるしかない。「調査費用の残りは、お返しにあがったが、受け取って頂けなかった」

間の抜けた答を返しているというのは承知の上だが、時間稼ぎの方法が思いつかない。とにかく時間稼ぎして、マスター夫婦に危険が及ばない方法を考え出す必要がある。

「何度も警告があったはずですよ。それを、新海さんは、守ってくれなかった。いつまでも首を突っこみすぎた。もっとも、主人の背後霊のチェンジに時間をかけすぎたのが、ミスだったのだけれど」

そうだ。最初に山野辺哲に会ったときは、背後霊は見えなかったものの、異獣に憑《ひょう》依《い》されている気配はなかった。初めて山野辺哲が異獣に支配されていると気がついたのは、昨夕に彼の部屋を訪ねたときだ。

「試作カードは、活性化に時間がかかったから」

そうか香代は言った。現在、連中が〃侵略〃に使っているのは改良品ということなのか。それで、荒戸から預かったカードは、我々の誰にも影響を与えなかったということになるのか、と安心する。

「警告とは、おかしな連中を使ってカードのことから手を引かせようとしたこともですね」

山野辺香代の頭上の異獣と、彼女の首がシンクロして、そうだというようにうなずいた。

「まだ、ウェ※ガ※ッの絶対数が少ないときだったから、あの時点では下級霊を使わざるをえなかった。下級霊は下級霊の働きしかできないことを認識したわ」

聞きとれない単語だ。〃ウェ※ガ※ッ〃というのが異獣たちのことなのだろうか。

「下級霊って、背中に憑いているお前たちは、何者なんだ?」

五人は、交互に顔を見合わせた。異獣と憑依されている人間が、同じような動き、同じような顔付きになっているのが不気味だった。

「私たちは、長い時間閉じこめられていた。やっと解放されたのよ」

香代が答えた。

「縄文土器から出てきた金属のことか？　あの中に閉じこめられていたというのか？」

私が訊《たず》ねると、五人は嬉《うれ》しそうにクククと含み笑いを漏らした。

「そう。あれは源頼政《みなもとのよりまさ》が空舟《うつおぶね》と呼んだもの。私たちはお前たち人間が鵺《ぬえ》と呼んだ存在よ。私たちは自分のことをウェ※ガ※ッと呼んでいるけどね。別に私たちに他意はないの。ただ、捕えられ封印されてウェ※ガ※ッは八十億体まで分裂してしまった。人間一人に一体が共存するのが、一番いいのよ。私たちウェ※ガ※ッと人間が共存しようと思っているだけ。人間は、私たちの共生に一番適しているから。それを進めるのが、何故《なぜ》、いけないの？　邪魔して欲しくないの。人間が誰も気付かないうちに、共生関係に入ってしまうことが、一番いいの」

「何が、共生関係だ。心を乗っとって支配しようとしているだけじゃないか。おまけに人間の背後霊まで抹殺している」

私が反駁《はんばく》すると、五人は黙って私を三白眼で凝視《みつ》めた。

「人間のためにもいいのよ。あなたたちの社会は、個体それぞれが、考えも行動もばらばらでしょう。そんな効率の悪い社会ってないわ。私たちと共生することで、人間は皆、自分で考える必要もなくなる。幸福になれる」

そう聞くと呆れてしまった。そうだ。やはり、博物館で紛失したという金属は、すべての元凶だったのだ。

「殺したんじゃあ、自殺した博物館員というのは、やはり、お前たちが殺したのか?」

「殺したんじゃないわ。あの人間が耐えられなかっただけ。一度に三千万のウェ※ガ※ッが乗っかったんだもの。それでこわれちゃったのよ。だから、学習したのよ。一体の人間に一ウェ※ガ※ッだけって。そして、最初のメンバーが先発隊として、古代史セミナーの会員たちと共生して行動を開始したのよ。博物館員は、私たちで自殺に見せかけたというわけ」

「もう、お前たちの正体は、人間にはわかりかけているぞ」

私は、強がってみせる。それに嘘《うそ》ではないはずだ。香代が笑った。

「普通の人間には、私たちの存在はわからないはずよ。見えないんだから。普通話しているだけでは、まったくわからないはず。でも、新海さんはちがう。あなたは、特殊能力者ね。私たちの背後にいるウェ※ガ※ッまで見えているようね。だから、人間との共生の浸透のために優先事項から解決していかなきゃならないってわかった。新海さんたちから、共生していくことが、一番効率的だって思うから」

つまり、私を連中の仲間にして、口封じしてから行動を起すつもりらしい。

「私と共生するっていうことは、私の背後霊を喰って、お前たちの仲間を乗せるということか?」

五人は、私が話している間は微動だにしない。話し終えると頭上の異獣たちがかしましく騒ぎたてる。その様子に知性などまったく感じられない。

香代が言った。

「そう。まちがっていないわ」

「ということは」私は疑問に思っていたことを口にした。「私の背中にも、霊はついているのか?」

「霊? ああ、見えるわ」

やはり、そうか。私の背中にも霊はいるのだ。自分自身の眼で見ることはできないが、誰かの霊が私を守っていてくれるらしい。

それは、やはり那由美なのだろうか。那由美は私とともにいてくれるのだろうか。もし、そうだとしたら異獣たちの餌食《えじき》に那由美をさらすわけにはいかない。何とか、守ってやらなければならない。

どんな霊が見えるんだと、私が口を開きかけたとき、マスターが先に叫んだ。

「わかるぞ。お前たちは、わからないと思っているかもしれないが、お前たち化物の正体はわかるぞ」

マスターの右手にはデジタル・カメラがある。

「私たちは、肉眼ではたしかに化物が憑いているのを、見ることができないが、カメラのファインダーを通してちゃんといることがわかるんだ。取り憑いて身体《からだ》の中に潜りこんでもちゃんと、肩が光っていて、そうだとわかるんだ」

マスターはカウンターの上でデジタル・カメラを滑らせた。異獣に憑かれた男の一人がカメラを手に持って覗きこみ、驚きの表情を見せた。その隣の男にまわす。隣の男が、あんぐりと口を開いた。それから、ややかん高い声を発した。ウェ※ガ※ッと言うとき何ヵ所か聞きとれない発音があったりするが、そのかん高い声のときは※音の連続なのだ。他の連中も、※音でそれに答えた。そのときの連中は、とても人間とは思えない。

五人が、かわるがわるファインダーを覗きこみ、悔しそうな唸《うな》り声をあげた。その光景も非人間的だ。日本昔ばなしで、化物たちがいさかいを始めているといった光景を私は連想していた。こいつ等と〝共生〟を始めた世界が、秩序だった効率の良いものになるという主張は嘘っぱちだ。

こいつ等に私の背後霊の正体を教えてもらう気持は急速に失《う》せていった。

香代が、デジタル・カメラを床に投げつけた。それから、かん高い意味不明の叫びをあげた。

男たちが、三人、例の忌《いま》わしい銀色のカードを手に持ち、私に見せた。

三枚のカードということは、私とマスターとママの分だということか。

再び香代が、何ごとかを叫ぶ。

彼女の命令で、男たちは、私にじりじりと近付きはじめた。それからの展開は容易に予測がつく。私はじりじりと後退して、男たちに壁際《ぎわ》まで追いつめられる。逃げ場を失い、取り押えられる私。そして、私は彼らの銀色のカードに潜んでいる異獣に背後霊を食べられてしまうのだ。代わりに異獣が一体、背中に乗っかるのだ。生命をとられてしまうことはないだろう。その瞬間、どんな感じなのだろうか。自我をなくしてしまうのか。痛いのだろうか。変なものに考えかたが支配されてしまうということか。趣味や嗜好《しこう》まで、がらりと変ってしまうのだろうか。そんな、とりとめのないことを考えている自分がいる。

横眼で、カウンターの中にいるマスターとママを見た。女が一人近付こうとしているが、カウンター内でママが出刃包丁を両手で握りしめてかまえている姿が見えた。

さすがだ。マスターは、ママの背後で、おろおろとしていた。こちらは三人が相手ということか。腕力に自信のない私は、「近付くな」とか「やめろ」と無駄な科白《せりふ》を言っているだけだ。奇蹟《きせき》でも起きないと、この危機は回避できないなと、ぼんやり考えている私がいる。

那由美！　私の背後霊としているのなら、この状況から逃れる方法を教えてくれ。

奇蹟は、とんでもないところで起った。

カウンター内のテレビの中で奇蹟は始まった。

テレビの中で、アップになっていたのは、荒戸和芳《かずよし》だった。

「皆さん聞いてください」

荒戸は真剣な表情で皆に呼びかけた。右手に持ってカメラに差し出しているのは、私たちが貸した銀色のカードだ。

42

五人が「そめちめ」に侵入してきて、どのくらいの時間が経過していたのだろうか。

たしか彼らが侵入してきたときには、テレビ画面では、荒戸かずよしが朗々と「城下町悲恋」を唄《うた》っていたはずなのだが。

店内でのできごとで、画面からは目を離してしまっていた。まだ、荒戸がテレビに出ているということは、それほど時間が経《た》っていないということなのだろうか。

私に迫っていた三人の動きが止まった。テレビの荒戸が、例のカードを持っていることに気をとられたのだ。山野辺哲と二人の男はテレビに顔を向けていた。三人の背中から伸びあがっている異獣もテレビに顔を向けている。

「私は、今日、この奇妙なカードを入手しました。テレビ局で、このカードについて実験をしたのですが、これは、皆さんにとって、危険性があるカードだということがわかりました。ですから、番組で時間を頂いたのです」

荒戸は、一語一語を選ぶように、そう言った。カードについて発言している。公共の電波を使って。

それが、私にとっても意外だった。荒戸が、自分の曲を披露するのはわかる。その合間にアナウンサーが、近況や、荒戸の人となりについて質問して、それに答えるというのであれば、それはわかる。今は、自分の曲とはまったくちがう内容について、話そうとしているのだ。

テレビ局で何があったというのか。何かがあったからこそ、こうやってカードの話をすることができるのではないのか。

荒戸は続けた。

「この奇妙なカードを本日、ある方を通じて私は、数枚、手に入れることができました。その方から、同時にこのカードの危険性についても聞くことができました。その話は、にわかには信じることのできない話でした。その方によると、このカードには我々もまだ知ることのない邪悪なものが封印されているということです。それは、我々の目では直接見ることはできないということでしたが、ビデオをご覧ください。番組が始まる前に撮られた映像です」

画面が切り替った。黒いポロシャツのディレクターらしい男と荒戸がソファに座っている。灰皿がテーブルに置かれていた。その上でカードを荒戸が持っている。黒いポロシャツの男が、ライターに火をつけて、荒戸が持つ銀色のカードに近付ける。いいですか……というように荒戸にうなずいてみせる。いいですよ……というように荒戸もうなずき返す。

炎が、銀色のカードに燃え移る。その炎は急速に燃え拡《ひろ》がり、荒戸があわてて灰皿に、そのカードを落す。

「大丈夫ですか」と小声でディレクターらしい男が言っている。荒戸が燃えさかるカードを指で差し、カメラ目線になった。

「映してる？ 映してる？」そう、荒戸がカメラマンに声をかけているのがわかった。

炎が、灰皿の中のカードから不自然なほど高くあがった。

画面の外から、荒戸が解説を付けようとする。

「皆さん、よく目をこらして画面を見てください。スタジオの外で録画したものです」

カードの真上に、ゆるゆると白く細長い異獣が伸び出していくのが見えた。ビデオカメラには、はっきり異獣の姿が映りこんでいるのがわかる。

「このときの映像では正体不明の獣の姿が、映りこんでいるのがわかりますが、このときカードを燃やしている私たちの目には、何も見えていないのです。カメラの眼だけが、この現象を捉《とら》えることができるのです」

その証拠に、荒戸とディレクターの目線は立ち上がり身悶《もだ》えする異獣には向けられていない。

それから、炎は異獣本体を包み、異常なほど炎が高く伸びる。そこで初めて、異獣の輪郭を炎が形どることがわかるのだ。

荒戸とディレクターが耳を覆《おお》った。異獣が断末魔の叫びをあげたのだ。

私は、立ち尽くしたままの三人の男の表情を見た。三人ともが、あんぐりと口を開いていた。その背の異獣たちも、ただでさえでかい眼玉を見開いている。

山野辺香代などは、カウンターに両掌《りようて》をついて喰いいるように画面を見ていた。

「映ったか？　大丈夫？」

ディレクターらしい男が、叫んでいるところで、画面がスタジオに戻った。

「これが、奇妙なカードの正体です。ここで、リアルタイムで、私が今持っているカードを、もう一枚、燃やします。いいですか」

カメラが引かれ、台の皿の上で、荒戸はライターでカードに火をつけた。

同様の光景が、繰り返される。

「これは特殊撮影の映像ではありません。このカードは、あなたのまわりに出回っている可能性があります。郵便受けの裏、ドアの上、タンスの中、など皆さんの死角になる場所に貼《は》られている可能性があります。このカードに封印されている〝もの〟の正体は、まだわかっていませんが、大変に危険である可能性があります。おたくを、おたくのまわりをもう一度、確認してみて――」

アップになった荒戸が、何やら驚いたような顔を画面の外に向けた。

カメラが切り替った。

男が、荒戸に向かって突進していく。その男の背後に、異獣が見える。

その男は、テレビ局のマークのついたブルゾンを身につけている。局の人間にも、すでに異獣に支配されている者がいたのだ。何故《なぜ》、その場に飛び出してきたのかは、わからない。

五人の侵入者たちは、全員が、「あの馬鹿《ばか》」といった様子で顔をしかめていた。私が思うに、それ以上、仲間が虐殺《ぎゃくさつ》されるのを見ていられなかったのか。それとも、真実がテレビというマスコミ媒体を通じて暴《あば》かれるのを防ごうとしたのか。

男は、何やらわけのわからない叫びをあげていた。その背中で異獣が猛《たけ》り狂ったように吼《ほ》えていた。

「見えてる」

マスターが呆《あき》れ声で叫んだ。ママは両手で口許《もと》を押えていた。

画面が静止した風景画像になり「しばらくお待ちください」の表示が出た。生番組の性格上、局としては判断に迷ったのか。

「しばらくお待ちください」も十数秒のこと。映像はスタジオに戻った。

同局のニューススタジオの映像だった。司会者でもありニュースキャスターでもあるアナウンサーが、緊張した表情のアップで映し出される。

「映像が突然中断されましたことを、お詫《わ》び申しあげます。さて、さきほど、荒戸かずよしさんのショーの途中から急遽《きゅうきょ》、視聴者の皆さまに警告がありましたとおり、異常事態が進行しているようです。現象の全容は判明しておりませんが、皆さまの周囲で、この銀色の無地カードを見つけられたら、即刻、焼却してください」

異獣に憑依《ひょうい》されたテレビ局員が、数人のスタッフ達に取り押えられる光景が映る。

「ただ今、ご覧頂いている映像は、先ほど、カードの未確認生命らしきものに〝感染〟した局員を、確保しているところです。なお、感染した局員の背後に映っている未確認生命は、肉眼では見ることができません。テレビモニターを通じてのみ、その存在を知ることができるのです」

私は、「やったぜ荒戸かずよし」と快哉《かいさい》を叫びたかった。テレビ局としては、トップクラスの大特ダネだったはずだ。まさか、異獣たちが一般の人たちには見えなくてもテレビではあれだけばっちり映りこんでしまうなんて。

荒戸は、一番効果的な方法で、世間に危機を認識させたのだ。

侵入した五人は、いっせいに私に向きなおった。全員が、三白眼の凄《すご》い形相に変っていた。彼らの計画が、荒戸と私によって妨害されたことに怒り心頭らしい。

「今のテレビを見ただろう」

私は、言った。

「私たちの口を塞《ふさ》いだところで、何の意味もなくなったんじゃないか？　テレビを見た人たちは、大あわてで身のまわりに悪霊のカードがないかチェックをはじめるはずだ。それが終ったら、知りあいに連絡をとりはじめると思う。知りあいが、お前たちに操られていないか。身のまわりに変なカードはないか。今から、熊本はちょっとした魔女狩りブームが起るんじゃないかな」

私は期待していた。そんなふうに軽口っぽく言えば五人は我々を諦《あきら》めて引き揚げてくれるのではないかと。

だが、そういうことは、こちらの勝手な期待に過ぎなかった。

山野辺哲を含む三人の男は、またしても銀色のカードをかざしながら、ゆっくりと私ににじり寄ってくる。

いずれにしても、私は異獣たちに支配されることになるのかと、絶望的な気持になった。

マスターが、コーヒー缶をカウンターの中から男の頭に投げた。コーヒー缶は、見事に作業ジャンパーの男の頭に命中。だが、痛みがこたえた様子もまったくないようだ。

頭を、さするでもなく。

私と三人の距離は確実に縮まっていた。三匹の異獣たちは身体《からだ》を伸ばし、私の鼻先まで代わるがわる顔を近付けてくる。

山野辺哲の右腕が、私の首に伸びてきた。どこまで抵抗を続けられるものか。

43

「やめなさい！」

その声で、山野辺哲の動きが、スイッチが切れたように凍結した。両腕を伸ばし掌《てのひら》を開いたままの形で。

二人は、その後ろで、同様に固まっている。一人は両手にカードを持ち、もう一人は私に近付こうとして。

三人の頭上の異獣たちは、伸びあがって背後を見た。激しく唸《うな》っているように見えた。

マスターでもママでもない。

喫茶店の入口は、まだ開きっぱなしになっていた。

入ってきたのは、小夢ちゃんだ。

「危いから、逃げるんだ」

私は思わず小夢ちゃんに叫んだ。まだ、入口から入ったばかりだ。今のうちなら逃げられる。このまま急いでこの場を離れてくれ。

少なくとも、小夢ちゃんだけは、助かることができる。

でも、小夢ちゃんは逃げなかった。両足を開いて、拳《こぶし》を作り、高らかに宣言した。

「小夢、新海さんを助ける！　みんな新海さんから離れなさい」

私は溜息《ためいき》をつきたくなった。小夢ちゃんの気持は嬉《うれ》しい。私を守ろうという気持なのだから。しかし自分の年齢では、成果が得られないと分かっていても、彼女は、それが正しいと信じこんだらやり抜かずにはいられない。客観的に見て勝算はゼロだ。

……いや、ゼロじゃない。小夢ちゃんの肩に乗っている黒猫の霊が大きく唸ったときは、ひょっとしてと思ってしまった。

いつもは小夢ちゃんの首のまわりで、襟巻き状にふにゃふにゃとたゆたっている黒猫の霊は、今や室内の異獣たちに闘志をむきだしにしている。

五人の肩から伸び出している異獣たちの視線も、小夢ちゃんの肩の黒猫に集中していた。

異変は、それだけに終らなかった。

開いた「そめちめ」の入口から、次々と入って来たのは……。

野良《のら》猫たちだ。

異獣に憑依された人々が「そめちめ」のまわりにたむろしていたとき、「そめちめ」の窓際《ぎわ》の植えこみでガードしていた猫たちにちがいない。三毛猫、キジ、シロ、クロ、ペルシャ系雑種。様々だ。仔猫《こねこ》から老猫まで。低い唸り声をあげる。耳をピンと立てているのは興奮しているということか。そのすべての猫たちの背中にも、霊がいる。

その霊たちも猫だ。

猫も、その霊の猫も、唸っている視線は、異獣たちだ。

私は思い出していた。尾《つ》けてきた異獣に支配された警官が小夢ちゃんに手を伸ばしかけたとき、それを思いとどまったことを。

あれは、単に思いとどまったのではない。小夢ちゃんの黒猫の霊のおかげだったのだ。

ハブとマングース。犬と猿。

そう、霊という存在でもおたがいの天敵がいるのだろうか。たとえば、異獣たちと猫、あるいは猫の霊。

私を助けると言ったのは、小夢ちゃんの意志だけではないのかもしれない。小夢ちゃんとともに黒猫の霊が言った言葉。

「そめちめ」の店内は、異常な状況となった。野良猫たちは、床だけではなく、カウンターやテーブルの上にも飛び乗り唸っていた。入口からは、どこから集まってきたのか、続々と野良猫が集まり続ける。私を襲いかけた三人は、すでに壁際に移り、なす術《すべ》もない様子で、壁にへばりついていた。

「小夢ちゃんが……呼んだのか？　この猫たち」

呆れ顔で、私が問いかけると、小夢ちゃんは、首を横に振った。

「知らないわ。私が戻ったら、勝手についてきたのよ」

野良猫の背中から、猫の霊だけが離れ始める。入口から、霊体だけが数十入ってくるのが見えた。小さな細長いものだ。無数に入ってくる。その一つが私の眼の前を漂っていく。細長い半透明の先端のやや膨らんだ部分を、見るとわかった。そのぶよぶよした内部に、猫の顔らしきものが見える。

この霊たちも、野良猫の浮遊霊なのだ。何故、寄ってきたのだという疑問は湧《わ》かなかった。当然、呼び寄せられてきたようにしか思えない。

私たちの知らない猫の不思議なネットワークによって。

猫の背後霊と浮遊霊が、私の横の壁際にへばりついていた三人に、いっせいに押し寄せた。

私の眼に見えた白く、うにゅうにゅしたものたちに囲まれ覆《おお》いつくされようとしている。古い記録映画で見たような気がする。川を渡る水牛がピラニアの群れに襲われるシーン。水牛は逃れる術もなくのたうちまわり、その水牛に何百匹というピラニアたちが齧《かじ》りつき、みるみる白骨と化していく。

あれだ。

しゃがみこんだ山野辺哲は、顔を両手で覆いそのまま床に突っ伏した。その上に、野良猫たちは唸りながら這《は》い登る。両肩から伸び出した異獣たちを覆う猫の霊たちは、異獣にピラニアのように喰らいついていた。その苦しさに、山野辺哲の体内に戻ろうとあがくのだが、ひと際大きな猫の霊に首筋を嚙《か》まれて身動きさえとれないでいる。

猫たちは、やはり異獣にとっては天敵だったということか。

山野辺哲が、奇妙な悲鳴をあげて失神した。山野辺哲に憑《つ》いていた異獣が、彼から切り離され短い前肢を振りまわしながら床を這いずっていく。その全身は猫の霊たちに嚙みちぎられ、ほとんどズタズタ状態だ。それでも白く細長いおたまじゃくしに見える猫の浮遊霊たちは、異獣をついばむことをやめない。

残りの二人の男にも、猫の霊たちは群がっている。男たちの状態はといえば、一人はすでに意識を失い、ジャンパー姿の方は、立ち上ったままのけぞっている。二人の肩には、すでに異獣はいない。その近くで二ヵ所、猫の霊たちが群がっているのは、異獣たちの残骸《ざんがい》が、そこにあるのだろうと私は想像した。

山野辺香代ともう一人の女は、肩から銀色の淡い光を放ったままカウンターの上に呆然《ぼうぜん》と立ちつくしていた。

二人に憑いた異獣たちは、危機を察知して体内に潜りこんだらしい。だから、その二人の方には猫の霊ではなく、野良猫そのものが飛びかかっていく。男三人が役立たずになったことはわかったらしい。

山野辺香代は、ききっという怪鳥《けちよう》のような声を発して、カウンターを飛び降り入口を目指す。跳びかかろうとする野良猫を必死で蹴《け》っていた。

山野辺香代が姿を消し、もう一人の女も、それに続こうとした。

女が、小夢ちゃんの脇《わき》を抜けようとしたときだった。小夢ちゃんの肩の上で総毛立てていた黒猫の霊が、突然、逃げる女の肩に飛び乗った。

女の動きがぴたりと止まった。女は身体を不自然に捻《ねじ》れさせる。その肩の上で黒猫の霊が何かを咥《くわ》え、引きずり出そうとしているのだ。

女の体内に隠れた異獣を咥えこんでいる。何度か黒猫の霊は、抵抗を続ける異獣と拮抗《きっこう》しあっているように見えた。

黒猫の霊が床に飛び降りたとき、その口に咥えられた異獣の長い身体がまるでウナギか何かのように女の肩から床まで、ヌルリと伸びた。

私のまわりで、いっせいに猫の浮遊霊が舞い上がった。猛スピードですべてが宙をすべっていく。

次の瞬間、女は弾《はじ》かれるように倒れた。

野良猫と猫の霊が、みるみる女の身体を隠していく。

数十秒で、その修羅場は終った。

浮遊霊が、すべて宙に浮かびあがり、「そめちめ」の入口から出ていく。何ごともなかったかのように。

店内に入ってきた野良猫たちもそうだ。何か意思あるものに操られているのではなかろうかと思えるように整然と入口を目指した。

すべての野良猫が出ていってしまうと、「そめちめ」の店内は、いつもの光景に戻った。猫だらけの「そめちめ」というのが、いかに非現実的なものだったかということがよくわかる。

いや、現実のことだったというのは、男女四人の遺体があり、テーブルがいくつかひっくり返りかけているということでわかる。

遺体？

いや、ちがう。四人は息をしている。気を失って倒れているだけだ。

小夢ちゃんは、気が抜けたようにカウンターの椅子《いす》に腰をおろし、私を見ている。言葉も出ないらしい。その小夢ちゃんの肩の上で黒猫がしきりに彼女の頰を舐《な》めていた。

「今の……何だったんだ」

やっと現実感を取り戻したらしく、マスターが言った。そう霊を見ることのできないマスターとママには、何が何やらまったくわからなかったにちがいないのだ。

「小夢ちゃんと野良猫たちに私たちは助けられたんだよねぇ」

ママが、やっとそう言った。声音が震えているから、相当に怖かったはずだ。

「そうです。小夢ちゃんに助けられたようです。ありがとう、小夢ちゃん」

そう私が小夢ちゃんに声をかけると、小夢ちゃんは「怖かった——」と漏らして顔を伏せた。

やはり、小夢ちゃんも精一杯の勇気を出していたにちがいないのだ。

44

倒れた四人を運び出すこともできない。私たちは、とりあえず、四人を「そめちめ」の床の上に寝かせ、頭に氷水で冷やしたおしぼりを乗せておいた。

四人とも正常に呼吸を続けている。床の上に横にしたときは、皆の顔色は蒼白《そうはく》の状態だった。それが徐々に赤みが戻ってきている。

ある種のショック状態に四人はあったのだろうと思う。回復しているというのは間違いないだろうとふんだ。ママが、自分の住まいから毛布を持ちこんで四人にかけてやった。

「もう、この人たち変なことしないよね」

毛布をかけながら、やや、心配そうな表情だ。

「あっ、テレビ」

小夢ちゃんが、そう言った。私たちは、カウンターのテレビに注目する。

拘束された数人の男女がテレビ局のホールらしい場所に座らされていた。あのできごとの後、テレビ局内でも色々と変化があったらしい。

床に座らされた数人の男女は明らかに異獣の支配を受けているとわかる。二人ほどは、映像そのものに白くぐねぐねと動く異獣が映っていた。残りの三人は肩が銀色というより白い光として現れていた。

テレビ局内だけで、あれから短時間のうちに五人も異獣に憑依《ひょうい》された者が見つかったというわけか。ビデオ映像のようだ。拘束された五人の顔のあたりは、それぞれモザイク処理が施されていた。

「これは、まったく新しい形での精神的〝感染症〟と推測されます。感染した場合、精神に変調をきたし、感染者同士のルールに基いた行動を起すようです。感染は銀色のカード状のものを通じて行われるようですが、詳細はわかっておりません。感染者の特徴は、不可視の四足獣に似た形状の分泌物《ぶんぴつぶつ》を出すことですが、この分泌物がどのような影響力を患者に及ぼすのかは、これから解明されるのを待たねばならないでしょう。

この映像では、その四足獣に似た形状の分泌物が映っておりますが、肉眼では見ることができません。カメラ映像を通してのみ、視ることができるものです。皆さまの御家庭では、デジタル・カメラ及び家庭用ビデオ・カメラのモニターでも同様の効果が得られるようです」

この放送の視聴率は、どの程度のものなのだろうか。まだ世間全般が、異獣たちの事実を知ったというわけではないだろう。

すでに、画面には荒戸の姿はない。

マスターが、リモコンを持ってチャンネルを切り替えた。

「え、何故《なぜ》、替えちゃうの？」

ママが、不思議そうに言った。

「いや、他の局でもやってるかなって思って」

他の民放局でも、何と、異獣の憑依現象が放送されていた。

その局では、スタジオで捕りものが行われていた。逃げる若者をカメラが追いかけるのだ。若者の肩から、異獣が首を出したり引っこめたりしているのが見える。生中継のようだ。

異獣の存在が白日の下にさらされようとしている。

次の局では、「憑依物」という名称を使っていた。「分泌物」ではない。

何という情報の伝播力《でんぱりょく》なのだろうか。情報そのものも成長するのだ。

その局で、驚くべき報告があった。アナウンサーは、こう伝えたのだ。

「憑依物はニンニクを嫌います。繰り返します。憑依物はニンニクを嫌います」

あまりの唐突な情報に私たちは、顔を見合わせた。何で、そんなことがわかるんだ。

その局で、異獣の存在に気付いたのは、料理番組の最中だったらしい。スタッフに憑いていた異獣が、たまらず正体を現し、宿主から離れたという。それが、たまたまモニターで発見された……。

まるで、吸血鬼ではないか。

異獣の存在が、妖怪《ようかい》的なものからだんだん滑稽《こっけい》なものに存在を変えつつあるような気がした。猫が天敵で、ニンニクが嫌い……。

呻《うめ》き声がした。

床の上で横になっていた一人が、意識を取り戻そうとしている。

「あ、起き上る」

小夢ちゃんが、少し怖そうに私に駈《か》け寄ってきた。身を起したのは、山野辺哲だった。

山野辺哲は、頭を数度振った。頭痛があるようだ。霊の存在は、何も感じない。

「水を……。水をお願いできますか?」

山野辺哲が、カウンターに両掌《りょうて》をついて、嗄《か》れた声で言った。ママがあわてて、コップに水を満たして差し出した。

山野辺哲は、それを一息で飲み干した。それから、深い溜息《ためいき》をついた。その様子に私たちも、溜息をつきたくなる。憑依から解放された彼の様子は私の眼からは少なくとも正常のように見える。

山野辺哲は、ぺたりとカウンターの椅子に腰を下ろした。

入口付近の床の上で横になっていた女も、かすかな呻き声をあげた。

ママが、あわてて、コップを持って女に駈け寄っていく。それぞれ、意識が戻りつつあるのだろう。二人の男も、床に両手をついて身を起しつつある。

「気分は、どうですか?」

私は、山野辺哲の横に座り、彼に声をかけた。

彼の眼は、初めて「そめちめ」で出会ったときの、やや神経質そうな印象のものに戻っている。深々と私に頭を下げた。

「ええ、おかげさまで。大丈夫のようです」

「今まで、……今、気がつくまで、どんな状態だったのですか。ここへ来るまで、どうやっていたとか、記憶はありますか?」

私が尋ねると、山野辺哲はうなずく。

「ええ……。でも、何となく不確かな感じがありますね。何と言ったらいいんだろう。

世の中全体に、膜がかかっていた感じはありましたねぇ。うまく言えないんだけれど」

そう答えた。そして、何度も眼をしばたたかせる。

「記憶はあるんですか。じゃあ、私を三人がかりで襲おうとしたことなんかも覚えているんですね」

「ええ、何故、そういう気持になったのかは、よくわからないんですが、そうしなければならない……みたいな衝動があるんですよ。それが何故か……とか、深い理由は考えません。その衝動に従っていると、何だか……夢の世界にいるみたいで気持よかったんです」

「いつから、そんな感じになったのですか?」

「いつからだろう……。よく……覚えていません」

マスターとママは、そんな会話を聞いて、呆《あき》れたように顔を見合わせていた。

「奥さん……山野辺香代さんも、さっきまで一緒におられましたよね」

私が、そう告げると、山野辺哲は思い出そうとするように、深く考えこんだ。

「そうですよね。あれは……家内だったんですよね。そう言われると、そのような気がしますが……何というか……今、新海さんに言われて、そうだったんだと気付く感じですね。あいつ……生きていたんですね」

「よかった」とも「香代はどうなったのでしょう」とも山野辺哲の口からは、そのときは出てこなかった。そこまで、彼が思い到るところまで精神的に復帰できていないのだろう。

「じゃあ、奥さんが、今まで何処《どこ》にいたのか聞かされていないんだ」

マスターが呆れたように言った。それに対して放心したように見える山野辺哲からは、具体的な反応はなかった。

「私は、うっすらと覚えていますよ」

振り返ると、男の一人が胡座《あぐら》をかいている。ジャンパーの作業着の方だ。この男はM・K・P㈱の社員のはずだ。

「一緒に来た女性でしょう」

「そうです」

私が言うと、男はうなずき「確か――」と遠い場所を見た。「何故、あんな人が社員みたいに、うちの社に出入りしてるんだろうって不思議に思ったのを覚えてますよ。いつ頃からだったかなぁ。何だか、それからの記憶が、ぼんやりしていて、まだらぼけにかかってたような感じかなぁ。真夜中に会社にいる自分がいたり、車を運転していて、自分がどこに向かっているのかわからなくなって恐怖に襲われたり、そんなことを途切れ途切れに思い出すんですが。会社の方で、何度か見かけたのは確かです。いつ頃からか、何だか、すべてが、あやふやな気がして」

山野辺香代は、いつの頃からか、M・K・P㈱にいたらしい。そして、M・K・P㈱の社員すべてを支配下に置いていたということなのだろう。

その男が言った。

「すみません。電話を貸してもらえませんか？　長いこと家に帰っていない気がするんです。……いや、帰ったのかな。……銀色のカードを持って帰ったことがあるような気もしますが」

それほど記憶が混濁しているということか。客観的に考えれば、それほど長く家に帰っていなければ、彼の家族は怪しむはずだ。もっと早くに騒ぎになっていただろう。彼の記憶にはないのかもしれないが、きっと、一度は無意識のうちに自宅に帰って家族にも異獣を憑依させていたのかもしれない。

男は、ママから受話器を受け取ったが、完全に記憶が回復しきったわけではないようで、受話器を手にしたまま、しきりに首をひねっていた。

小夢ちゃんが、不思議そうに男の顔をのぞきこんで言った。

「あれぇ、おうちの電話番号思い出せないの？」

小夢ちゃんの背中で黒猫の霊が眠そうに大口を開けた。欠伸《あくび》したのだ。

そのときだった。

入口から男が、飛びこんできた。凄《すさ》まじい勢いで。

45

「新海さん！」

飛びこんで来た男が叫んだ。

私は、咄嗟《とっさ》には、その男が誰かわからなかった。

ママが「あ、さっきテレビに出ていた」と言ってくれたから認識できたのだ。

「荒戸さん」

荒戸だった。

テレビに出演したときの衣裳《いしょう》のまま、彼は現れたのだ。

「あ、いた。いた。新海さん」

と、ほっとした表情を浮かべ、それから、やっと店内の尋常ではない様子に気がついたらしい。「そめちめ」は荒戸にとっては初めてかも知れないが、何かこの場所で異常なことが起ったらしいことはわかる。テーブルも不規則になっているし、灰皿や、ナプキンなども床に散乱している。

「何か、あったの？」

そう眼を丸くした。それから、この喫茶店では明らかに異質な数人を見回す。

「ひょっとして、あのカードの獣の人たち……」

「そうです。でも、荒戸さんの放送や、小夢ちゃんに助けられたわけで」

私は、荒戸に、夕方からの経過を簡単に説明した。

「へェー。じゃあ、ヌエって存在なんだ。ヌエって架空の化物と思っていたんだが。でも、猫が天敵でニンニクがだめって、けっこう間抜けな侵略者だなぁ」

そうなのだろうか。正体不明の段階では、かなりスリリングな展開だったような気がするのだが。

「で、この人たちは、もう大丈夫なの？　もう、憑《つ》いてた獣は落ちてるの？」

心配そうに、四人を見回して言う。それを聞いた四人は、申しわけなさそうに、ぺこりと頭を下げた。

ママが思い出したようにいった。「さっき、ヌエって言ったわよね。たしか、『平家物語』に出てくる怪物よね。猿と虎《とら》と蛇の合体したような……。近衛院《このえのいん》の頃、帝《みかど》を悩ました妖怪よね。源頼政に退治されて死体を空舟《うつおぶね》で流したって話の」その空舟が掘り出されたということか。だが、伝説だけではわからない怪奇な要因もある気もするし、縄文土器からという時代の矛盾もあるが、それほど迄《まで》にあの土器は古いものではなかったのか。

「で、荒戸さん、急用だったんですか？　あんなにあわてて入ってきたから」

私が、そう訊《たず》ねると、荒戸は、あっそうだったというように、ポンと手を叩《たた》いた。

「案内して欲しいんだ。新海さんに。その例のカードをばらまいた連中のアジト。あれから、経緯を報道の連中に教えたら、ぜひ行きたいって言うんだなぁ」

「警察は？　動かないんですか？」

「俺も、そこまでは知らない。いや、アジトがどこかわかんないから。新海さんに案内してもらいながら、警察とは打合せるよ。その前に、報道の連中は、そこにたどり着きたいらしい。彼らにとって、それが特ダネらしいんだ」

私は黙った。危険が伴いそうだ。そんな場所に英雄面《づら》して行くこともないと思う。場所を教えるだけで勘弁してもらいたい。私としての役割は、終ったと思う。事の全容は、世の中に認知された筈《はず》だ。

「頼むよ。新海さん、俺も局に頼まれて引くに引けない状況なんだ」

私は迷った。口籠《ごも》ったままだ。

「行こう。新海さん」

そう言って私の袖《そで》を引っ張ったのは、小夢ちゃんだった。

「ええっ」

私は呆れて小夢ちゃんを見る。彼女は自信に満ちた表情で大きくうなずいてみせた。

「私もついて行ってあげるから。ここまで事件に関わってきたんだから、新海さんは、最後まで見届ける義務があると思うよ」

義務……？　そんなものがあるとは、とても思えないが。それが私の顔に出ていたかも。

「それに、さっき襲われかけたときは、小夢と荒戸さんの放送とに助けられたって言ってたじゃない。だったら、新海さんが、今度は荒戸さんを助けなきゃいけないの。助けて恩を返さなきゃいけないの。行きましょ」

「小夢ちゃんは、危い。お母さんが心配する」

「じゃあ、新海さんは行くのね」

「ああ……」

しまった。小夢ちゃんにうまく乗せられてしまった。

「小夢は、危いことしないから、一緒に行くの。だって、私、探偵助手なのよ」

なんで、そんな話の展開になるのだろう。屁理屈《へりくつ》の世界だ。

「いや、恩を返すなんてことはない。俺の方が新海さんから受けてるものの方が多いんだから」

荒戸は、そう言ってくれたが、腕組みしている小夢ちゃんに、そんなことが通用するはずもなかった。

「じゃあ、荒戸さん、行きましょうか」

私が言うと、荒戸は大きな目を細め、顔が立ったとうなずいた。

「あ、これも持っていきなさい。念のため」

ママが言った。コンビニの袋に、カウンターの下からニンニクを出して詰め、私に差し出した。

「テレビで言ってたでしょう」

私は、言われるままに、それを受け取る。

ついてこようとする小夢ちゃんに、私は、危いから留守番をしていた方がいいと言いかけて、やめた。肩の上で小夢ちゃんの頬に寄り添うようにして黒猫の霊が私を見ていたからだ。

絶対、大丈夫。お役に立ちます。

そう言いたがっているようにその霊は見えた。

「もう、この人たちは大丈夫だと思います。山野辺さんたちをお願いします」

マスターとママにそう言い残して私たちは「そめちめ」を出ることになった。

外は、すでにとっぷりと日は暮れてしまっていた。「そめちめ」の前には局名の入ったランドクルーザーが停止している。テレビの報道局の専用車らしい。外には三人のテレビ局員が待っている。

「ええっ。私たち乗れるんですか？」

中にはテレビ撮影用の機材が積まれていて不安になって口にしただけだ。

局員の一人が「よろしくお願いします。大丈夫です。八人乗りですから」と太鼓判を押してくれた。

私と小夢ちゃん、それに荒戸は運転席の後ろの座席に乗り込んだ。それから念のために眼をこらしてみた。

大丈夫だ。テレビ局員の三人の背後には、それぞれ穏やかそうな霊がついている。

「本日はよろしくお願いします。亀地《かめじ》と申します」

助手席の、私より少し上といった年齢の若白髪の男が私に名刺を出した。暗くてよく見えないが、報道局次長と肩書きにあるのだけはわかった。私は名前だけを名乗った。

「どちらに回せばいいんでしょうか」

「あ、浜線の工業団地です。そこにM・K・Pという印刷会社があるのですが……。そこと思います」

「えっ。M・K・Pですか。あそこは老舗《しにせ》の印刷会社ですよね。そんなところで、例のカードは作られているのですか」

「ええ……と思います。でも、これだけの人数で乗り込むんですか? 絶対に危いですよ」

「いえ、目的地がわかれば……」

亀地は、携帯電話を取り出し、話しはじめた。相手はテレビ局らしい。局の方から警察とは打合せるということなのか。

「先に取材を始めていてかまわないと返事がありました。南署から、駈《か》けつけるそうで、そのときは、捜査の邪魔にならないようにとのことでした。

行こうか」

そう運転手に指示を出す。そんなに事態を簡単に考えていいものだろうか。

ランドクルーザーは、ゆっくりと走り出した。

「さっきの放送の後ですけれど、局に電話がじゃんじゃん鳴りっぱなしなんですよ。問い合わせです。視聴者からの」

亀地が、助手席から振り返って、そう言った。それは、まだ影響を受けていない家庭にとっては寝耳に水のできごとだったはずだ。

「これを身体《からだ》にふっておいてください」

亀地が、スプレー缶を私に差し出した。

「何ですか。それ」

「防虫スプレーです。あの変な連中は、これを身体にふっている人には、とり憑けないらしいんです」

「えっ、そうなんですか?」

私が、他の局でニンニクを嫌う話を聞いたというと、亀地は「そうなんですよ」と言った。

「そういう情報もあります。で、視聴者からの反応は予想外に多くて、問い合わせの電話の中には、偶然に見つけた防禦法《ぼうぎょ》とかを教えてくれる人もいるんですよ。これも、局の方に視聴者が教えてくれたものです」

「これをかければ憑依《ひょうい》しているのは抜けるんですか？」

「いや、そこまでは、効果はないようです。他にも色々と方法は入ってきていますが、このスプレーが一番、手っとりばやかったものですから」

情報が一般視聴者に流れ、また視聴者から予想もしないことがフィードバックされてくるということに、私は驚いていた。まさか虫よけスプレーが異獣憑依予防になるなんて。

私はよく、ナマコを最初に口にした人間は、何故《なぜ》あんな形の生きものを口にできたものかと尊敬するのだが、この虫よけスプレーを効果があると発見した視聴者も、それに匹敵するなと思ってしまった。

「それで、皆、あの白いものを何と呼び始めていると思います？」

「いや、知りません」

「トラヘビお化けって呼んでるんです」

「トラヘビお化け……ですか……」

何となく間抜けな名前だ。誰が名付けたのだろうか。テレビを観《み》ていた幼児あたりが、思わず口にしたような気がする。それが、名前だけが、みるみる普及しているということか。まだ、テレビで映ってから数時間しか経《た》っていないのに。

「略して〝トラおば〟です」

そう亀地は言った。

46

昔、闇《やみ》の中から襲ってくる凶暴な怪物が存在した。そして、人々は正体不明の闇の怪物に名前をつけた。

「ライオン」と。

ライオンと名付けることで、怪物への恐怖感がなくなったという。

そして、今、人々は未知の存在に名前を与えたようだ。通称ではあるが。

「トラおば」と。

私が、あれほどにはらはらしながら続けていた冒険の相手は「トラおば」である。

うーん。

自動車は本荘の地域医療センター前の信号で止まった。

交叉点《こうさてん》の歩道に、人々が集っているのが街灯の下に見えた。

何故、人々が集っているのか眼をこらした。人混みの中央に、路上で跪《ひざまず》いている男の姿が見えた。周囲の人々は、その男を小突きまわしている。

無意識に私は眼をこらしていた。

やはりそうだ。周囲の人々から小突かれている男の肩が、銀色に光っている。体内に異獣を潜ませている。

周囲の人々の中には、家庭用ビデオ・カメラやデジタル・カメラを持った男の姿も見える。

「あれ！　一人の人を皆で寄ってたかっていじめてるよ」

小夢ちゃんが、不安そうに私の腕を揺する。

「新海さん、あの変なものに憑かれた人たちに襲われているんじゃない？」

私は、首を振った。

「いや、取り囲んでいるのは、普通の人たちだ。取り囲まれている方が、憑かれている人だよ」

小夢ちゃんは信じられないというように眉《まゆ》をひそめていた。

「普通の人たちが、皆で取り囲んで殴ったり小突いたりするの？　信じられない。棒を握ってる人だっていたよ」

私には答えようがないことだった。〝普通の人々〟が異常なできごとに遭遇して冷静さを失いかけている。自分たちの平和を守るために。

そして、それは今、〝魔女狩り〟ならぬ〝ヌエ狩り〟に発展しつつあるようだった。自分のまわりにいる人間に「トラおば」憑《つ》きはいないかと探しまわり、標的を発見したらリンチにかける。

状況としては、もうどちらが正常な人で、どちらが憑かれた人か、わからなくなってしまっている。

「ひでぇ、地面に這《は》いつくばってる人は、額から血ぃ流してるよ」

荒戸もそう言った。徐々に街中がヒステリー状態に陥りつつあるようだ。過剰防衛ではないだろうか。

再び、自動車が発進したとき、亀地は、携帯電話を耳にあてていた。

「あ、ニュースのとき、コメント出しておいた方がいいと思うんだよなー。街中でも、けっこうな騒ぎが起っていて、このままじゃ、どんどん騒ぎが拡《ひろ》がると思うんだ。皆に、冷静に行動するようにってな。えっ!!! もう、そんなことになってるのか？ うん。うん。微妙なところだよなぁ。いちがいに、手を出すなとも、身を守れ、用心しろってのも、どう振れるか、わかんねぇーな。とにかく、局長の方も入れて相談しておいてくれ。あー、むかってる。今、むかってる途中。そうだろう。いい方向で検討してよ。じゃあ」

個別の魔女狩りを一つずつ解決していても、とても間に合わない。メディアが流したパニックのもとはメディアでないと鎮火できないはずだ。

「何っすかあ、亀地さん、話しながら、驚いていたのは」

荒戸が身を乗り出して亀地に訊《たず》ねた。

「放火ですよ」

亀地が答えた。私たちは、えっと訊ねかえす。

「憑かれた連中が放火したんですか?」

「いや、逆ですよ。さっき、消防が出動したようなのですが。池田の民家……四人家族らしいんですが、みんな『トラおば』に憑かれていたみたいで、町内の人たちに火を放たれてしまったらしい。皆、過剰反応しているようです。家族が四人とも亡《な》くなったらしいんですが、よくわかりません」

「ええっ、悲惨だなあっ」

「悲惨です」

「責任感じるよなぁ。俺がテレビで喋《しゃべ》らなければ、そんな放火は起っていなかったんじゃないか」

荒戸は、げっそりした声になっている。

「でも、荒戸さんが皆にあの形で訴えなければ、取り返しのつかない状況に事態は進行していたかもしれません」

亀地が、慰めるような口調で言う。

「だから、我々の報道でも、発信してしまってパニックにならないように、過剰反応を起さぬように、皆が身を守れるように……。中立の形ってのも加減が難しいって思っていたんですよ」

「憑かれている人たちも普通の人たちなんです」

私が、そう言った。

「さっきの喫茶店でも私たちは、襲われかけた。でも、猫たちのおかげで、助かったんだが。元に戻ったら、皆、普通の人なんです」

亀地がうなずいた。

「そういえば、猫が助けてくれるという連絡も局の方には入ってますよ」

小夢ちゃんが、窓に顔をくっつけて叫ぶ。

「あー、あそこでも。あそこでも」

数人の集団が路上で揉《も》み合っている。ここでは、三人対三人という構図だった。通りの向こうでは、二人対四人。四人のうち一人がカードを持っている。ここでは、異獣たちが優勢ということか。

南熊本駅前でランドクルーザーは左折した。公園では、数人が集って焚火《たきび》をしていた。焚火ではない。何百枚もの銀色のカードが燃されているのだ。

彼らは、どうやって、それだけの銀色のカードを近所から集めたのだろうか。次々と炎が高く上るのがわかる。

運転していた男が車を停止させて言った。

「すげえ。あの画《え》、撮っときませんか？　あとで使えると思うんですが」

油をかけたのだろうか。炎の高さが尋常ではない。窓を閉めていても、あの異獣たちのカンに障《さわ》る断末魔の叫びが耳にこびりつく。そして、大小無数の異獣の形の炎がはじけるのだ。「そめちめ」の店内や私の部屋でカードを燃やしたときも、予想以上の炎をあげたことを思い出した。これだけの霊体をまとめて焼けば、立ち木ほどの炎も上りうるということか。

亀地《かめじ》は、その炎に見とれながら、実は他のことを考えていたのかもしれない。

「いや、いい。こんな画は、多分、他局でも流れるはずだろうから。それより、俺たちはアジトの取材を優先させよう」

そう言った。

ランドクルーザーは、再び走り始めた。豊肥線をまたぐ陸橋の上あたりでは、遠くで、炎が見えた。水前寺方向の炎だ。

やはり、どこかの公園で、カードを燃やしているのだろうか。

それなら、いいのだが。池田で起ったような放火が、場所を変えて同じように発生しているというのであれば、こんなに痛ましいことはない。どちらの炎なのか、私にそれを見分ける力はない。

「難しいんだなあ。発信してしまって、どのように事態が振れるのか、完全に予測できないからなあ」

亀地が、遠くに上がる炎を見て、そう呟《つぶや》くように言った。かすかに、消防車のサイレンの音が聞こえる。

ひょっとして、この炎も、異獣に憑依された一家が犠牲になっているのかもしれないと思うと暗い気持になってしまう。

ランドクルーザーは、東バイパスを渡り、浜線の工業団地の入口に到着した。

M・K・P㈱は、工業団地に入って百メートルほど進んだ左側にある。

団地内は、数十メートルおきに外灯が点《とも》っているだけで、人の通る気配もない。対向車も見えない。

「どこが、M・K・Pなんでしょう」

運転していた男が、そう尋ねた。

「ゆっくり走って下さい。もうすぐ左側にありますから」

どの社屋も、それぞれ広い敷地の中にある。前回来たときは朝だったから、建物の印象も微妙にちがう気がする。

「あっ、そこだと思います」

私が言うと、ランドクルーザーは停止した。警察は、まだやって来てないようだ。

M・K・P㈱の入口の門扉《もんぴ》は、閉じていた。駐車場の奥にある本社社屋も明かりは消えている。

亀地たちは、ランドクルーザーを降りる。

「警察が……南署から来るまで、待っていた方がいいんじゃないですか」

少々心配になった私は、そう亀地たちに助言した。

「いやぁ、南署が来る前に、M・K・Pの外観とかを撮っておこうと思います。まだ中には入りませんから大丈夫ですよ」

小夢ちゃんが、大丈夫なの？　というように私の袖《そで》を引く。私としても、自転車で逃げた記憶が蘇《よみがえ》って、どうにも落ち着かない。もっと私も胆が据わっていればいいんだろうが。

私たちの後部に座っていたスタッフたちが降りるために、私たちも降りなければならなかった。

夜風が吹いている。

「新海さんごめんよ」と申し訳なさそうに荒戸が言う。ここまで引っぱり出してしまってということか。

「いえ、かまいませんよ」

と心とは裏腹なことを口にした。小夢ちゃんは、私の右手をしっかと握っていた。

私と小夢ちゃんと荒戸は、門扉横の土手の下で、亀地たち報道の連中が、てきぱきと仕事を進めるのを眺めているだけだ。

一人が報道用の手持ちカメラを肩にあて、運転していた男がライトを点《つ》けた。亀地が、撮影アングルの指示を出しているようだ。

ヒューと小夢ちゃんがかすかな口笛を吹いた。足許《もと》を見ると、仔猫《こねこ》が二匹いずこからかわからないが、現れたらしい。あれほど以前は厭《いや》がっていたという小夢ちゃんの猫嫌いは嘘《うそ》のようだ。よしよしと、小夢ちゃんが仔猫たちを抱きあげた。

その数瞬後に、予測もしないできごとが起ったのだった。

47

昔からそうなのだが、私は、物事を悪い方に考えることが多い。ある種の予知能力かなと思うが、これが、不思議とよく当る。こうなって欲しくないとか、ここで、とんでもないことがあるんじゃないかと考えると、現実になってしまう。

小学生の頃からそうだ。当番で金魚鉢の水を替えるというとき、ふっと、自分はこの金魚鉢を割ってしまうのではないかと考えた途端、手を滑らせてしまったことがあった。

高校生のときは、空地の隅で隠れてタバコを吸ったとき、いやな予感がして周囲を見回すと、絶対この場所にいるはずのない生活指導の教師が車で通りかかったことがある。

まだ思い出せばきりがない。

それで、悪い予感は現実になる確率が高いとぼんやりと心の底に刷りこまれているのだろう。

今、亀地たちテレビ報道の連中の仕事ぶりを眺めながらも、心の隅でぼんやりと、危いよなぁ、警察が到着してから始めればいいのにと考えている。どうも何か起るんじゃないか、悪いことになるんじゃないかと心配していた。

照明用ライトが点いたときから、その不安が妙に増幅していた。

亀地が「もっと寄って撮ってよ」と指示したときだった。

黒い影が、いくつも現れた。突然に、門扉の横から飛び出して来たのだ。人の影。それぞれに得物を持っている。バット、ゴルフクラブ、レンチ。

テレビ・カメラが投げ出され、激しい音をたてて道路に転がった。直感的に思ったのは、「壊れちゃった」だ。何百万円かするテレビ・カメラではないのか。ライトが飛び、割れた。

「てぇ」

「何する」

そんな揉み合う声、そして悲鳴。

長い影が。三つ走り去る音、それを追う足音。亀地たちは、私たちを置き去りにして逃げ去ったらしい。

私も、下腹に緊張が溜《たま》るのがわかった。逃げなきゃいけない。足がすくんでいる。

小夢ちゃんの手を固く握って、私も走り出そうとした。

そのとき、Ｍ・Ｋ・Ｐ㈱の敷地内の外灯がいっせいに点いた。

逃げられない。

観念した。

私たちのまわりは、Ｍ・Ｋ・Ｐ㈱の作業着姿の男たちがぐるりと取り囲んでいた。

それぞれが、手にゲートボールの棒や、レンチ、スパナ、バット、鉄パイプといった凶器となりうるものを持っている。

私の隣で、荒戸がゴクリと生唾《なまつば》を飲みこんでいた。

やはり、私の悪い予感というやつは、またしても当ったようだ。

眼をこらすと、男たちの背中で、異獣「トラおば」たちが丈を伸ばして猛《たけ》っていた。

男たちの中には、何人か、銀色のカードを持っている者もいる。

「最悪の状況だ。新海さん、すまない。こんなことになるなんて思ってなかったんだ」

荒戸が、すまない、すまないを繰り返すが、何とも返事をかえしようがない。

成功するかしないか、わからないが、とれる方法は一つしかない。力ずくで強行突破だ。だが、小夢ちゃん連れで、それがかなうだろうか？　はなはだ自信がない。

だが、不思議なことに気がついた。男たちは、いつでも手に握った凶器を振りおろせる体勢でいるのだが、寄り添っている私たちに一定以上の距離を保って近付いてこようとしないのだ。

ひょっとして。

小夢ちゃんの頭に黒猫の霊はいた。激しく異獣たちに唸《うな》っている。唸っている。異獣たちを威嚇《いかく》しているのだ。

同時に、男たちが、何故《なぜ》凶器を手にしているのかも理解できた。

虫よけスプレーは、やはり効果があるのだ。虫よけスプレーがかけられていなければ、相手はこれだけの人数だ。素手で私たちを襲って押えつけ、異獣を憑依《ひょうい》させればいいだけのことだ。虫よけスプレーがかかっていたから、近付けないし、取り憑《つ》くこともできない。仕方がないから、凶器を使って物理的に私たちを傷めつけることしかできないのだ。

だが、今、それさえもかなわない。

小夢ちゃんの黒猫の霊に守られている。大の男、二人がだ。

小夢ちゃんが、私に何かを握らせた。ぷんと刺激臭が鼻をついた。

小夢ちゃんが手に握らせたものを、そっと見た。

ニンニクを剝《む》いたものだ。そう。彼らはニンニクを嫌うと言っていた。

荒戸も、ニンニクを握らせてもらったらしい。

「それ！」

荒戸がニンニクの白い塊を指先につまんで差し出した。

取り囲んだ輪が、さっと拡《ひろ》がった。

もう一度「それっ」と差し出した。

荒戸の声が少し明るくなっていた。

「テレビの言うこと、当っていたなあ。やはり、ニンニク、こいつ等に効くみたいだ。襲って来ない」

こちらとしては、とにかく一刻も早く、警察に到着してもらいたいところだ。

私も荒戸のやっているとおりに、ニンニクをつまんで男たちの方へ差し出す。男たちはほとんど反応らしい反応を返さないのだが、頭上で猛っていた異獣たちが明らかに身を退《ひ》くのが見えた。

「そめちめ」の店内で、山野辺哲たちに襲われかけたときは、今にも喰われそうな距離まで異獣たちは身を伸ばして襲ってこんばかりだった。今回は、異獣たちは興奮しきって身を伸ばしてはいるが、ニンニクをつきつける前から、一定距離は保っている。それは、虫よけスプレーの効用なのだろうか。

将棋で、千日手というのがある。指し手がおたがい同じ手を繰り返して堂々巡りさせてしまうというフォーメーションだ。

このときの私たちの置かれた状況が、まさにそれだ。一定の距離を保って男たちは私たちに近付くことはできないが、幾重にも取り囲まれた私たちは、そこから逃げ出すこともできない。

私たちは、そこで為《な》す術《すべ》もなく数分間を過ごすしかなかったわけだ。しっかりと私の右手を握った小夢ちゃんの頭からは、黒猫の霊が唸り続けているし、荒戸の肩の福の神は、よほど気が弱いのか気を失っていた。

その恐怖の均衡が、突然、破られた。

聞こえるか聞こえないか、可聴範囲ぎりぎりの声だ。かん高いような、切羽つまったような。

「聞こえた!?」

小夢ちゃんが、私の右手を引っ張った。

「ああ、かすかに聞こえた」

私がそう答えた。

「何が？」

荒戸には聞こえなかったようだ。きょとんとした眼で私を見る。

「警察が来てくれたのか？」

そんな気配は、まだない。それが一番、私も望むところなのだが。私は首を横に振る。

取り囲んだ男たちに憑いた異獣たちが伸びあがり、そのままいっせいに振り返った。

「トラヘビお化け」

よく名付けたものだと、そのネーミングのセンスに感心している私がいた。

かん高い声の主は、男たちの背後からだった。その声が合図になったかのように、手に持ち振り上げた得物を、男たちはゆっくりと下ろす。

声の主の姿は、まだ見えなかった。

ゆっくりと私たちの前にいた男たちが、左右に退いていく。

道路の中央に三十代の女が、三人立っていた。中央にいるのは、さっき「そめちめ」で一人だけ逃亡した山野辺香代だ。後の二人は私は顔を知らない。

ただ、山野辺香代とは共通しているところがある。三人とも憑いている異獣の頭に、一角獣ほどではないにしろ小さな角があるのだ。それに体格がひと回り大きい。

三人の女たちに憑いているのは異獣たちの中でも支配階級ということなのか。山野辺香代は、私たちに手招きした。ついて来いということらしい。M・K・P㈱の社屋へ三人は踵《きびす》を返して帰っていく。

何故、私たちをM・K・P㈱の内部へ招こうとしているのかは、だいたい見当がついた。このままでは、状況が変化しないというのが一つ。二番目の理由もわかった。土手の上に、またしても猫たちが集まりつつあるのだ。

さっき小夢ちゃんの足許に寄ってきた仔猫たちの親族だろうか。それとも、猫たちの本能によって異獣たちの存在を感知し、集まりつつあるのだろうか。

あたかも「そめちめ」での現象が、再現されつつあるように思えた。またしても路上で猫や猫の霊たちに妨害を受けたくない。それが理由だったかもしれない。

左右の男たちは、手に持ったバットやスパナなどで、山野辺香代たちの後に続けとでも言いたげなジェスチャーを繰り返す。

どうも、私たちは、それに従うしか、道はないようだ。

まだ、警察が到着する気配はない。

48

私と小夢ちゃん、荒戸の三人は、おっかなびっくり山野辺香代の後を尾《つ》いていく。

私たちの左右には、M・K・P㈱の社員たちが並び、彼らの背後では異獣たちが歯茎を剝き出して威嚇《いかく》していた。

昔、ガントレットという処刑の方法があったよなと思ったりする。西部劇などで、罪人を歩かせ、左右から棒で嬲《なぶ》り叩《たた》くというものだ。構図としては、まさにガントレットの罪人が私たちだ。警察が到着してくれないなら野良《のら》猫たちが蜂起《ほうき》してくれないかと思うのだが、そこまでの絶対数は、まだ集ってくれてないということなのか。

M・K・P㈱の門扉は、今は開かれていた。私たちは山野辺香代の後に尾いて、M・K・P㈱の構内へ入っていった。事務所ビルの方へむかう。後ろを振り返ると、扇状に私たちを取り囲んでいた男たちが拡がって尾いてくる。どうも、逃げ出せるチャンスは低いようだ。

消えた！

私は立ち尽くした。何？

「え？　あれ？」

荒戸と小夢ちゃんも立ち止まった。今まで見えていたものが、消滅するなぞということは考えられない。

それが、現実に眼の前で起ったのだ。山野辺香代とあと二人の女が確かに私たちの前を歩いていたのだ。それが次の瞬間に消えてしまった。

私の背中を誰かが押した。振り向くと、異獣に憑かれた男の一人が、バットで私を押しているのだ。

進め。

そう言っているようだった。仕方なく私は小夢ちゃんと再び歩きはじめた。

小夢ちゃんが振り返って「うざいヨ！」と叫んだときは、ちょっとびびってしまったのだが。小夢ちゃんの黒猫の霊が、一緒にシンクロして唸っていたものだから、異獣たちが引いてしまい、それはそれで少しおかしかった。
二、三歩、歩いたときだろうか。M・K・P㈱の事務所ビルに入る寸前だったと思う。まるで感覚がない水の中に入っていくような感じだった。空間が私たちの周囲で微妙に揺れた。

「あ！」

そう、叫んだのは三人同時だった。

そこは、さっきまで見慣れていた日常の光景ではない。

M・K・P㈱ビルも消失した。未知の世界だ。

振り返ると、私たちの背後には巨大な銀色の膜がある。私たちが入ってきたあたりの膜が、ゆらゆらと揺れている。ちょうど水中から水面を眺めている感じか。

私たちの前を、消えたはずの三人の女が歩いている。

そう。M・K・P㈱のビルは、虚像だったのだ。そして前を歩いていた三人は、消えたのではない。虚像を映し出していたシールドのようなものの中に入ってしまっただけのことだったのだ。

ビルのかわりに、奇妙な建物がある。素材はわからないが、いくつもの曲線が複雑に組み合わさったもので、銀色の光沢をおびている。金属かどうかはわからない。弾力があるのではないかという直感があるのだ。

どこか、土器の中から発見されたという曲線を持った金属の形状と共通したものを感じる。奇妙な建造物は一つではない。さほど大きくはないものが、いくつも建っている。異世界の風景だ。奇妙な建造物群が、超現実的絵画の印象を与える。

異獣たちの集落を再現したものだろうか。建造物の表面の銀色は、霊の異獣たちを封印したカードと共通した光沢を持っているような気がする。

一つの建造物は、モンゴルのゲルくらいの大きさか。数人のM・K・P㈱の制服を着た人々が入口の前に腰を下している。それぞれが思考放棄したような表情でぽかんと何か抜け落ちてしまっているように見えた。眼をこらすと、それぞれの肩から白く細い糸のようなものが伸びて建物の中へと続いている。異獣たちの本体は、その建造物の中にそれぞれいるのかもしれない。

「うわぁ、変なところねぇ」

小夢ちゃんが、顔をしかめて私にそう言った。

いつから、M・K・P㈱の社屋は、こうなってしまったのだろうか。それほど前からではないはずだ。私も例のカードを調べたとき、一度はM・K・P㈱を訪れているのだ。そのときは、こんなじゃなかった。事務所内へも入り、カードについての質問もした覚えがある。応対に出た従業員の背後霊も、世間と変りないようだった。

その後、変化が進行したということなのだろうか。

それから、早朝からM・K・P㈱を見張ったとき。

あのときは、すでに虚像のＭ・Ｋ・Ｐ㈱の社屋を見張っていたような気がする。社屋への人の出入りはほとんど見なかったような気がするし。外観は虚像の事務所ビルがあり、内部では異世界のような建造物群に取り替えられつつあったということか。荒戸も、自分の眼が信じられないといった様子で、何度も眼をしばたたかせていた。

「これって、いったいなんなのだろうねぇ。トラおばの趣味なのかねぇ。何となく、いやぁな気配の場所だよねぇ」

私たちの前を歩く三人の女たちは、建造物の間を進んでいく。一番奥手の、それまでの建造物より、ふた回りも大きい建物に入っていくところだった。

山野辺香代だけが、私たち三人を振り返って見ていた。それから、頭上の異獣とともに、にやにやと笑いを浮かべているのが奇妙だった。作り笑いなのだろうか。異獣に憑かれている人も異獣も、笑いを浮かべることが珍しい。私自身は、その笑顔を見て、眉《まゆ》をひそめていたにちがいないのだ。

それから、彼女たちは、その建物の中へ入った。私たちが、ちゃんと後を尾いてきているかという確認ということだったのだろうか。

その建物が、特別なものだということは、わかる。大きさもそうだが、表面の曲線を主体にしたデコレート具合が、他の建物とは雰囲気がやや異るのだ。

他の建物の前には、人々が放心したような状態で腰を下ろしているというのに、その建物の前には、人は誰もいない。

「入るのかい、新海さん。中に」

荒戸が、心配そうに私と小夢ちゃんを見較べながら言う。私だって引き返したい。だが小夢ちゃんは、「ここまで来たんだから入るわ」と主張した。

小夢ちゃんの肩の黒猫の霊も大口を開けて天空をみつめて唸っている。

何かの気配を感じた。私たちの後方だ。にわかに騒然としている。見ると、野良猫が数匹、この不可視エリアまで入りこんだらしい。M・K・P㈱の制服姿たちが浮足だっている。

その数は……三匹ほどか。

それでも、彼らをパニックに陥《おとし》いれるには十分らしい。

これまで猫たちは異獣の領域に入ってこなかったのではないか。何故《なぜ》、入ろうという気を起したのだ。

小夢ちゃんの黒猫が呼んだのだろうか？

それは、わからない。

何だか、私自身の頭の中も混乱を起しはじめている気がする。どういえばいいのだろう。何だか、自分は夢の中にいるような気がしてならない。周囲を見回しても、現実感が稀薄《きはく》なのだ。夢も、とびっきりの悪夢だ。悪魔が知恵を絞ってこしらえた悪趣味極まれりの遊園地に放りこまれたような……。

ついこの間までは、見慣れた日常生活の中にいた。それが、山野辺香代の所在を捜し始めたときから、少しずつ、そう、ほんの少しずつ狂い始めた。だが、ここまでトンデモナイ状況を迎えることになるなぞ、予想もしなかったことだ。

不思議の国を訪れたアリスも、このような感覚を感じていたのだろうか。

だが、アリスの場合は、夢から醒《さ》めれば、現実に帰ることができたのだから、救いがある。今の私とはちがう。どんなに悪夢のような感覚があっても、眼が醒めることはない。

これが現実なのだから。

小夢ちゃんが、私の袖《そで》を引っ張った。

「あ?」

私は少し、ぼおっとしていたらしい。荒戸も、小夢ちゃんも、どうするのというように私を見ている。

今なら、後方の男たちは、野良猫の出現でこちらに注意を集中させるということもないようだ。山野辺香代たちの姿も、異形の建物の中に消えている。だから、三人ですたこら逃げ出せば、ひょっとしたらＭ・Ｋ・Ｐ㈱の敷地から脱出できるかも知れないとは思った。

だが、確実に逃げ出せるかどうか保証できるかと言われたら、私の運動神経ではあまり自信もない。

だが、私が追いかけてきた連中を足留めさせて、小夢ちゃんと荒戸を逃がすとすれば、少しは脱出の確率はアップできるかなとは思うのだ。つくづく、自分はヘタレだなと思う。

「荒戸さん、小夢ちゃんを連れて逃げませんか？　私が、連中を何とかくいとめますから」

だが、小夢ちゃんは即座に私の案を却下した。

「三人一緒じゃなければ、小夢はいや！」

荒戸が肩をすくめた。

建物の中から、再び、山野辺香代が姿を現した。私たちが、外でもぞもぞしているので再び呼びに来たらしい。

両掌《りょうて》を前に出して私たちを招くジェスチャーをした。無表情のままで。

駄目だ。逃げられない。

私は、観念した。

三人で、この建物の中へ入るしかない。

あと、私にできることは、祈ることしかない。神に頼ろうとまでは思わない。だが、ひょっとして私の背後にいてくれる守護霊に守ってくれることを願うしかない。

私の脳裏に、ふっと那由美の笑顔が浮かんだ。偶然だろうか。やはり、私の守護霊は那由美なのだろうか。

私たちは、覚悟を決めて、建物へ足を踏み入れた。

49

床に足を踏み入れた感じも、驚かされた。金属と思ったのに、ぶよりとした弾力がある。生きものの皮膚の上に乗っているような足の感触だ。実際、足の下で床が数ミリ沈みこんでいる。足を上げるとすぐに復元するのだが。不規則なデコボコ曲面の壁は全体が淡い光を放っている。

細い通路だ。

装飾品らしきものも装置や機械類も何も見あたらない。

小夢ちゃんが、壁を押して「あっ」と小さな声をあげた。壁も押せばへこむらしい。やはり弾力性があるということか。

「ねぇ、ねぇ、ちょっと、あったかいよ」と小夢ちゃんは私に言った。

とても、ここは生活をするような場には思えない。この建物そのものが、何やらわからない生きもので、私たちはその体内にいるような感覚だ。

私たちは、前を歩く山野辺香代の歩調に合わせてゆっくりと歩いた。

少しずつ壁面の印象が変化する。それほどの距離を歩いたつもりはないのだが。コーナーをいくつか曲ったくらいだから十数メートルといったところだろうか。印象としては、巻貝の外から内部に向かって進んでいるという感じだろうか。次元の異なる世界に入りこんだ気がする。

壁面と床部に微細な皺《しわ》があるなというふうに感じはじめ、それはだんだん皺というよりは襞《ひだ》といった方が近い印象に変ってきた。それに連れて、通路の幅も高さも徐々に狭くなっていく。このまま狭くなっていったら、あとで這《は》って通らなければならなくなるのだろうかと思える。振り返ると、すでに荒戸は頭をすくめながら歩いている。

私と目が合って「何だか、大仏さんの胎内巡りって感じですかね」と軽口を叩《たた》いたから、私と同じような印象を持っていたにちがいない。

次のコーナーを曲った途端、私たちは、広い場所へ飛び出した。

十メートル四方もあるだろうか。床からはちょっとしたテーブル大の瘤《こぶ》状の突起が、点々とある。天井は高い。壁が、そのまま上へ伸び出し、ドーム状になっているように見えた。天井からは、触手のように見える柔らかそうな金属が無数に下がり、その先端が淡い光を放っていた。

ここも異世界だ。

見回してみた私の率直な印象だった。ヌエの世界というのは、次元の異なる、人間の想像を超えた場所のようだ。

十数人が見える。

私たちが入って来たのとは反対側に、やや大きめの瘤状テーブルの周囲に、それぞれ四、五人ずついる。

二十代後半から五十代前半まで。圧倒的に女性の数が多い。

眼をこらしてみた。

それぞれの背中から、異獣たちが身を伸びきらせて私たちを見下ろしていた。

来た！ と思う。

ここが、異獣たちの中枢部《ちゆうすう》なのだ。

私たちに注目している異獣たちが、支配階級であることは間違いないと思う。山野辺香代と同じ、細い角を頭から突き出した異獣ばかりだ。だから、表にいたM・K・P㈱の社員たちに取り憑《つ》いた異獣たちのようにおたがい激しく争いあうようなけたたましい光景は、見られない。

異獣たちは身を伸びきらせているものの、黙して私たちをさげすむように見下ろしているのだ。

そして、静かだ。

十数人の人々が、この空間に集っているのに、あたりは沈黙が支配している。

山野辺香代と、その背中の異獣が、彼らの前に立ち、そして私たちを振り返って確認するように、睨《ね》めるが如《ごと》く見る。

山野辺香代の異獣が、口を開き、唸《うな》るような表情を見せた。そのままの表情で、ぐるりと他の異獣たちを見回すような仕草をする。

他の異獣たちが揃《そろ》ってうなずいた。

この異獣たちは、全員の意思が強固に統一されている。この異獣たちは、何かがちがう。一体ずつ見ると、異様に大きな三白眼の眼玉を持った異獣もいれば、受け口の牙《きば》が下からのみ突き出した異獣もいる。鼻の部分が広い異獣もいる。外観は、それぞれに個性を持っているが、根底の部分では、意識があたかもつながっているかに見えるのだ。

「この人たち、もっと変!」

小夢ちゃんが言った。

「新海さん、ちゃんとニンニク持ってる?」

「あ……あぁ」

思わず掌《てのひら》を見る。ちゃんと、まだニンニクを持っている。だが、無意識に握りしめていたらしく、掌の中のニンニクは潰《つぶ》れてしまっていた。これで効果はあるのだろうか。ミンチ状のニンニクと脂汗《あぶらあせ》が混ざって、何ともいえない芳《かんば》しい匂《にお》いになっているような気がする。

山野辺香代が、人間の言葉で私たちに言った。

「私たちの〝頭〟が、あなたたちに会うわ。ひょっとしたら驚くかもしれないけれど」

そう、山野辺香代は、謎《なぞ》の言葉を告げた。それから、香代の異獣が、数度、大きく口を開いた。吼《ほ》えるように。

他の異獣たちも、シンクロするように、大きく口を開く。憑かれた人々は、目を虚《うつ》ろに開き口をうすく開けたまま放心しているようにも見える。さっきまでは、無表情であっても、放心したようには見えなかったのだが。

「怖いよ」と小夢ちゃんが、私の腕にしがみついてきた。荒戸も口をぽかんと開けて人々の向こうを指で示した。

「壁の向こう。まだ、誰か出てくるよ」

異獣に憑かれた人たちが三々五々たむろする、その奥の壁が水飴《みずあめ》のように盛り上がった。それも人の形に。

それが、山野辺香代の言った〝頭〟という存在らしいことはわかる。その〝頭〟が、今、壁の向こうから出現しようとしているのだ。

人の形は、ゆっくりと浮き出してくる。壁の向こうにも、また、部屋があるということなのか。

人の形が浮き出してきて、その体形から、〝頭〟が、女であることがわかった。同時に妙な胸騒ぎを感じている自分がいた。

まさか……。

そんなことって。

膜一枚の状態になったとき、ほぼ、私の中で、それは確信に変っていた。忘れるはずがない。

出現した女性は、生まれ落ちたときのままの姿でいた。いや、全裸であるということで驚いたのではない。

死んだとばかり思っていた……。

那由美だった。しかも、全身から銀色の光。

私と一緒に事故に遭い、焼死したはずの。

私は、口も利《き》けず、あんぐりと口を開いたままだ。こんなことって。

「そめちめ」で、山野辺香代は、私にも背後霊がいると言っていた。てっきり、その背後霊こそ那由美にちがいないと言いきかせていた。じゃあ、私の背後霊は、誰なんだ。

「新海さん。この女、知ってるのかい？　そんなに驚いて」

荒戸が、私と那由美の顔を交互に見る。

「あ、ああ」

そう答えるのが、私には精一杯だった。

那由美は、全裸であることに何の羞恥心《しゅうちしん》も抱いていないようだった。伸びきった手足は私のおもいでの中の彼女と同一だ。他人の空似などではない。

「まさか。そんなことが……事故で死んだとばかり思っていた」

私は、やっとかすれるような声を絞り出していた。那由美が〝頭〟だというのか。

那由美は、心底おかしいというように笑い声をあげた。

「あのときの死体は、〝古代史セミナー〟の会員の一人。何て言ったかしら、あの人。そう……広島照子っていう人。新海那由美の……そう、この身体《からだ》の……私の……身代わりになってもらったのよ。あなたは広島照子の家の前でリン※ジャ※に……山野辺香代に会ったと聞いたわ。広島照子は一人住まいだったから、近所から不審に思われないように郵便物をチェックさせていたの」

そこで、ヘルメット姿の山野辺香代と出会ったのか。古代からの邪霊が郵便物のチェックとは、下世話すぎると変なことを考える。しかし、宿主の知識もうまく応用していたということか。

「誰の身体でもよかったの。でも私は、たまたま新海那由美に乗っかった。それから後はそう……あなたたちの言葉で〝芋づる式〟。でも、新海那由美が自由に行動するためには、どうしても、新海那由美のつがいである新海友道《ともみち》が邪魔だった。乗っからせることができれば、一番早かったのだけど、その段階では、今のカード方式までたどり着いていなかった。支配者の力を持ったウェ※ガ※ッは底をついていたし。だから、とりあえず、新海那由美と新海友道という存在を、この世から消してしまうことにしたのよ。ただし、新海那由美はダミーをね」

その前後の私の記憶は、完全に欠落している。那由美が、そんな怖ろしいことを口にするとは、まず私は信じられない。

いや、那由美の姿をしているが、これは那由美ではない。那由美の持つ情報だけを吸い上げた怪物に過ぎないのだ。那由美の肉体を乗っとって。

許せない。

いったい、どんな奴《やつ》が、那由美を支配しているのだ。そいつは、まだ正体を見せはしない。

ただ、途方もない奴だとは、わかる。他の憑依《ひようい》された人々に異獣が隠れていても、銀色の光が肩あたりから放たれているに過ぎない。だが、那由美に取り憑いているそいつは、凄《すさ》まじい光量を那由美の全身から放っているのだから。

「正体を見せろ。彼女の体内におどおどと隠れていないで。〝頭〟なんだろう」

私の声が怒りに震えているのが、自分でもわかった。私自身、そんなに激しい言葉を使うことはない。よほど、興奮してしまったということか。

「ほ、ほ、ほ、ほ」

那由美が、笑うのと同時だった。彼女の全身から虹状《にじ》の色彩の同心円が光として放たれた。同時に、那由美の背後から巨大なモノが生じようとしている。伸びあがっていく。

私たちは、あっけにとられてその巨大なモノを見上げた。

50

「げえっ」と荒戸がいった。

「何、このお化け」と小夢ちゃんもいう。

私だけではないのだ。私だけではなく、荒戸も、小夢ちゃんも、そいつを見ている。見えるのだ。二人にも。それが、那由美が人前に姿を現さなかった大きな理由なのだろう。取り憑いてすぐには、それほどの可視性はなかったのかもしれない。しかし、徐々に可視性は強くなっていったということなのか。

他の、どんな異獣ともちがう。これまでのどの異獣よりも凶暴で巨大な眼と、ムカデのような数十本の腕。そして、その頭には針の山のように様々な形の角が生えている。

それが半透明の状態で三メートルの高さから私たちを見下ろした。

異獣の〝頭〟の口が開いた。その動きが、那由美とシンクロした。

「これが、私よ。これで気がすんだかしら」

気がすむはずがない。私が、そのとき必死で考えていたのは、どうすれば、この憑きものをはらって那由美を取り戻し、元の彼女に戻せるかということだ。

再び、異獣の王らしき存在は、するすると那由美の体内へ沈みこんでしまった。

「誰にも、邪魔されるはずはなかったのに。あなたたちのおかげで、段取りが大きく狂ってしまったわ」

那由美は恨みがましそうに、そう言った。

「一定数まで、ウェ※ガ※ッをほうっておいてくれればよかったのに。侵略の絶対値っていくつか知ってる？　あなたたちのような、一つの種族を征服しようとするなら、四七パーセントを味方に引き入れることが最優先なのよ。あなたたちが使っている十進法で。そうすれば、侵略される側が、どんなに対抗策を考えようと、侵略を防ぐことはできなくなる。でも、その数値に届く前に対抗策をとられると侵略の成功率は低くなるの。

もう少しの働きで、この地域は数日中にもその絶対値に届く予定だったのに、あなたたちのおかげで計画は頓挫《とんざ》寸前。まったく困ったものだわ。あと一息、気付かれなかったら私たちも、人間たちも、皆、秩序に満ちた状態に〝安定化〟できたのに」

〝安定化〟とは、平和とか幸福という概念になるのだろうか。そんな形での〝安定化〟など、真っ平ごめんだ。

「〝安定化〟？　それが人間のためになるなんて、お前たちの御都合に過ぎないじゃないか」

「人間には、そんなことを主張できる資格なんかないわ。同じ種で、戦ったり殺し合ったりして。私たちは、一つの種でいつも同じ目的のためにしか動かない。よほど、〝安定〟した方がいいと思わない？　人間は私たちが助けることで人同士争うこともなくなるのよ」

「そんなことは信じられない。お前たちが憑いた人間が動物を虐待《ぎゃくたい》したり、異常な行動をとったりするのを見た。それは〝安定化〟か？」

再び、笑う。那由美の顔をした異獣が。

「それはちがうわ。完全にコントロールできる迄《まで》は時間が必要。その前に、人間は抑圧してきた欲望を表に放出してしまう傾向があるのよ。人を無意味に殺したり、本能をむき出しにしてしまったり。それは、人間自身の特性であり、憑依の過渡的現象に過ぎないわ」

それは、教師や医師や議員といった人々がワイセツな行為に走ったり、凶暴化した犯罪がだんだん若年化したり、あるいは発作的衝動的な犯罪が増加したりといったことに現れるのだろうか……。

いや、〝頭〟の言っていることは、自分たちに都合のいいことだけ。盗人にも三分の理という奴だ。

「それを、あなたたちがおじゃんにした。折角、人間にとって理想郷を築いてやろうとしたものを」

「ふざけるな。化物に支配される理想郷なんて、俺たちが望むと思ってるのか？」

荒戸が、大声をあげた。私も同感だ。

「もうすぐ、見てなさい。警察がやってきて、あんた達、皆、捕まるわ」

小夢ちゃんも負けじとまくしたてた。

那由美の姿をしたものが、うなずいた。

「そんなことは、どうでもいい。でも、私たちの計画を徹底的に邪魔したあなたたちだけには、どうしても会っておきたかった。だから、あなたたちを、ここへ招いた」

私たちを処刑するつもりらしい。それに続く言葉が信じられなかった。

「うまく、事故に見せかけて、新海友道と新海那由美の身代りの広島照子が死んだときは、絶対この計画はうまくいくと確信していたのに。双生児の弟が新海の部屋に住みついて調査を始めるとは思いもよらなかった」

那由美の姿をしたものが、そう言ったとき、私は、その意味が咄嗟《とっさ》にはわかりかねた。

何だって。私が……。

私、新海友道は死んだって……？

双生児の弟って……。

「あなた、新海尚道《なおみち》でしょう！」

那由美の姿をしたものが、私を指差して言った。

ちがう、私は新海友道だ。だが、私の口から出た言葉は、思いもよらぬものだった。

「そう。私は友道の双生児の弟の尚道だ」

私の意思ではないことを私は勝手に話していた。ということは……。

「兄の突然の死は、私にとってショックだった。まさか義姉《ねえ》さんが、そんなものに取り憑《つ》かれてのことだなんて」

那由美の姿をしたものは唇を歪《ゆが》めた。美しい顔故《ゆえ》に、凄《すさ》まじい妖気《ようき》があった。

「おかしなものね。あなたの背後にいる霊はあなたとそっくりの顔。双生児の死んだ霊って生き残った方に憑くのね。えらく、背後霊が驚いているじゃない。それは友道の霊？　なかなか、美味《おい》しそうね」

私が霊？　にわかには信じられなかった。ということは、この手も足も、肉体は私、新海友道のものではないということなのか。背後霊というのは、何も感覚が伴わないのではないか。私は、自分の肉体の器官で視《み》て、話して、聴いて、感じている。それでも、私は霊だというのだろうか。うまく思考が働かない。

背後霊が驚いている？　私のことか？

「きっと、あなたの霊は、まだ、自分が死んだということが自覚できていないようね」

那由美の姿をしたものは、そう続けた。

そういえば、思いあたる。私には、事故のあとの記憶が欠落しているのだ。那由美の葬儀の記憶も、その後、どのように部屋でひとりで過ごしはじめたかも。

ショックのあまりの結果だと思っていた。実は死んでいたということか……。

私の死後、双生児の弟の尚道が、私の部屋に転がりこんでいたのか。尚道も、唯一《ゆいいつ》の肉親である私を亡《な》くして、しばらくは自失の状態だったはずだ。鏡を見ても、背後霊は映りはしない。やつれ果てた尚道の鏡像を見ても、私自身の変り果てた姿としか思わなかった……。

「何とでも言え。お前たちの侵略は、失敗したんだ。お前たちの弱点も解明されつつあるし、この場所にも、もうすぐ警察がやってくる」

私の言葉ではない。弟の尚道の言葉だ。悪霊に、警察がやってくるという脅しは間が抜けているような気もするが、事実は事実だ。

そのとき、気がついた。何か白い筋のようなものが、空中を幾本も走っていく。眼に止まらないほどの速度なので、それがいったい何なのか、はじめは、注意を向けていなかった。いや、私自身が霊体であると知り、そのことに頭をうばわれてしまっていたこともあるだろう。

白い無数の筋は、異獣に憑かれた人々が取り囲んでいる床からの突起物の一つに吸い込まれるように流れこんでいく。その白いものの一つが、宙で一瞬静止した。異獣だった。外部にいた異獣の霊が、霊体だけの姿で帰還しているのだ。衰弱しているのかどうかはわからないが、私が知っている異獣が微細化しているように見える。

「もういらぬ心配はしなくてもいいわ。私たちは、次の地を目指す。次回は、もっと効率よく浸透していく。でも、その前に邪魔したあなたたちには、罪をあがなってもらうわ。私たちの平和を阻止した罪」

同時に遠くから、パトカーらしきサイレンの音が幾重にも近付いてくる。何だ、今頃。遅すぎるじゃないか。

那由美の姿をしたものから霊体が再び浮き出してきた。それも巨大化して。その両腕だけが、実体化している。

「うわっ。腕だけお化け」

小夢ちゃんの眼には実体化した部分だけが見えるらしい。

「襲ってくる」。荒戸が、小夢ちゃんを引き寄せたのと、同時だった。私もあわてて左へジャンプした。腕が床に振りおろされた。

銀色の床が数十センチもめり込んだ。凄まじい力だということがわかる。再び、腕が、接近してきた。転がるようにして、それを避けた。

「キィーイイ」

突然、つんざくような声があがった。人間の声ではない。見ると、小夢ちゃんを守っている黒猫の霊が、実体化した異獣の腕に乗り、霊体の部分に咬《か》みついていた。またしても、この猫の霊に助けられた。

それから後は、夢のような光景としてしか覚えていない。いつの間にか、その部屋に野良《のら》猫と猫の霊が集っていたのだ。黒猫の霊と他の猫の霊たちが、那由美の頭の上で群れている姿。形容のしようもない悲鳴。糸が切れた人形のように崩れるように倒れこむ人々。そして次々に白い筋が一つの突起に吸いこまれていく。

すべてが夢の世界だ。現実感のない。

私は……いや、弟の尚道とともにいる私は呆然《ぼうぜん》とその場に立ちつくす。

白い蒸気があたりにある。床が壁が、微小な泡を無数にあげはじめていた。すべてが融けていく。

突起した部分が、白熱していた。その白熱化が頂点に達したとき、垂直に光が伸び、数瞬で光は消えた。

私の意識があったのは、そこまでだ。

エピローグ

私は、今、「そめちめ」のカウンターにいる。

いや、正確に言えば、「そめちめ」のカウンターに座っている尚道《なおみち》の背後霊として いる。あれから、異獣に憑依《ひょうい》されていた人々は、皆保護された。憑《つ》きものが落ちると いうが、憑依されていた人々は、すべて正常に戻ったようだ。

異獣は、去ったらしい。私は意識を失っていたのだが、異獣は、あの光とともに、 去ったのだと思う。彼らが住むに適した新しい環境を求めて。

それは、私の想像でしかない。

だから、異獣たちの侵略は最小限にとどめられたことになる。犠牲になったのは、 広島照子、博物館の原田、そして……私……ということか。

荒戸から聞かされたのだが、M・K・P㈱の社屋内の異世界は凄《すさ》まじい速度で気化 してしまったということだ。そして異獣に憑かれていた人々は、救急車で市立病院に 収容されたらしい。そう……那由美《なゆみ》も。

見上げたテレビの画面で、荒戸が新曲を唄《うた》っていた。彼は新進歌手のコースに復帰したらしい。

今回のできごとは、何が真実であったかは、私もふくめて世間もうまく理解できないままに終るのではないか……。

そんな気がする。

ただ、うまく事件が終ったのは、背後霊である私と、尚道の組合わせがあったからだろう。双生児であるが故《ゆえ》に、思考形態も行動形態も似通いすぎていた。だから、ときには私の思考が尚道の口を借りることもできたのではないかとも思えるのだ。

「いやぁ、本当に驚いたよ。那由美さんが生きていたなんてねぇ。徐々に記憶も取り戻しているそうだねぇ」

マスターが嬉《うれ》しそうに言う。

「もう、今日、帰ってくるそうじゃない。病院に迎えにいかなくってよかったの？」

ママが、不思議そうに私に訊《たず》ねた。マスターとママの背後で私の両親も嬉しそうに笑顔をこぼしていた。

「そうだよ。迎えに行ってあげたらいいのに」

隣の席でクリームソーダを飲みながら、小夢ちゃんが睨《にら》んだ。小夢ちゃんの肩の上では恩人の黒猫の霊が、大きな欠伸《あくび》をしている。

尚道は、黙っていた。尚道の思考が伝わってくる。

そろそろ、部屋も使えなくなるし、引き上げなくちゃならないな。

思考言語としては浮かんでこないが、照れていることが、よくわかる。尚道も好きな女性のタイプは、私とよく似ているのだ。だから、結婚式以来、弟は私の前に姿を現さなかった。

「いやぁ、義姉《ねえ》さんが、かえって迷惑に思うでしょうから」

尚道は、そう口にした。

「新海さんは、これからどうするの？　前に住んでいた住まいは引きはらったって言ってたでしょう」

ママは、少し心配そうだ。

「まぁ、何とかなるでしょう」

そう答えるが、尚道に何もあてがないことは私にはわかる。

「ねぇ、私の部屋に住まない？」

小夢ちゃんが、真剣な表情でそう言った。

「そういうわけにもいかないよ。荒戸さんところにでも厄介になろうかと考えてます」

小夢ちゃんは淋《さび》しそうな表情をした。

さて、問題は私だ。

これから、尚道の背後霊として私は過ごしていくのだろうか。これまでは、自分の背後霊が那由美にちがいないと信じてきた。ところが、那由美は生きていた。これまでは異獣に憑かれていたかもしれないが、今の彼女には、背後霊はいないはずだ。とすれば、私が、那由美の背後霊になって守ってやりたい。

そんな直情的な欲求が湧《わ》いた。

そうすれば、私はいつも那由美を守ってやれる。那由美が迷ったときアドバイスできる。

だが……。

どうやって、那由美の守護霊になればいいというのだ。

その方法がわからない。

もし、それができなければ……。これから尚道と那由美は、異なる人生を歩んでいくはずだ。会いたいと思っても会うこともかなわない……。

「そめちめ」の入口のドアが開いた。

そこに立っていたのは、那由美だった。

異獣に憑かれていたときの妖気《ようき》は微塵《みじん》もない。那由美が好んで着ていたジャケットを、尚道に病院に届けさせていた。

それを着ている。

那由美は、私を見ていた。

いや、弟の尚道を見ていた。

そのまま、私の方へ歩み寄って笑顔を浮かべて言った。

「友道」

そして、尚道の手を握った。

否定するな尚道！　私は、必死で叫んだ。

そうだ、その手があるのだ。那由美の趣味も好みも、考えかたも、私はよく知っている。私は、守護霊として、そのすべてを指南してやる。

尚道は、その手を握らせたまま、静かに微笑《ほほえ》んでいた。

やっぱりカジシン！

柴田よしき

作家になって何がいちばん嬉《うれ》しかったたって、それは、昔っから好きだった作家さんと接近遭遇するチャンスが増えたことだった。十二年とちょっと前に作家になってからこれまでに、大好きだった作家さんとはたいがい、接近遭遇を果たせて満足している。ああでもでも。

たったひとり、どうしても接近遭遇できない人がいた。ものすごく愛していたのに（作品を、ですよ）、同じ業界にいるのに、出会えない。そばに寄れない。唾《つば》がつけられない（つけるなよ）。

悲しかった。さびしかった。

そうこうしているうちに、その人の作品が映画化されて大ヒットしてしまった。ますますその人は遠ざかった。もうだめかと思った。諦《あきら》めていた。仕方ないからファンレターでも地味に書いて出そうかなとも思った。字が下手くそなので思いとどまった。

そんなある日のこと。

唐突に話が変わりますが（って、前の段落のオチはどうすんだ、とお怒りのあなた、しばし我慢を）、知人の作家さんと、山採りきのこの話題で盛り上がっていました。ネットの片隅で。知っている人はご存じだと思いますが（知らない人は当然知らないだろうけど）、わたしは野生のきのこ採りが趣味でして、秋になると、自前のブログでもそれが作家のブログだということが信じられないほど、きのこの写真ばっかりUPしています。梅雨時と秋は、山のきのこがどうなってるのか心配で仕事なんか手につきません。きのこきのこ。とにかく、野生のきのこが大好きなのです。で、その知人もきのこ採りが好きで、盛り上がりつつも「作家にはきのこ好きって少ないよねぇ」なんて話していたんですね。そしたらその人が「ひとりだけ知ってますよ。カジオシンジさんがきのこ好きですけど」とぽつり。

えええええーっ！！！！！！！

か、梶尾さん、野生のきのこがお好きだったんですかっ。し、知らなかった！　なんでもっと早く言ってくれないかなあ（誰に言ってるんだか）、もうそれだったら、字が下手でもなんでも、「わたしときのこを採りに行きませんか」ってデートの申し込み（とは言わないと思うが）したのにー。

というわけで、地理的に遠く離れて暮しているのできのこデートは無理なんですが、なんだかんだするうちに「きのこ繋《つな》がり」でいつのまにか、梶尾さんとネットでお話できるようになりました。ばんざーい！

えっと、これがオチです。……って、これのどこが作品解説なんだよ（怒）。自分で書いていてこれではあんまりだと思うのですが、要するにわたしは今、舞い上がっています。だってほんとに、ほんとに昔から、カジシンの大ファンだったんですもの。その愛するカジシンの文庫解説を書かせて貰《もら》えるなんて。これ以上の幸せって、年末ジャンボで一等に当たるくらいしか想像できません（それかよ）。でもいちおうはわたしも作家なので、ただのラブレターで原稿料を貰っては心苦しいですから、ちゃんと解説させていただきます。ああ幸せ。

今さらわたしが書くまでもないですが、梶尾真治といえば時間ＳＦ、というくらい、梶尾さんは「時と思い出」にこだわる作家です。デビュー作である『美亜へ贈る真珠』は、その後現在まで三十数年にわたる執筆活動の核とも言える、「時と思い出」をまさに凝縮した、珠玉の傑作でした。もちろん他にもSFあるいはSFの枠を超えて、様々な試みに挑戦されて来たわけですが、他のテーマで書かれた作品であっても、そこに通底しているのは、人と人とが出逢《であ》い、触れ合い、そこに思い出が生まれ、そして別れ、ただ思い出だけが残る、という、一連の流れのせつなさ。その流れにある時は身をゆだね、ある時は翻弄《ほんろう》される人間の喜び、悲しみ。そうしたものであるとわたしには感じられました。

本作も、物語の展開の中心は別のテーマなのですが、登場人物を動かしているその原動力は、まさに「思い出」である、と言えると思います。

とは言っても、そこはカジシン。タイトルや冒頭のシチュエーションから読者が予測したものを大きく超えて、単なるメロドラマではない、スケールの大きな物語へとページをめくるごとに変貌《へんぼう》していきます。これがほんと、びっくり。カジシン大好き、とか言いながら、実は『精霊探偵』というタイトルが有栖川有栖さんの『幽霊刑事』に似ているというただそれだけの理由で、あんなふうな展開かな、と思い込み(『幽霊刑事』もとても面白かったんですが）、さらには冒頭から、妻に先立たれてヨレヨレになってしまった男が登場して来たので、短絡的に、精霊が出て来て妻の死因を究明するハナシ？　なになに、背後霊が見えるようになっちゃったの、ああそれで、亡き妻の背後霊でも捜そうって、それってなんか湿っぽくね？　なんてタカをくくって読み始めたわけですが……あれれれれ、そうなるの？　えっ、なに、そういう展開？　わお、そう来るかっ、とひとりで興奮してしまいました。背後霊が見える、というアイデア単体ではさほど珍しくないのに、その背後霊が実は……！！　さらに結末ではそれがもう一度……！！！

ごめんなさい、この作品は、ネタを知らずにとにかく読み始めてほしいのです。梶尾真治、という作家の真価は、予定調和に陥らない、意外性を求め続ける、という点にとりわけ発揮されると思います。たとえ物語の枠、あるいは、SFだとか推理小説だとかいう枠組みを逸脱してでも、読者に「新しい物語世界を見せる」という意気込みにいつも溢《あふ》れている。

本作も、あえて冒頭から「あの映画みたいな話かな」と読者に思わせておいて、とんでもないところへ連れて行く。

けれど、そのとんでもないところに連れて行かれた読み手の心に、最後はそっと、「思い出」の美しさ、尊さを見せてくれる。

あなたには、もう一度逢いたい、けれどもう逢えない、そんな人がいますか？

失ってしまってから、それがかけがえのないものだった、と後悔したことがありますか？

そして、命をかけてでも守りたい、そんなものが今、ありますか？

イエス、と答えた人は、この本をレジへ。

ノー、と答えた人も、やっぱりこの本をレジへどうぞ。ノーと答えた人でも、この本を読み終わる頃には、きっと思い出せるはずです。自分にも、かけがえのないものがある、守りたいものがある、ということを。

いや、そんなセンチメンタルなことは考えたくない、とにかく面白い本が読みたいんだ、という人も、この本をレジへ。

ぐだぐた書いて来ましたが、結論は最初からひとつです。

これ、ほんっとに面白いですよ！……（きのこ採りとおんなじくらいに）

（二〇〇七年十二月、作家）

この作品は平成十七年九月新潮社より刊行された。

梶尾真治著

黄泉がえり

会いたかったあの人が、再び目の前に――。死者の生き返り現象に喜びながらも戸惑う家族。そして行政。「泣けるホラー」、一大巨編。

梶尾真治著

黄泉びと知らず

もう一度あの子に逢えるなら、どんなことでもする。感動再び。原作でも映画でも描かれなかった、もう一つの「黄泉がえり」の物語。

柴田よしき著

ワーキングガール・ウォーズ

三十七歳、未婚、入社15年目。だけど、それがどうした？　会社は、悪意と嫉妬が渦巻く女性の戦場だ！　係長・墨田翔子の闘い。

柴田よしき著

残　響

私だけに聞こえる過去の〝声〟。ヤクザの元夫から逃れ、ジャズ・シンガーとして生きる杏子に、声は殺人事件のつらい真相を告げた。

恩田　陸著

六番目の小夜子

ツムラサヨコ。奇妙なゲームが受け継がれる高校に、謎めいた生徒が転校してきた。青春のきらめきを放つ、伝説のモダン・ホラー。

恩田　陸著

ライオンハート

17世紀のロンドン、19世紀のシェルブール、20世紀のパナマ、フロリダ……。時空を越えて邂逅する男と女。異色のラブストーリー。

精《せい》霊《れい》探《たん》偵《てい》

新潮文庫　か－18－9

平成二十年二月一日 発行
平成二十年七月三十日 五刷

著者　梶《かじ》尾《お》真《しん》治《じ》
発行者　佐藤隆信
発行所　株式会社 新潮社

郵便番号 一六二—八七一一
東京都新宿区矢来町七一
電話 編集部(〇三)三二六六—五四四〇
読者係(〇三)三二六六—五一一一
http://www.shinchosha.co.jp

価格はカバーに表示してあります。

乱丁・落丁本は、ご面倒ですが小社読者係宛ご送付ください。送料小社負担にてお取替えいたします。

印刷・二光印刷株式会社　製本・株式会社植木製本所

ISBN978-4-10-149009-0 C0193